OVER DE GRENS

Van Ina van der Beek verscheen ook:

Ongrijpbare schaduw

Ina van der Beek

Over de grens

Spiegelserie

Zomer &Keuning

ISBN 978 90 5977 246 5

NUR 344

www.spiegelserie.nl
Omslagontwerp: Bas Mazur
©2007 Zomer & Keuning familieromans, Kampen

Proloog

NOG EEN LAATSTE TOEGIFT, DAN IS HET CONCERT AFGELOPEN. De kleine, donkerharige pianist verdwijnt nu echt achter de coulissen. Het publiek schuift langzaam de zaal uit, nog half in de ban van de muziek.

'Wacht jij maar even hier, dan ga ik in de rij staan bij de garderobe.' Ze knikt. 'Goed, ik ga wat verderop staan, daar is het wat rustiger.' Opeens ziet ze hem, hij is alleen.

Op hetzelfde moment ziet hij haar, stokstijf blijft hij staan. 'Anne!' 'Hoi!'

Ze kijken elkaar aan. 'Hoe gaat het?' vraagt hij dan.

'Goed! We wonen sinds kort weer hier, in Den Haag nu. Nina gaat binnenkort naar de middelbare school, Max ook natuurlijk. Gaat het goed met hem?'

'Ja, prima. Hij wordt groot, echt een beetje een puber.'

Ze kijken elkaar weer aan. 'Nou, ik ga maar.'

'Ja.'

Hij wil zich al omdraaien.

'Jan! Wacht even! Jan, ben je gelukkig?'

'Wat is dat nou voor een vraag, Anne!' Er komt iets afwerends in zijn blik.

'Gewoon, dat houdt me bezig, ik wil graag dat je gelukkig bent, is dat zo?'

'Ik ben tevreden.' Ze kijken elkaar aan.

Er komt iets zachts in zijn ogen. 'Anna!' Hij schudt zijn hoofd.

'Tevreden? Wat betekent dat, is dat hetzelfde als gelukkig?'

'Je moet dat niet vragen! Tevreden is genoeg. En jij?'

'Ik heb het hartstikke goed. Nina heeft een zusje gekregen, Lotte is drieëneenhalf.'

'Hartstikke goed: is dat gelukkig?'

'Het is genoeg.'

Hij knikt. 'Dag Anne!'

'Dág.'

Ze kijkt hem na tot hij de grote deuren uit loopt. Daarna draait ze zich om, daar is Erik met haar jas.

1

LANGZAAM FIETST ANNEMARIE DE JAGER DOOR DE STAD. BIJ ELKE hobbel in de weg rammelt het lege kinderzitje achterop haar fiets. Het is eind augustus en hoewel het nu pas halfnegen is, belooft het een warme dag te worden.

Maar Annemarie lijkt het niet op te merken. Met haar schouders opgetrokken en haar blik recht voor zich uit, fietst ze naar huis. Het rammelende kinderzitje herinnert haar er voortdurend aan dat ze alleen op de fiets zit.

Het is de eerste schooldag na de zomervakantie. Ze heeft zojuist Nina afgeleverd bij de juf van groep één. Nina had er duidelijk minder moeite mee dan haar moeder! Hoewel ze een beetje verlegen was voor de nieuwe juf en al die vreemde kinderen, had ze er toch wel erg veel zin in. Sinds de verhuizing twee maanden geleden van Chicago naar Nederland heeft ze het er over gehad: 'Nog zoveel weken en dan ga ik naar school'. De weken zijn nachtjes geworden en vanmorgen was het dan eindelijk zover, ze ging naar school!

Voor de zomervakantie is ze al een paar keer gaan kijken, heeft een paar ochtendjes meegedraaid in de klas, maar nu wordt het dan echt! Ze is inmiddels bijna viereneenhalf en er ook echt aan toe, maar Annemarie heeft er veel moeite mee.

Viereneenhalf jaar heeft ze Nina de hele dag om zich heen gehad. In Amerika had ze een vriendje dat vlak bij hen woonde; daar speelde ze vaak mee. Maar meestal was dat bij Annemarie in huis.

En nu ze net weer in Nederland terug zijn en in een, ook voor Annemarie, totaal nieuwe omgeving zijn gaan wonen, juist nu gaat ze naar school.

Natuurlijk heeft ze niks laten merken, maar bij het afscheid zojuist had ze moeite haar tranen binnen te houden.

Erik begrijpt daar helemaal niks van. Gisteravond toen ze in bed lagen, is ze er over begonnen.

'Ik zie er toch zo tegen op dat Nina morgen naar school gaat.'

'Hè? Waarom dan? Ze heeft er toch zin in? En het is hartstikke goed voor haar om wat meer onder kinderen te zijn. Denk je dat ze het niet redt of zo? Heeft ze gezegd dat ze het eng vindt?'

'Nee, zij heeft er wel zin in. Ik zie er zelf gewoon tegen op, het zal zo stil zijn...'

'Kom op, Anne, dat is toch onzin! Je bent druk genoeg met op en neer fietsen van en naar school. En verder krijg je lekker wat meer je handen vrij. Misschien kun je parttime weer wat gaan werken of zo. Nee, je zult zien, het is even wennen en dan is het heerlijk.'

Ze had maar niks meer gezegd, maar nog een poos wakker gelegen.

De hele ochtend thuis loopt ze maar een beetje te lanterfanten. Ze kan niet echt tot iets komen. Ze had zich voorgenomen de badkamer en wc eens een superschoonmaakbeurt te geven, maar op de een of andere manier komt er niks uit haar handen.

Ze is blij als het eindelijk halftwaalf is en ze weer op weg naar school kan gaan.

Om kwart voor twaalf komt een enthousiaste Nina naar haar toe hollen. Op de fiets onderweg naar huis vertelt ze hele verhalen over de juf en de kinderen die bij haar in het groepje zitten.

'Vanmiddag mag je thuisblijven als je dat wilt hoor, je zult wel moe zijn!'

'Nee, ik ben niet moe en de juf heeft gezegd dat we vanmiddag heel lang buiten gaan spelen. Er is een heel grote zandbak, heb je dat gezien, mama?'

Als ze Nina 's middags weer heeft afgeleverd in haar klas, fietst ze meteen door naar het winkelcentrum. Ze doet wat boodschappen, kijkt hier en daar een beetje rond en als ze haar boodschappen thuis heeft gebracht, is het al bijna weer tijd om Nina te gaan halen.

Ziezo, de eerste dag zit er op. Het zal vast wel wennen.

Na een paar weken is Annemarie inderdaad aardig aan het schoolritme gewend. Nina is nog steeds enthousiast en gaat graag naar school. Ze is dol op juf Lieke en het liefste jongetje in de klas heet Max.

Natuurlijk is Annemarie blij dat Nina het zo goed naar haar zin heeft, maar het blijft een beetje stilletjes, zo'n hele dag alleen in huis.

Ze is daarom toch maar gaan kijken naar personeelsadvertenties in de plaatselijke krant. Maar dat valt niet mee. Ze wil beslist thuis zijn als Nina uit school komt en dat wordt heel moeilijk. Want wat kun je nu echt binnen de schooluren doen?

Voor ze naar Amerika gingen, werkte ze als tandartsassistente. En ook nu ziet ze wel vacatures in de krant staan. Maar altijd voor meer uren dan ze wil.

Ze heeft nog niet één sollicitatiebrief geschreven.

Ach, eigenlijk heeft ze ook niet zo'n haast om een baan te vinden. Ze hoopt op iets heel anders. Een nieuwe zwangerschap!

Voor ze zwanger was van Nina heeft ze twee keer een miskraam gehad. En daarna heeft ze een hele poos moeten wachten op een nieuwe zwangerschap. Maar juist toen ze naar Chigaco vertrokken, bleek ze in verwachting te zijn. Deze keer ging het goed en toen ze goed en wel gesetteld waren, werd Nina geboren.

Ze waren er zo gelukkig mee! En nog steeds. Ze hoopten dat er snel een tweede kindje zou komen, maar tot nog toe is er nog steeds geen nieuwe zwangerschap.

Erik vindt het wel jammer, maar eigenlijk heeft hij zich er al zo'n beetje bij neergelegd.

'We hebben het toch geweldig met z'n drietjes? Natuurlijk zou het leuk zijn als Nina een broertje of zusje zou krijgen, maar laten we gewoon blij en dankbaar zijn dat we haar in elk geval gekregen hebben. Trouwens, het kan nog steeds. Je moet er gewoon niet zo mee bezig zijn.'

Rondom het vertrek uit Amerika en het zoeken naar een plek om te wonen, was het ook wel wat naar de achtergrond geraakt in haar gedachten. Maar nu ze hier hun plekje hebben gevonden en alles een beetje tot rust is gekomen, komt het verlangen weer in alle hevigheid naar boven. Ze praat er maar niet meer over met Erik. Hij voelt dat nou eenmaal heel anders.

Zo wordt het ongemerkt herfst.

Ieder lijkt z'n ritme gevonden te hebben. Erik is druk met z'n werk. Hij rijdt elke dag met de tram van Delft naar Den Haag, waar het hoofdkantoor is gevestigd van het internationale bedrijf waar hij werkt. Dat bevalt hem prima. Hij loopt het stukje naar de tramhalte en ook in Den Haag is het goed aan te lopen naar kantoor.

'Krijg ik meteen elke dag m'n beweging en een frisse neus.'

Annemarie verdenkt hem er stiekem van dat hij het gewoon ook leuk vindt om in de tram te stappen. Vroeger woonde zijn oma in Delft en ging hij, als hij bij haar logeerde, met haar met de tram naar Scheveningen. Jeugdsentiment dus. Maar ook wel heel plezierig, want zo heeft zij elke dag de beschikking over de auto.

Ze brengt Nina meestal met de fiets naar school, tenzij het heel hard regent. Maar het geeft toch een gevoel van vrijheid, die auto voor de deur. Op woensdag- en vrijdagmiddag is Nina vrij. Dan gaat ze regelmatig met haar naar Woerden, waar behalve haar ouders, ook Roos, haar beste vriendin woont.

Verder begint ze zich al aardig thuis te voelen in Delft. Hoewel ze in een buitenwijk wonen, gaat ze regelmatig even naar het centrum, meestal om zomaar wat langs de grachten te dwalen, wat winkels te kijken of om donderdags over de markt te lopen.

Ook hebben ze een kerk gevonden waar ze zich goed thuisvoelen. Hoewel het altijd wel tijd neemt je medegemeenteleden een beetje te leren kennen. En dat dit in een stad als Delft toch anders is dan in de veel kleinere gemeenten van vorige woonplaatsen, hebben ze wel gemerkt. Toch zijn ze al een paar keer zondags na kerktijd bij mensen op de koffie uitgenodigd en zijn er al wat contacten gelegd. En nadat Erik verteld heeft al eerder in het jeugdwerk gezeten te hebben, is hij inmiddels ook hier alweer ingeschakeld.

Hij zegt dat hij het eigenlijk te druk heeft, maar Annemarie weet dat hij niets liever doet dan leiding geven aan het clubwerk voor de wat oudere jeugd.

Maar druk heeft hij het zeker. Dikwijls komt hij pas laat in de avond thuis van kantoor en ook moet hij regelmatig een paar dagen naar vestigingen in het buitenland.

Daar moet Annemarie wel erg aan wennen. De vier jaar in Amerika waren heel anders. Soms maakte hij wel lange dagen, maar meestal was hij toch wel om zes uur thuis. En de avonden waren voor henzelf. De jaren vóór Amerika was hij ook wel druk, ook wel met het jeugdwerk van de kerk, maar zijn baan bracht minder verantwoordelijkheden met zich mee en daardoor ook minder werkuren. Stilletjes denkt ze dat Erik ook te veel naar zich toe trekt, te slecht 'nee' kan zeggen en te weinig delegeert. Maar als ze dat voorzichtig naar voren brengt, zegt hij altijd dat dat absoluut het geval niet is. Hij voelt zich nou eenmaal sterk verantwoordelijk voor z'n werk en voor de mensen onder hem. En ach, natuurlijk is dat ook wel een goede eigenschap. Als hij ergens voor gaat, gaat hij er ook helemaal voor!

Nina heeft het ook nog steeds goed naar haar zin. Ze gaat graag naar school en ook thuis in de buurt heeft ze de nodige vriendjes en vriendinnetjes.

Annemarie vindt het verwonderlijk hoe moeiteloos ze zich heeft aangepast na de toch best ingrijpende verhuizing van Chicago naar Delft. Eigenlijk heeft ze zelf nog de meeste moeite met de nieuwe situatie.

Maar half november gaat dan toch de eerste sollicitatiebrief op de post.

In de krant werd een tandartsassistente gevraagd voor halve dagen. Eigenlijk voor vier uur per dag, maar Annemarie hoopt dat, als ze eerst maar voor een gesprek wordt uitgenodigd, ze er een halfuurtje van af kan peuteren, zodat de werktijd bijna helemaal onder schooltijd valt.

Maar helaas, na twee weken krijgt ze bericht dat de keus niet op haar is gevallen.

'Ik heb ook geen kans gekregen,' moppert ze tegen Erik. 'Ik ben niet eens uitgenodigd voor een gesprek. Ik ben zeker al te oud, dus te duur.'

'Nou... oud! Dat zal wel meevallen. Als ík dat nou zei met m'n vijfendertig jaar. Jij komt pas kijken met je tweeëndertig! Joh, 't is pas je eerste sollicitatie. Misschien moet je iets breder gaan kijken. Iets administratiefs of zo. Of receptioniste, weet ik veel. Juist voor zo'n paar uurtjes vind je dat misschien eerder dan in een tandartsenpraktijk. Die beginnen toch om acht uur en dan moet ook een assistente er zijn. Ik zou gewoon eens rustig verder kijken.'

'Mmm, ja, misschien is dat wel zo.'

'En waarom ga je niet op één of andere sport? Dan heb je ook iets anders om handen en ontmoet je ook weer andere mensen.'

'Ja, dat kun jij gemakkelijk zeggen! Bijna elke sport is 's avonds. En wanneer ben jij nou 's avonds thuis? Dan kan ik elke keer oppas gaan regelen, dat schiet ook niet op.'

Erik kijkt een beetje schuldig. Maar dan schiet hij in de lach.

'Jaaaaa, dat is een goeie smoes! Je kunt overdag tennissen, zwemmen, turnen, weet ik veel wat. Vast nog wel meer. Maar zeg eens eerlijk, jij bent nou niet echt zo'n sportfanaat, toch?'

Annemarie schokschoudert wat.

'Mmmm, zwemmen vind ik best leuk, maar alleen is dat nou niet echt gezellig. En aquarobic of zo is toch meestal 's avonds hoor. Maar,' en dan moet ze zelf toch ook lachen, 'je hebt wel gelijk, ik heb niet echt zo'n zin om te gaan sporten. Zeker niet alleen.'

Vanaf die dag pluist ze de krant nog beter uit op geschikte personeelsadvertenties. En een week later zijn er drie sollicitatiebrieven op de post gegaan.

Al na een week krijgt ze de eerste uitnodiging voor een gesprek. Er wordt een receptioniste/telefoniste gevraagd voor twintig uur per week bij een groothandel in tabakswaren.

Ze is gewoon een beetje zenuwachtig als ze zich meldt op de afgesproken tijd. Een vriendelijke vrouw van ongeveer vijftig jaar vraagt haar plaats te nemen en even te wachten.

Annemarie kijkt voorzichtig een beetje rond. Vlak naast haar aan de wand hangt een grote poster waarop een knappe, donkere man staat afgebeeld die een sigaar in z'n hand houdt.

Bijna schiet ze in de lach. Voor hij vanochtend wegging, zei Erik: 'Als ik jou was, zou ik een sigaar in m'n mondhoek laten hangen tijdens dat gesprek, maak je vast indruk bij zo'n bedrijf.'

Wat doe ik hier eigenlijk? vraagt ze zich opeens af. Ik rook niet en heb eigenlijk een hekel aan het roken van anderen.

Maar voor ze verder kan denken, komt er een man aan lopen. Niet die knappe van de poster, grinnikt ze bij zichzelf.

'Mevrouw De Jager? Loopt u met me mee?'

Als ze een kwartiertje later weer buiten staat, weet ze eigenlijk al zeker dat dit niks gaat worden. Het gesprek liép niet meer nadat ze desgevraagd gezegd had een hekel te hebben aan mensen die roken. 'Nou ja, niet aan die mensen, maar aan hun sigaret,' had ze er achteraan gehakkeld. De meneer had zijn wenkbrauwen opgetrokken en gevraagd of ze wel gemotiveerd zou zijn om de rookwaren te verkopen?

'Natuurlijk hoeft u zelf niet te roken, maar enige affiniteit met onze producten is toch wel een pré.'

Annemarie had gevoeld dat ze helemaal rood werd en had iets gemompeld over sigaren die ze wel lekker vond ruiken. Maar het gesprek was daarna snel afgelopen.

Eigenlijk is ze opgelucht als ze buiten loopt. Nee, ze moet toch wat selectiever zijn met haar sollicitatiebrieven.

Als Erik 's avonds thuiskomt, krijgt hij een uitgebreid verslag. Met de nodige overdrijvingen.

'Nou ja, Anne, je hebt weer een stukje ervaring opgedaan moet je maar denken.'

Nina zit het stilletjes aan te horen en vraagt dan: 'Mama, als je roken vies vindt, waarom wil je daar dan werken?'

Annemarie geeft haar een dikke knuffel en schiet in de lach.

'Jij bent tenminste verstandig. Je hebt helemaal gelijk, mama wil eigenlijk helemáál niet bij die sigarettenwinkel werken.'

Helaas worden ook de andere twee sollicitaties niks.

'Nou ben ik nog even ver als drie weken geleden,' zucht Annemarie, als de derde afwijzing komt.

'Geduld!' zegt Erik. 'Jouw baan komt vast nog wel.'

2

Emma kijkt op haar horloge als ze de deur van groep één uit loopt.

Hè, ze is laat! Vlug loopt ze de gang door en net als ze de buitendeur door wil gaan, hoort ze achter zich: 'Mama! Mama, je hebt niet gezwaaid!'

Ach ja, dat is ze vergeten. Met een zucht draait ze zich om. Vooruit, dan nóg maar wat later.

Ze loopt met Max de klas weer in tot zijn stoeltje, geeft hem nog een dikke kus en al zwaaiend loopt ze de klas weer uit. Nog even omdraaien bij de deur, nog een kushandje en het laatste wat ze ziet, is een tevreden gezichtje.

Als ze even later dan toch in de auto zit, zucht ze nog eens diep.

Oké, ze is een beetje laat. Nou en? Dan wachten ze maar even op haar. Het ergert haarzelf waarschijnlijk meer dan haar cliënten. Ze is nou soms graag punctueel. Maar met zo'n klein jongetje loopt het nou soms wel eens anders dan je gepland hebt.

Toen Max werd geboren – de zwangerschap kwam als een volkomen verrassing – had ze zich vast voorgenomen dat haar werk er nooit onder zou lijden. En meestal lukt het ook heel aardig, alles is thuis goed geregeld, maar ja, zo af en toe loopt er toch wel eens iets onverwachts tussendoor.

Zoals vanochtend. Ze stonden klaar om de deur uit te gaan, toen Max opeens naar de wc moest. Dus jas uit, naar het toilet, buikpijn, diarree, handen wassen, even troosten en toch maar weer de deur uit. Toen de vergeten zwaaiceremonie in de klas en zo zit ze nu tien minuten te laat weer in haar auto. Ze heeft om negen uur een afspraak met een klant om een huis te gaan bekijken en ze wil eerder bij het te verkopen pand zijn dan de aspirant koper. Maar het is aan de andere kant van de stad en ze moet vooral heel wat verkeerslichten passeren voor ze er is.

Maar gelukkig, om twee minuten voor negen parkeert ze haar auto voor het huis en juist als ze uitstapt, komt ook haar 'afspraak' er aan rijden. Ze heeft het weer gered.

Later op de ochtend zit ze even uit te blazen op haar kantoor. Het is weer een hectische ochtend geweest. Eigenlijk zou er iemand bij moeten komen om een stukje administratie te doen en wat telefoontjes af te handelen. Ze heeft nu ruim vier jaar haar eigen makelaarskantoor en ze had zich vast voorgenomen het allemaal zelf te doen, maar ze begint steeds meer te merken dat dat ook niet helemaal de oplossing is.

Er is de afgelopen jaren veel veranderd in hun leven. Ruim tien jaar heeft ze als makelaar gewerkt bij een groot makelaarskantoor in het noorden van het land. Maar steeds meer ging ze zich irriteren aan kleine dingen die niet helemaal goed liepen. Ze was reëel genoeg om te begrijpen dat, als je met veel verschillende mensen samenwerkt, er ook regelmatig dingen tussen wal en schip kunnen vallen. Maar toch ergerde het haar vaak. Ze vond dat er eigenlijk geen miscommunicatie zou mogen voorkomen. En langzaam was het plan geboren om voor zichzelf te gaan werken. Maar waar? Het leek haar niet goed in dezelfde stad op de solotoer te gaan.

Juist in die tijd wilde ook Jan, haar man, van baan gaan veranderen. Hij was als pedagoog verbonden aan een pedagogisch adviesbureau, maar wilde eigenlijk ook graag iets in de muziek gaan doen. Vóór zijn studie pedagogiek had hij een paar jaar piano aan het conservatorium gestudeerd, was gestopt, maar had daar later toch weer een beetje spijt van. En zo had ook Jan in die periode op een tweesprong gestaan. Aan de ene kant: wilde hij nog veranderen, dan moest hij niet te lang meer wachten. Aan de andere kant: een gezin met drie opgroeiende dochters kost geld. Kun je je dan in een onzekere toekomst storten?

Vijf jaar geleden hadden ze de knoop doorgehakt.

Via via hoorde Emma dat er in Delft een mooie gelegenheid was om haar eigen kantoor te beginnen en na de nodige informatie bleek dat in dezelfde stad ook voor Jan mogelijkheden lagen om voor zichzelf een praktijk op te zetten. Hij zou daar voor zeventig procent zijn tijd aan kunnen besteden, zo toch voor een basisinkomen zorgen en de rest van zijn tijd 'iets' in de muziek kunnen doen. Dat 'iets' is lesgeven geworden aan kinderen die bovengemiddeld talent hebben en zich eventueel willen voorbereiden op een conservatoriumopleiding. En eigenlijk is dat lesgeven ontspanning voor hem. Hij geniet er van.

Maar de grootste verandering in die tijd is toch waarschijnlijk Max geweest.

Juist toen ze alle plannen zo'n beetje rond hadden, bleek ze zwanger te zijn. Het kwam als een donderslag bij heldere hemel. De meisjes waren zeventien, veertien en acht jaar en dus al lekker zelfstandig. En zijzelf was nota bene al veertig, ze dacht aanvankelijk dat ze vroeg in de overgang was.

Ze had echt wel even moeten slikken en hoewel Jan en zij absoluut niks met een geloof hebben, kwam het toch geen ogenblik in haar op de zwangerschap af te breken.

'Dat is onze degelijke opvoeding nog!' had ze later gekscherend tegen Jan gezegd.

Jan is katholiek opgevoed en zijzelf 'erg christelijk' zoals ze zelf altijd zegt.

Voor ze Jan ontmoette was ze er al achter dat ze alleen voor haar strenge vader en lieve moeder naar de kerk ging, maar dat het geloof haar zelf allang niks meer te zeggen had. Ze hebben hun kinderen daarover dan ook niks meegegeven.

Maar het aparte is dat Marieke, hun oudste, zich er de laatste jaren meer en meer mee bezighoudt. Ze gaat regelmatig naar kerkdiensten en logeert vaak een weekend bij Emma's schoonzusje Mieke, die wel gelovig is en blijkt dan hele gesprekken met haar tante over het geloof te hebben.

Max gaat als enige van de kinderen naar een christelijke basisschool, omdat die school nou eenmaal het dichtst bij huis is en ook een goede naam heeft in de wijk

Sophie, de derde van de meisjes, die in hun vorige woonplaats op een montessorischool zat, is ook hier weer naar het montessorionderwijs gegaan. De school is wat verder weg, maar Sophie is groot genoeg om er zelf naar toe te gaan.

Max komt regelmatig thuis met enthousiaste Bijbelverhalen, die bij Emma natuurlijk wel een stuk herkenning oproepen. Ze is er tenslotte mee groot gebracht. Het geeft haar toch een extra gevoel van verbondenheid met haar kleine Max, dat gemeenschappelijke stukje 'Bijbelkennis'.

Vanaf zijn geboorte zijn ze allemaal stapel op hun nakomertje, 'ons cadeautje' zegt Jan, maar ook geeft het een stuk extra werk en planning om alles goed te laten verlopen.

Ze hebben het druk, maar dat vindt Emma heerlijk. Ze gaat helemaal op in haar werk, alles is goed geregeld voor Max, ze hebben een lieve oppas gevonden, Lianne, voor de uren dat ze beiden aan het werk zijn, dus wat wil je nog meer.

Sophie zit in groep acht, dus ook zij gaat het volgend schooljaar naar het voortgezet onderwijs. Ellen en Marieke studeren allebei in Utrecht en komen alleen in het weekend thuis. Marieke blijft steeds vaker ook het weekend in Utrecht, dus het gezin wordt steeds rustiger.

'Prima hoor!' vindt Emma. Ze begrijpt Jan in die dingen niet goed. Hij vond het helemaal niet leuk dat Marieke en Ellen op hun achttiende al op kamers gingen wonen. En toen Max eindelijk naar groep één ging, had hij daar ook moeite mee. Zijzelf vindt het eigenlijk gewoon lekker. Er hoeft veel minder geregeld te worden dan voorheen.

Hè, net als ze de deur uit wil gaan om Max op te halen, gaat de telefoon.

Toch misschien eens op zoek gaan naar een assistente voor op kantoor. Of misschien moet Max wat vaker overblijven. Maar ja, die twee keer per week vindt hij het al niet echt leuk.

Ze noteert een telefoonnummer, belooft zo snel mogelijk terug te bellen en loopt vlug de deur uit. Tegelijk gaat de deur naast haar open en komt Jan naar buiten.

'Laat maar, ik ga wel, kun jij misschien vast een broodje klaar zetten.'

Hè, dat is lekker, daar hoopte ze eigenlijk al een beetje op. Hun huisvesting is toch wel ideaal.

Na enig zoeken hebben ze dit dubbele woonhuis kunnen kopen. In de ene helft wonen ze, in het andere deel heeft zij haar kantoor en Jan z'n praktijk. Als je de deur binnenkomt, krijg je een lange gang. Rechts is haar ruimte, links die van Jan. Ze houden dat strikt gescheiden en hebben daar duidelijke afspraken over. Nooit komen ze onaangekondigd bij elkaar binnen vallen en ook voor de kinderen is het verboden toegang. Dat geeft een stukje rust. Voor henzelf, maar zeker ook voor hun cliënten.

Boven is een grote kamer, die helemaal geluiddicht is gemaakt en daar geeft Jan z'n pianolessen. Vaak 's avonds, maar ook wel overdag. Ziezo, nu eerst even dat telefoontje plegen en daarna gaat ze de tafel dekken. Als Sophie, Jan en Max dan thuiskomen, kunnen ze meteen eten.

Als ze later aan tafel zitten, zegt Emma: 'Jan, ik zit er eigenlijk over te denken om iemand te zoeken voor op kantoor. Misschien voor een paar uurtjes per dag. 'k Weet niet precies of dat elke dag zou moeten of een paar dagen in de week. Het is vooral voor het aannemen van de telefoon. Ik vind dat de mensen te vaak een antwoordapparaat krijgen, dat stoot misschien toch wel af. Wat vind jij ervan?'

'Helemaal geen gek idee! Weet je, eigenlijk zit ik ook een beetje met m'n administratie. Niet veel natuurlijk, maar al zijn het maar de maandelijkse rekeningen die de deur uit moeten. Als we nou eens iemand zoeken voor elke dag een aantal uren, die zowel voor jou als voor mij gaat werken?'

'Nou, ik weet het niet, hoor. Zou dat niet verwarrend zijn? Hoe zie je dat voor je? Twee uur bij de makelaar en daarna een uur bij de pedagoog? Ik denk niet dat dat werkt.'

'Nee, natuurlijk niet. Maar misschien de maandag bij mij en de rest van de week bij jou, van negen tot twaalf of zo.'

'Mmmm, nou, dat is misschien niet zo gek. Kunnen we altijd, als dat nodig mocht zijn, een beetje schuiven met de uren.'

Sophie kijkt van de een naar de ander: 'Misschien ook een idee om haar tussen twaalf en één voor ons te reserveren? Maandag pannenkoeken bakken, dinsdag tosti's of zo? Lijkt me leuk! Mam, mag ik van tafel, ik wil een beetje vroeg naar school.'

'Ach nee, Sophie, ik hoopte dat jij Max mee zou nemen zo meteen en hem even bij zijn school zou afzetten!'

'Ik doe het wel, mijn eerste afspraak is pas om halftwee. Ga maar, Sophie. Tot straks.'

En zich tot Emma kerend: 'Em, stel jij een mooie advertentie op, dan kan hij eind van de week in de Delftse Courant. 'k Ben benieuwd of dat wat oplevert. Zet er vooral bij dat we een "veelzijdig" iemand zoeken die interesse heeft in huizen zowel als kinderen. En die ook nog links als rechts georiënteerd is.'

'Waar slaat dát nou op?' vraagt Emma een beetje kriegel.

'Op ons pand natuurlijk: rechts voor de makelaar, links voor de pedagoog.'

Fluitend loopt Jan naar boven. 'Kom Max, tandjes poetsen en naar school.'

Emma haalt haar schouders op. In gedachten is ze al een advertentie aan het opstellen. Maar wel zonder flauwekul. Ze wil een serieus iemand!

Drie reacties komen er op de advertentie. Het valt Emma eigenlijk erg tegen. Maar ja, er hoeft tenslotte maar één geschikte kandidaat tussen te zitten. Al teveel reacties zou ook weer lastig zijn.

Ze nodigt alle drie de briefschrijfsters uit voor een gesprek.

Ze heeft met Jan afgesproken dat zij alleen de gesprekken zal voeren en als ze voor zichzelf iemand heeft uitgekozen, zal er een tweede gesprek volgen met Jan erbij.

'Regel jij het maar hoor, tenslotte zal ze het meest voor jou gaan werken,' vond Jan. 'Het maakt mij allemaal niet zoveel uit. Als je maar een vrouw uitzoekt en niet een knappe kerel, want dat vind ik natuurlijk niet goed!'

Emma kan dat soort grappen niet waarderen. Eigenlijk ziet ze ertegen op om dingen uit handen te geven. Maar ze heeft de afgelopen jaren gemerkt dat ze het alleen ook niet helemaal kan laten lopen zoals ze het zou willen.

Dinsdagochtend om tien uur heeft ze de eerste afspraak.

Al na vijf minuten weet ze dat dit niks gaat worden.

De sollicitante is een jonge vrouw van negenentwintig jaar, ze beschikt over de nodige diploma's en ervaring, maar heeft een baby van drie maanden die ze voorlopig mee wil brengen naar kantoor en als hij wat groter wordt, zal ze wel 'een oplossing zoeken', zoals ze het zelf uitdrukt.

Emma houdt er niet van om dingen heen te draaien.

'Het lijkt me geen goed idee,' zegt ze dan ook eerlijk. 'Het kan echt niet dat mijn cliënten een huilende baby op de achtergrond van het telefoongesprek horen. Ik heb zelf mijn privé- en zakenleven altijd absoluut gescheiden gehouden en dat moet zo blijven. Sorry!'

Tien minuten nadat ze binnen kwam, gaat de deur alweer dicht achter de eerste sollicitant.

Emma zucht. Nou, vooruit, op naar de volgende.

Om elf uur is de tweede afspraak.

Toch wel een beetje gespannen zit ze tegen elf uur achter haar bureau en wacht op de bel. Het wordt elf uur, tien over elf, maar nog steeds niks.

Verdraaid! Ze gaat aan het werk. Dit is echt zonde van haar tijd.

Eindelijk, om ruim kwart over elf, hoort ze de bel.

Als ze opendoet staat er een keurig verzorgde vrouw op de stoep.

Emma vraagt haar binnen te komen en wacht eigenlijk op een excuus voor het veel te laat komen. Pas als ze zit en even heeft rondgekeken, zegt de vrouw: 'Ja, sorry, ik ben misschien een beetje laat, maar ik kreeg nog een telefoontje; een vriendin die ik lang niet gesproken had. En ach, het zal voor u niet veel uitmaken, toch? U bent waarschijnlijk toch druk op kantoor.'

Ze glimlacht vriendelijk naar Emma.

Emma is een beetje overrompeld en dat gebeurt niet gauw. Maar één ding staat voor haar als een paal boven water: met zo iemand zal ze nooit kunnen werken.

Als ze na een kwartiertje opstaat, zegt ze: 'Dank u wel, u hoort zo gauw mogelijk van ons.'

Als ze ook deze sollicitant heeft uitgelaten, sluit ze haar kantoor af en gaat naar huis.

Jan is naar school om Max op te halen. Even later komt hij met Max en Sophie binnen.

'En? Hoe ging het? Is je keus al gevallen of wil je eerst de derde vanmiddag nog spreken?'

'Pfff! Nou zeg, ik hoop dat er vanmiddag iets normaals komt. Want dit was allebei echt niks.' En ze vertelt over de beide gesprekken. 'Eigenlijk hadden ze allebei wel goede papieren en werkervaring, maar ja, het moet toch wel klikken. En zo'n baby erbij kan natuurlijk helemaal niet.'

'Juist leuk!' vindt Sophie.

'Nee, dat gaat niet,' vindt ook Jan. 'Maar was daar dan niet over te praten? Dat ze eerst naar een oppas gaat zoeken of zo?'

Emma haalt haar schouders op. 'Nee hoor, dat moet je zelf al bedenken voor je gaat solliciteren. Het zegt iets over je karakter als je zo gemakkelijk bent in dat soort dingen. Dan ben je waarschijnlijk in je werk ook slordig.'

'Ja, misschien wel. Nou ja, straks heb je er nog één, toch? Wie weet is dat het helemaal.'

'Nou, als dat ook niks is, stop ik ermee. Doe ik het zelf wel weer. Dan maar een doorgeschakelde telefoon en 's avonds wat langer door.'

'Hoe laat komt ze?'

'Half twee. Breng jij Max naar school?'

'Is goed. Ik ga vlug, dan ben ik op tijd terug om stiekem te gluren wat er voor de deur staat.'

'Jan, je doet normaal, hoor!'

'Grapje! Kom op, Emma, je kent me toch!'

'Daaróm juist! Je weet dat ik nou eenmaal niet van dat soort grapjes hou.'

Max zit te draaien op z'n stoel. 'Zijn jullie nou klaar met praten? Papa, ga jij me brengen? En mag straks Nina bij me spelen?'

'Als het van haar mama mag, is het goed hoor! Lianne komt je uit school halen, ik zal tegen haar zeggen dat Nina dan meekomt. Maar we zullen zo eerst even aan haar moeder vragen of het goed is. Wijs jij me zo maar eens aan wie Nina is. Oké?'

Even later ziet Emma ze wegfietsen. Max zit achterop en ze hoort hem hier binnen helemaal lachen. Ja, dat is twee handen op één buik, die twee mannen van haar.

Ze zet vlug de bordjes, vorken en messen in de vaatwasser en gaat terug naar kantoor.

Op naar de volgende sollicitant!

'Kom Nien, tanden poetsen en dan gaan we.'

'Mmmm, wat ruik je lekker, mama. Waarom heb je andere kleren aangetrokken? Heb je geknoeid met je melk?'

Annemarie schiet in de lach. 'Nee, bijdehandje, ik ga zo naar een mevrouw, even praten. En misschien ga ik wel bij die mevrouw werken. Nou, als je op visite gaat, kun je toch niet in zo'n ouwe spijkerbroek gaan?'

'Waarom wil je daar dan werken, is die mevrouw een beetje ziek?'

'Nee, die mevrouw heeft een kantoor, daar wil ik graag gaan werken, net zoals papa, snap je?'

'Maar ga je dan ook de hele dag weg? Dat wil ik niet, hoor!'

'Nee, dan ga ik alleen als jij op school bent, dus daar merk je niks van. Nou, kom, we gaan, anders komen we te laat en dan ga ik er zéker niet werken.'

'Maar mama, ik wil dat je thuis bent. Misschien moet je wel heel vaak ovenwerken, net als papa.'

Annemarie lacht. 'Overwerken, bedoel je. Nee hoor, dat hoeft echt niet. Maak je maar geen zorgen, misschien gaat het helemaal niet door.'

'Kom je me wel halen straks?'

'Tuurlijk kom ik je halen!'

Tevredengesteld zit ze achterop de fiets.

Als Annemarie haar bij school van de fiets tilt, is Nina allang weer met andere dingen bezig.

'Mama, mag ik straks bij Max spelen?'

Annemarie is verrast. Hoe vrij ze ook is naar andere kinderen toe en hoe leuk ze het ook vindt op school, tot nog toe wilde Nina nooit bij iemand spelen. Er is wel een paar keer een meisje uit de klas met haar meegegaan, maar andersom wilde zij nooit bij iemand spelen. Alleen als mama meeging, anders niet. Annemarie heeft wel geprobeerd het een beetje te stimuleren, maar echt aangedrongen heeft ze nooit. Waarschijnlijk heeft de overgang van Chicago naar Delft toch een grotere impact gehad dan eerst leek. En ach, heel eerlijk gezegd vindt Annemarie het ook wel heerlijk om Nina 's middags na schooltijd om zich heen te hebben. Maar dat laatste zal ze nooit hardop toegeven.

Maar nu dus Max! Ze weet wie het is. Een leuk kereltje met bruine pretoogjes en donker haar. Nina heeft hem al eens aangewezen als het 'liefste jongetje' van haar groep.

'We zullen het straks even aan zijn moeder vragen,' zegt ze. 'Hebben jullie het zelf al afgesproken?'

Nina knikt. 'Ik denk dat zijn papa hem brengt,' zegt ze, 'of zijn grote zus. Max heeft een heel grote zus. Maar ik zie hem nog niet, je moet even wachten, mama.'

'Ja, maar niet te lang hoor, ik moet naar die mevrouw, weet je wel?' Annemarie heeft eigenlijk geen geduld meer. Ze weet niet precies waar ze straks moet zijn. Erik heeft haar gisteravond wel uitgelegd waar de Hamerstraat is, maar toch... Ze wil op tijd zijn. Eindelijk is ze eens uitgenodigd voor een sollicitatiegesprek, dat wil ze niet graag verknoeien door te laat te komen.

Maar kijk, daar komt Max binnen met z'n vader. O ja, nu weet ze weer wie het is. Ze ziet hem vaak staan bij school, bij het halen of brengen. Ze heeft alleen nooit de link gelegd tussen Max en hem. Ze lijken ook totaal niet op elkaar. Zo donker Max is, zo blond is zijn vader. Vast een donkere moeder, kan niet missen! denkt ze terwijl Nina haar meetrekt naar Max.

'Mag het van jouw moeder?' vraagt Max.

Nina knikt.

'Aaah, dat zal Nina zijn! Kom jij bij Max spelen vanmiddag?' En zich daarna tot Annemarie wendend: 'Hallo, ik ben Jan Veltkamp, is het goed? Dan neemt onze oppas haar meteen mee uit school.'

Annemarie knikt. 'Ja, prima, maar komt het wel uit vandaag? Ik hoor dat er een oppas is?'

'Die oppas is er bijna dagelijks, dus dat maakt echt niet uit. M'n vrouw en ik werken allebei, vandaar.'

'Goed, zal ik haar om een uur of vijf ophalen? Wat is het adres?'

'Hamerstraat 53. En vijf uur is prima. Tot straks dan.'

Annemarie blijft staan en kijkt hem verrast aan.

'O, ik moet zo op sollicitatiebezoek in Hamerstraat 51. Dat moeten dan jullie buren zijn. Wat toevallig.'

'Dat is zeker toevallig.' Jan lacht.

'Bent u ook op de fiets? Dan rij ik direct met u mee, als dat mag. Ik weet hier namelijk nog niet zo precies de weg, we wonen hier nog niet zo heel lang.'

Jan lacht weer. 'Zeker mag dat, maar zeg alsjeblieft geen u tegen me! Zo oud ben ik nou ook nog niet!'

Als ze naast hem fietst, kijkt ze stiekem eens van de zijkant naar hem.

Nee, oud is hij niet, maar toch wel een stukje ouder dan Erik en zijzelf, schat ze. Aardige man trouwens.

'Kent u dat kantoor, ik bedoel die mensen van nummer 51, goed?' vraagt ze voorzichtig.

'Zeker, ik ken ze heel goed.'

'Aardige mensen? Ik vind het best spannend. We hebben vier jaar in Amerika gewoond en daar had ik geen baan, dus ik moet er weer helemaal inkomen. Voor die tijd was ik trouwens tandartsassistente, maar goed, daar zat ook wel een stukje administratie bij, dus helemaal nieuw zal dat werk op kantoor niet voor me zijn.'

'Hier linksaf,' zegt Jan. Hij gaat niet in op haar vraag naar z'n buren. Stom ook van haar om dat te vragen. Ze kletst veel te veel! Maar dat doet ze nou eenmaal als ze zenuwachtig is.

'Hier is het,' zegt hij. 'Ik zou me maar niet teveel zorgen maken, Emma Smit is een prima mens. En ik kan het weten: ik ken haar al vijfentwintig jaar!'

Hij lacht breed. 'Succes hè en tot ziens!'

Fluitend verdwijnt hij over het tuinpad van nummer 53.

Annemarie zet haar fiets neer voor nummer 51. Er zitten twee borden bij de voordeur, één links en één rechts.

'E. Smit, makelaar' leest ze; en aan de andere kant: 'J.Veltkamp, pedagoog'.

Haar hand, al onderweg naar de bel, blijft in de lucht hangen.

Nee hè! Dat heeft zij weer! Ze hoort het zichzelf weer vragen: 'Aardige mensen?'

Nou ja, vooruit! Het is gebeurd. Als Emma net zo aardig is als haar man, hoeft ze niet tegen het gesprek op te zien.

Het gesprek gaat inderdaad goed. Maar Emma is wel heel anders dan haar man. Veel zakelijker en een beetje koel, vindt Annemarie. Maar ja, ze heeft ook een veel zakelijker beroep dan haar man, dus eigenlijk wel logisch.

Als ze een halfuurtje gepraat hebben, zegt Emma: 'Annemarie, ik zal je eerlijk zeggen: de andere sollicitanten die ik heb gehad leken me helemaal niets. Dus wat mij betreft kunnen we het nu meteen afronden. Ik wil je graag hier hebben. De werktijden kunnen onder school-

tijd vallen. Ik dacht zelf aan vijf ochtenden van halfnegen tot half-twaalf, waarvan je dan wellicht één ochtend voor Jan, mijn man zou kunnen werken. We hadden dat in de advertentie al aangegeven, had je dat begrepen? In de schoolvakanties plant Jan zo min mogelijk afspraken in verband met Max en dan kan hij ook weer wat telefoon voor mij opvangen, dus dan kun jij eventueel ook wat minder werken als je dat prettig vindt. Ik begrijp dat jouw dochter ook nog klein is.'
Annemarie knikt. Het lijkt haar helemaal geweldig.
'Jan heeft zijn praktijk en kantoor hiernaast, hij is nu aan het werk, anders hadden jullie ook meteen even kunnen kennismaken. Wacht, ik kan wel bellen of hij even tijd heeft.'
'Dat hoeft niet, we hebben net al kennisgemaakt bij school. Mijn dochtertje zit bij Max in de groep. Ik wist natuurlijk niet dat hij uw, eh, jouw man was. Ze hebben toevallig afgesproken dat Nina hier na schooltijd komt spelen.'
'O, prima, dat regelt Lianne, onze oppas wel. Dus we zijn akkoord over de werktijden? Het werk hier heb ik zo'n beetje verteld. Jan moet zijn aandeel maar uitleggen als het zover is. Het gaat bij hem vooral om het opmaken en verzendklaar maken van de rekeningen.'
Annemarie knikt. 'Ja, ik wil hier graag komen werken. Het lijkt me leuk en natuurlijk heel fijn dat het zo onder schooltijd kan. Ik vind Nina nog te jong om elke dag te laten overblijven op school.'
'Mmm, nou, dat is meestal een kwestie van wennen hoor! Max blijft ook twee keer per week over. Maar eerlijk gezegd vindt hij dat ook niet echt leuk.' Dat laatste komt er wat zachter achteraan en dat maakt Emma opeens wat menselijker, vindt Annemarie.
'Dan zullen we het nu over het salaris hebben en de datum waarop je kunt beginnen.'

Als Annemarie wat later naar huis fietst, is ze vrolijker dan ze in tijden is geweest. Ze heeft een baan! Over twee weken gaat ze beginnen. Ze heeft er zin in.
Waarschijnlijk zal ze veel alleen op kantoor zitten, omdat Emma haar afspraken nu zeker vooral op de ochtend zal proberen te plannen, maar het zal afwisselend genoeg zijn met de telefoon en een komende en gaande Emma met eventuele cliënten.

En die ene ochtend bij Jan zal ook weer een afwisseling zijn op de rest van de week.

Emma lijkt haar erg punctueel, maar aardig en wat ze van Jan heeft gezien, nou, dat leek haar ook een prima 'baas' om voor te werken. En als het tegenvalt? Nou, wat dan nog! Ze hoeft er gelukkig niet haar boterham mee te verdienen. Maar vooralsnog heeft ze er alle vertrouwen in!

Als Erik 's avonds om zeven uur eindelijk thuiskomt, wacht hem een enthousiaste Annemarie.

'Leuk voor je, joh! Je zult het zien, dit wordt helemaal jouw baan!'

3

HET IS HALF JANUARI EN HET VRIEST BEHOORLIJK!
Annemarie fietst van school naar de Hamerstraat. Vandaag is het
maandag, dus werkt ze voor Jan. De afwisseling van de twee 'banen'
bevalt haar best. Het zijn wel twee heel verschillende werelden. Het
makelaarskantoor van Emma is een echt zakelijk gebeuren. Emma is
zelf erg stipt en precies in haar werk en verwacht dat ook van Annemarie. Je ziet het al als je het kantoor binnenkomt: alles even ordelijk
en keurig. Maar ze moet toegeven dat dat heel prettig werkt. Ze kan
ook goed met Emma opschieten, al moest ze eerst erg aan haar wennen. Ze komt wat koel over, maar hoe beter Annemarie haar leert
kennen, hoe meer sympathie ze voor haar gaat voelen.
Het kantoor van Jan is precies het tegenovergestelde. Hoewel het ook
hier netjes is, ademt het een heel andere sfeer. Nu zijn zijn 'klanten'
over het algemeen natuurlijk kinderen, maar dat is het niet alleen.
Annemarie weet niet hoe ze het zou moeten omschrijven, maar ze
wordt al vrolijk als ze hier binnenkomt.
Jan is ook een heel andere werkgever dan zijn vrouw. Z'n administratie is niet echt z'n sterkste punt; hij is dan ook erg blij dat Annemarie
dat sinds kort van hem heeft overgenomen. De praktische kant van
z'n werk vindt hij heerlijk, maar het zakelijke vindt hij eigenlijk een
ramp.
'Zonder jou zou ik failliet gaan!' zegt hij regelmatig tegen Annemarie.
'Ja hoor! Ik ben natuurlijk precies op het juiste moment gekomen.'
De eerste weken is ze echt druk geweest om een beetje systeem in z'n
administratie te brengen. Nu loopt het allemaal goed en heeft ze
eigenlijk niet zo heel veel te doen. Alleen als de maand net om is, is
ze druk met de rekeningen. De andere maandagen is ze vooral bezig
om de rommelige aantekeningen van de afgelopen week netjes in het
systeem te zetten.
Als ze deze ochtend binnenkomt, verdwijnt Emma juist in haar kantoor.
'Goedemorgen, Annemarie, er is verse koffie, hoor,' en weg is ze.
Annemarie hangt haar jas op en gaat de deur aan de overzijde van de
gang binnen.

'Hé, Anne! Goeiemorgen. Goed weekend gehad? Koud buiten, hè? Zal ik even koffie pakken? Ga zitten en word warm!'

'Jij ook goedemorgen, nee, laat maar, ik loop nog, jij ook nog koffie?' Ze loopt al naar het koffiezetapparaat. ''t Is echt koud, ja! En het weekend was rustig, en jij?'

'Ik ben zaterdag naar een schitterend pianoconcert geweest. Echt schitterend!! Hou jij van klassiek of speel je misschien zelf een instrument?'

'Ik speel zelf niks en ik weet eigenlijk niet of ik ervan hou. Je vindt het misschien gek, maar er komt weinig van dat soort dingen. Emma houdt daar dus wel van?'

'O nee, die gaat nooit mee, ze geeft daar echt niet om. En gisteren ben ik met Max naar het voetballen geweest. Ik probeer hem natuurlijk ook enthousiast te maken! Eindelijk een zoon om mee naar het voetballen te gaan kijken.' Hij lacht. 'Met de oudste meiden heb ik eindeloos naar het volleyballen gesjouwd, maar die gaan nu alleen of niet meer. En Sophie is niet zo sportief, ze zit liever met een boekje in een hoekje. Maar zij speelt piano, dat hebben die andere twee nooit willen leren zelfs. Dat vind ik dus ook wel heel leuk. Wist je eigenlijk dat ik ook pianolessen geef?'

'Nee, dat wist ik niet. Leuk! Dus Sophie is leerling bij haar pa? Nou, wij zijn niet zo muzikaal, dus maar afwachten of er bij Nina nog wat naar boven komt uit het voorgeslacht. Je weet maar nooit!'

Ze zet de lege beker neer. 'Ik ga eens aan het werk! Moet jij nog weg vanochtend?'

'Nee, om halftien krijg ik hier een jongetje. Ik zit dus hiernaast. Nou, werk niet te hard, hè!'

Als hij bijna bij de tussendeur is die de praktijk en kantoorruimte van elkaar scheidt, zegt hij: 'Ik klets ook maar door, hè, nu weet ik nog niet wat jij gedaan hebt dit weekend.'

'Zoals ik al zei: lekker rustig weekend gehad. Erik is door de week bijna nooit thuis, dus dan is het zaterdags en zondags heerlijk om met z'n drietjes thuis te zijn.'

'Is je man geen voetbalfanaat? Dus op zondagmiddag niet langs de lijn hier of daar?'

'Als hij thuis is, kijkt hij 's avonds wel eens naar een wedstrijd op tv, maar zondags, nee, eigenlijk gaan we elke zondag naar de kerk. En dan 's middags een stukje wandelen of op familiebezoek.'

'Elke zondag naar de kerk? Aha.' Even staat hij stil, daarna verdwijnt hij door de tussendeur.

Annemarie weet niet wat ze ervan moet denken. Ze voelt zich een beetje ongemakkelijk bij z'n reactie. Nou ja, lekker belangrijk! Ze gaat aan het werk.

Aan het eind van de ochtend komt hij het kantoor weer binnen.

'Grappig, dat jullie elke zondag naar de kerk gaan. Emma komt ook uit een familie waar dat nog steeds traditie is. Ikzelf ben rooms katholiek opgevoed, maar wij allebei hebben niks meer met het geloof. Maar de laatste jaren gaat Marieke, onze oudste, toch af en toe naar een kerk. Zit in de genen, blijkbaar.'

'Waarom zeg je "grappig"?'

'Grappig? Zei ik grappig? Ik bedoel eigenlijk, ja hoe moet ik dat zeggen, apárt dat er toch nog steeds mensen zijn die aan die traditie vasthouden. Dan moet het toch meer zijn dan een traditie. Is dat zo?'

Hij is op de punt van haar bureau gaan zitten. 'Neem nou onze Marieke. Thuis niks daarvan meegekregen en toch gaat ze op zoek, sterker nog: ze vindt er blijkbaar iets. Terwijl Emma en ik er in groot gebracht zijn en er toch niks in zagen. Wat is dat dan? Snap je wat ik bedoel?'

Het blijft even stil. Moeilijk! denkt Annemarie.

'Nou ja,' zegt ze dan, 'voor mij is het zeker meer dan een traditie. God, Jezus, die zijn voor mij heel abstract. Het geloof, de Bijbel, die geven steun en richting aan mijn leven. En het leven na dit leven geeft mij ook een doel waar ik op af ga. Ik weet niet goed hoe ik het moet zeggen, maar in elk geval is m'n geloof heel belangrijk voor me.'

'Dus jij gelooft echt alles wat er in de Bijbel staat?' Jan is gaan staan, z'n handen in de zakken. In z'n stem klinkt geen spot, wel verbazing. Dan wordt er op de deur getikt. Emma steekt haar hoofd om de hoek. 'Annemarie, ik ben er morgenochtend niet als je komt. Ik heb wat aantekeningen op je bureau gelegd, dan vind je het wel, hè? Wat kijken jullie trouwens ernstig, toch geen moeilijkheden?'

Jan lacht. 'Nee, Em, we hebben alleen een serieus gesprek! Over God en de Bijbel!'

Emma trekt haar wenkbrauwen op. 'Alsjeblieft zeg! Door die Bijbel hebben we genoeg ellende in de familie gehad! Nou, ik ga ervandoor. Jan, tot vanmiddag, Annemarie tot morgen.' De deur gaat weer dicht. Annemarie weet niet wat ze moet zeggen. Wat bedoelt Emma?

Jan zegt er ook niks meer over. Hij kijkt op z'n horloge. 'Hou je tijd in de gaten, hoor, 't is bijna halftwaalf, anders staat Nina te wachten.' Annemarie begint haar spullen op te ruimen en sluit de computer af. Als ze even later naar school fietst, moet ze nog aan het gesprek denken. Eén ding is wel duidelijk: Emma is erg tegen het geloof. Om wat voor reden dan ook. Jan kijkt daar blijkbaar toch wat anders tegen aan. Verbazingwekkend eigenlijk, denkt ze, dat Max dan toch op een christelijke basisschool zit.

Als ze 's middags Nina weer heeft weggebracht, betrapt ze zich er op dat ze er weer over loopt te denken. Wat heeft ze precies tegen Jan gezegd? Heeft ze het wel goed gezegd? Gek toch, dat ze daar zo moeilijk over praat. Vooral dan, als ze merkt dat een ander niet veel moet hebben van het geloof.

Maar toch ook wel leuk dat ze zo open kan praten met Jan, ook over die dingen. Wat dat betreft heeft ze het echt getroffen met haar baan. Met Emma kan ze ook heel goed opschieten, maar Jan lijkt meer een oude, vertrouwde vriend, dan haar toch nog wel vrij verse werkgever.

Als Nina 's avonds in bed ligt, begint ze erover tegen Erik. Ze vertelt van Jans vragen naar haar geloof.

'Ik vind dat best moeilijk hoor, wat moet je nou zeggen? Ik zou hem graag overtuigen, maar ja, ik zou niet weten hoe! En Emma leek helemáál zo afstandelijk, eigenlijk een beetje vijandig zelfs.'

'Joh, Anne, je kunt niemand overtuigen, dat weet je toch. Moet je ook helemaal niet proberen. Alleen getuigen, zeggen ze wel eens. En dat is denk ik ook zo. En dan vooral door je houding denk ik, of als het zo ter sprake komt, zoals vanochtend. Emma heeft blijkbaar in haar familie iets vervelends meegemaakt waardoor ze zo heftig reageert. Misschien hoor je dat nog wel eens, of misschien ook niet. Ze weten in elk geval hoe jij er over denkt. Meer hoeft ook niet. Als Jan echt geïnteresseerd is, komt hij er heus nog wel eens op terug. Als jij gewoon jezelf bent, is dat genoeg.'

Twaalf februari is Nina jarig.

'Vorig jaar zaten we nog in Amerika, wat lijkt dat alweer lang geleden hè?'

Annemarie staat met een slinger in de ene en een punaise in haar andere hand.

'Ja joh, de tijd gaat door! Geef maar!' Erik staat op een trapje en prikt de slinger vast.

'Zo, nu nog wat ballonnen en dan is het wel klaar. 'k Ben benieuwd hoe vroeg ze voor ons bed zal staan.' Erik klapt het trapje dicht en begint ballonnen op te blazen.

Annemarie staat nog op dezelfde plek. 'Vijf jaar al! En nog steeds alleen.' Ze kijkt verdrietig naar Erik. 'Ik weet nog dat ik vorig jaar om deze tijd dacht: Als ze vijf wordt, dan heeft ze misschien wel een broertje of een zusje, maar nee, nog steeds niet.'

'Kom op, Anne! Een beetje vertrouwen! Hoe oud ben je? Drieëndertig! Dat kan nog makkelijk! En anders... nou, met z'n drietjes hebben we het toch ook fijn? Hé, vooruit! Morgen is het feest, hoor! Sta niet te treuren en help me even. Ik blaas en jij knoopt ze dicht. Mijn vingers zijn daarvoor veel te dik, het lukte me niet.' Hij duwt haar een opgeblazen ballon in de handen.

'Ach ja, je hebt wel gelijk, maar ik zou zo graag weer een baby hebben.'

'Weet ik toch! Ik ook wel, maar door je er zo druk om te maken, help je jezelf echt niet.'

Annemarie zucht. Hij heeft gelijk, maar toch...

'Zaterdag is haar kinderfeestje, hè? Ik hoop trouwens dat ik op tijd terug ben, 's ochtends moet ik eerst nog naar de zaak.'

'Op zaterdag? Wat is dat nou voor onzin! Hè Erik, ik hoop echt wel dat je op tijd terug bent hoor! Voor Nina is het anders ook niet leuk!'

'Ik doe mijn best, dat moet lukken. Het zal in de toekomst trouwens wel vaker voor gaan komen dat ik zaterdags een gedeelte van de dag naar kantoor moet. Het is echt onwijs druk op het ogenblik.'

'Maar je werkt al zo vaak 's avonds langer! Wordt het niet eens tijd dat jullie meer mensen in dienst gaan nemen of zo?'

'Zo simpel is het niet. Er zijn dingen die ik zelf moet doen; tja, en die extra uren, dat brengt mijn functie nou eenmaal met zich mee. Het is

31

geen baantje van acht tot vijf, maar daar staat ook weer veel tegenover, toch?'

'Mmm, ik zou liever willen dat je wat minder verdiende als je dan wat
meer thuis zou zijn, dat meen ik echt, Erik.'

'Ik doe m'n best om de extra uren zoveel mogelijk te beperken, meer
kan ik je niet beloven, meisje. Maar er komen ook wel weer andere
tijden, heus!'

De volgende ochtend staat Nina al om zes uur voor het bed van
Annemarie en Erik. Annemarie kan het niet over haar hart verkrijgen
om haar terug te sturen naar haar eigen bed.

'Kom maar even tussen ons in liggen, maar dan nog wel even slapen,
hoor, ssst, pap slaapt nog, zie je wel?'

Maar lang houdt ze het niet meer uit in bed en om kwart voor zeven
zitten ze al met z'n drietjes aan het ontbijt.

Nina is helemaal in de wolken met haar nieuwe fietsje. Ze wil zo snel
mogelijk haar kleren aan en naar buiten.

Tegen halfnegen fietst ze zo trots als een pauw naast Annemarie naar
school. De nieuwe fiets mag vandaag in de gang staan.

Wat later rijdt Annemarie naar haar werk. Als ze binnenkomt en
Emma haar heeft gefeliciteerd, zegt ze: 'Annemarie, vind je het goed
als we Max zaterdag wat eerder ophalen van Nina's feestje? Ons neefje Ruben viert ook zaterdag z'n verjaardag en daar willen we naar toe.
Hij wordt overmorgen zeven. We willen er niet zo laat komen, anders
ligt hij al bijna in bed. Mieke, m'n schoonzusje, woont in IJsselstein,
dus toch nog wel even rijden en anders wordt het voor Max ook te
laat.'

'Hé, in IJsselstein, daar hebben wij ook gewoond voor we naar Amerika gingen. Toevallig! Is dat een zus van Jan of een broer van jou, die
daar woont?'

'Mieke was getrouwd met mijn broer, maar ze zijn al een aantal jaren
uit elkaar. Ze hebben één jongetje, Ruben. Zo'n verjaardag is toch
altijd moeilijk voor haar: Ed, haar ex, wil z'n zoon ook feliciteren,
Mieke vraagt hem dan voor het eten 's avonds. Leuk voor Ruben,
maar voor haarzelf vreselijk moeilijk. Zou ik nooit kunnen opbrengen! Die... Nou ja, laat maar.'

Annemarie kijkt haar met grote ogen aan.

'Ed en Mieke? Ruben? Maar die ken ik! Ze kwamen bij ons in de kerk. Natuurlijk, Ed heet ook Smit. Dat dat jouw broer is... Ik heb natuurlijk gehoord wat daar speelde, ik bedoel, dat Ed pas na de geboorte van Ruben merkte dat hij eh, anders was.'

'Homo, bedoel je! Nou, dat zal hij wel eerder geweten hebben, denk ik.' Er ligt minachting in Emma's stem. 'Sorry, maar dat wil er bij mij niet in, hoor! Maar ja, dat geloof hè, dat kon natuurlijk niet! Wegstoppen dus maar. Nou, je ziet de gevolgen! Trouwens, ik wist eigenlijk niet dat jij ook gelovig bent. Voor mij hoeft het dus niet! Dat begrijp je misschien!'

Annemarie zegt niet veel meer.

Emma is zo fel, wat moet ze nog zeggen? In het verleden zaten Erik en Ed samen in de leiding van een club van de kerk. Maar nadat Ed was gestopt en zij naar Amerika waren vertrokken, hebben ze geen contact meer gehad.

Erik zal wel opkijken als ik vertel dat Ed de broer is van Emma, denkt ze. Dan gaat ze aan het werk.

Een paar dagen later komt Emma nog op hun gesprek terug.

'Misschien was ik wel erg fel, afgelopen dinsdag,' zegt ze, 'maar ik kan nou eenmaal niet tegen mensen die zondags braaf in de kerk zitten, maar ondertussen de zaak bedonderen. En wat mijn broer heeft gedaan kan ik toch niet anders noemen, excuus voor het woord, maar het is niet anders. Als je zegt dat je in God gelooft en elke zondag naar de kerk holt, nou, laat dat dan ook zien in de rest van de week.'

Annemarie knikt. 'Daar heb je in het algemeen wel gelijk in, maar in het geval van jouw broer... Hij zal het er zelf moeilijk genoeg mee gehad hebben, denk ik. Een hoop verkeerde dingen gebeuren bewust, maar dit... ik weet het niet hoor.'

'Nou, ik weet het wél! Mieke zit daar nou alleen met haar kind. Nee, ik heb er geen goed woord voor over. Ik móest al niet veel hebben van kerkmensen, maar na zoiets bevestigt dat mijn overtuiging alleen maar. O, sorry, ik wil jou niet beledigen, maar zo voel ik het nou eenmaal.'

Annemarie schudt haar hoofd. 'Mij beledig je niet zo gauw, hoor. Maar als je om je heen kijkt, zul je toch ook wel eens mensen zien die naar de kerk gaan en wél te vertrouwen zijn?'

'Nou, zoveel zijn dat er volgens mij niet. Maar natuurlijk, er zullen wel goede uitzonderingen zijn. Maar niet meer dan bij mensen die niet naar de kerk gaan. Dus wat is de meerwaarde dan?' Ze staat op. 'Nou ja, zo belangrijk is het ook niet. Ik ben in elk geval blij met jou!' Annemarie probeert om niet al te verbaasd te kijken. Emma, die spontaan iets hartelijks zegt: dat mag wel in de krant!

Toch is ze echt op Emma gesteld. Ze mag haar directheid wel, en af en toe bemerkt ze onder die harde buitenkant toch wel iets zachts. Soms, als ze iets over Max of haar dochters zegt, merkt Annemarie dat er toch ook nog een andere Emma is. Alleen, ze geeft zich heel moeilijk bloot. Misschien heeft het iets met haar jeugd te maken? Ze herinnert zich vaag dat Erik indertijd wel eens iets heeft gezegd over de vader van Ed, en dus ook van Emma; dat hij niet de gemakkelijkste voor zijn kinderen was.

Nou, in elk geval is een compliment van Emma schaars, dus extra waardevol.

Annemarie zelf is ook nog steeds erg blij met haar baan. Hoewel het heel ander werk is dan ze ooit heeft gedaan, bevalt het haar heel goed. Met Emma krijgt ze steeds leuker contact en met Jan heeft ze vanaf het begin een heel vertrouwd gevoel. Net een oudere broer, denkt ze wel eens. Elke maandagochtend komt hij aan het begin of eind van de morgen een poosje op de punt van haar bureau zitten om even te kletsen. Hij is belangstellend en altijd goed gehumeurd. Wat dat betreft zijn Emma en hij echt twee tegenpolen, denkt ze vaak. Maar daarom passen ze waarschijnlijk juist goed bij elkaar.

Als ze 's avonds in bed liggen, schiet haar opeens weer het gesprek met Emma te binnen.

'Zo fel was ze over wat zij noemt "de kerkmensen". En over Ed praatte ze alleen maar met minachting. Ze is soms zó hard, dan weet ik eigenlijk niet meer wat ik zeggen moet. Ertegen ingaan heeft volgens mij weinig zin.'

'Moet je ook niet doen. 't Is inderdaad zoals ik pas al tegen je zei: je kunt alleen laten zién dat het ook anders kan. Dat niet alle mensen die naar de kerk gaan, oplichters zijn. Want dat beeld heeft ze volgens mij wel een beetje. Je weet natuurlijk niet wat ze in het verleden heeft meegemaakt.'

'Jan vertelde laatst dat één van hun dochters, de oudste geloof ik, toch af en toe naar de kerk gaat. Daar zal Emma dan ook niet zo blij mee zijn. Gelukkig voor dat meisje dat haar vader er niet zo op tegen is. Lijkt me anders best moeilijk.'

Later ligt ze er nog over na te denken. Emma lijkt best eenzaam. Ze hoort of ziet nooit iets van vriendinnen of zo. Of zou ze daar geen behoefte aan hebben? Voor ze in slaap valt, neemt Annemarie zich voor om te proberen een vriendin voor Emma te zijn en haar te laten zien dat er ook 'andere kerkmensen' zijn.

4

HET VOORJAAR LAAT LANG OP ZICH WACHTEN DIT JAAR, MAAR ALS DE temperatuur dan eindelijk gaat oplopen, dan is het ook opeens helemaal lente.

Als Emma haar auto voor de deur parkeert en uitstapt, voelt het buiten nog heerlijk aan. Toch is het al na tienen.

Hè, ze is moe, het is een lange dag geweest. Te lang eigenlijk. Maar ze had iemand die vanavond nog een huis wilde gaan bekijken, helemaal in Pijnacker.

Hoewel ze had aangeraden eerst eens bij daglicht te gaan kijken, wilde hij per se vanavond om halfnegen. Toen ze net het hele huis uitgebreid door gelopen hadden, zei de aspirant koper dat hij het toch liever bij daglicht wilde zien!

Emma zucht. En dan moet je nog beleefd blijven ook! Nu moet ze morgenochtend weer speciaal naar Pijnacker rijden. Ze heeft wel wat anders te doen dan twee keer binnen vierentwintig uur met dezelfde mensen door hetzelfde huis te lopen. Vooral omdat hij eigenlijk al heeft laten doorschemeren dat het veel te duur voor hem is. Maar ja, de klant is koning...

Als ze binnenkomt, is de kamer leeg. Max en Sophie slapen al en Jan had nog een paar pianoleerlingen vanavond. Ze kijkt op haar horloge: nou, die gaat ook lang door vanavond!

Ze neemt een biertje, dat heeft ze wel verdiend, vindt ze.

Opeens moet ze aan haar vader denken. Als hij haar nu eens zou zien! Emma, de dochter met het 'mannenberoep', volgens haar pa. En dan ook nog met een biertje op de bank. Dat vond hij ook niks. Vrouwen drinken appelsap, misschien bij uitzondering een glas wijn, maar zeker geen bier!

Ach pa! Het is al zeveneneenhalf jaar geleden dat hij is overleden. Maar soms, zoals nu, moet ze opeens weer aan hem denken, hoort ze hem bijna praten. Pa was niet gelukkig met de keuzes in haar leven. Haar opleiding tot en werken als makelaar vond hij onvrouwelijk, maar ze weet dat hij het toch het ergst vond dat ze niet meer naar de kerk wilde.

Zolang ze nog thuis woonde, was ze om de lieve vrede meegegaan, maar zodra ze ging studeren en op kamers ging, was ze er helemaal mee gestopt.

Pa vond dat heel erg, hij keurde haar levensstijl af. Ach, wat keurde pa niét af? Ed, haar tien jaar jongere broer, werd verpleegkundige. Ook al weer fout. Dat was een beroep voor watjes en vrouwen. Tenslotte bleek Ed ook nog eens homoseksueel te zijn. Maar de scheiding daardoor van Mieke had pa niet meer meegemaakt. Toch vraagt Emma zich wel eens af of pa nooit iets gemerkt heeft van Eds geaardheid. Of tenminste iets vermoed heeft. Het moet haast wel. Pa was scherp, had altijd alles in de gaten. Zij, Emma, heeft er één keer met haar moeder over gesproken. Ma zei dat ze er al heel lang bang voor was geweest. Pas toen Ed met Mieke ging trouwen, was ze een beetje gerustgesteld.

'Heeft pa dan nooit iets vermoed?' heeft ze gevraagd.

'Ik weet het niet, kind, in elk geval zou het nooit bespreekbaar geweest zijn, dat weet ik wel! Pa vond het een grote zonde, hij zou nooit geaccepteerd hebben dat zijn zoon zo was.'

'En u?'

'Ik vind het ook heel moeilijk. Ik denk dat God het zo niet bedoeld heeft. Maar ja, heeft Ed er om gevraagd? Voor hemzelf is het denk ik het allermoeilijkst. Natuurlijk had hij nooit mogen trouwen met Mieke. Dat doet me eigenlijk meer verdriet dan het feit dat hij zo is. Maar toch Emma, ik zal hem nooit veroordelen. Hij hoopte dat het zou veranderen als hij maar eenmaal getrouwd was. Niet dus...'

Emma heeft maar gezwegen. Ze is het totaal niet eens met haar moeder. Als ze de discussie met haar vader gevoerd zou hebben, nou, reken maar dat ze haar mening gegeven zou hebben. Maar tegen maatje, ach, daar kon zelfs zij niet hard tegen zijn, daar was deze veel te lief voor. Nu is ook haar moeder overleden. Zijn alleen Ed en zij nog over. Ze zien elkaar praktisch nooit. Ze kan nou eenmaal niet aardig tegen hem zijn, terwijl ze hem zoveel verwijt.

Dat hij homoseksueel is? Daar heeft ze geen enkele moeite mee. Maar dat hij getrouwd is, een kind heeft verwekt en toen pas ervoor uit kwam, nee, daar kan ze helemaal niks mee. Ze vindt hem slap, een sukkel! En dan drukt ze het nog zachtjes uit, vindt ze.

'Hé, Em, ben je er al? O, is het al halfelf? Ik zat zelf nog even te spelen, schitterend stuk muziek gekregen van de vader van een leerling.

Je zou het nog even moeten horen. Zal ik het hier nog eens spelen?'
Jan loopt al naar de piano.
'Alsjeblieft zeg! Daar heb ik echt geen puf in. Ik ben blij dat ik even
rustig zit. Als je naar de keuken gaat, pak voor mij dan nog een pilsje
als je wilt. Ik heb dorst.'
Hij weet dat ze niet houdt van de muziek die hij zo geweldig vindt.
Terwijl hij naar de keuken loopt, zegt ze: 'Laat het morgen aan Sophie
horen, die vindt het vast ook mooi.'
Als Jan met twee flesjes bier en een glas naast haar komt zitten, zegt
hij: 'Annemarie is vrijdag jarig. Ze vroeg vanochtend of we zin hebben
een borreltje te komen drinken.'
'Oh? Nou, dat is wel leuk misschien. Kunnen we eindelijk eens kennismaken met haar man.'
Even later bedenkt ze: 'Hé, ze heeft helemaal geen vrij gevraagd voor
vrijdag. Ik neem aan dat ze toch niet zal komen werken op haar verjaardag. Heb jij daar iets over gehoord?'
'Ze zei dat ze al haar vrije dagen zoveel mogelijk wil opsparen voor de
schoolvakanties. Ze zit dan natuurlijk met Nina. Wat vind je, zullen
we haar een extra vrije dag aanbieden?' En als Emma niet direct reageert: 'Dan heb je meteen een cadeautje voor haar.'
'Wat voor cadeautje dan?'
'Nou, een vrije dag!'
'Eigenlijk heb ik werk zat! Maar oké, ik zal het haar morgen wel voorstellen. Misschien is het wel een aardig idee.'
Waarom heb ik dat zelf niet bedacht? denkt ze. De leuke dingen
komen altijd van Jan. Maar ja, hij is nou eenmaal veel socialer. Zijzelf
is veel zakelijker en dat is maar goed ook. Zo vormen ze een goed
team!
Als Annemarie de volgende dag op het punt staat om naar huis te
gaan, zegt Emma zo nonchalant mogelijk: 'Annemarie, vrijdag ben je
jarig, hoorde ik? Blijf dan lekker thuis, extraatje van de baas.'
Annemarie krijgt een kleur van plezier. 'Hé, Emma, wat aardig
bedacht van je! Dankjewel. Ik heb aan Jan gevraagd of jullie 's avonds
wat komen drinken, is dat al doorgekomen bij jou?'
'Ja, Jan zei het. Leuk, je kunt op ons rekenen.'

Als ze die vrijdagavond rond halftien aanbellen, komt de herrie hen al door de gesloten deur tegemoet.

'Allemensen,' zegt Emma, 'wat een huis vol! Ik dacht dat ze zei dat ze het niet uitgebreid vierde!'

Voor Jan antwoord kan geven, gaat de deur al open.

'Hoi! Gezellig, kom binnen!'

Voor ze het weet, staat Emma met een glas in haar hand tussen een groepje haar totaal onbekende mensen. Echt niks voor haar! Ze is niet verlegen, maar heeft weinig te melden aan zo'n groep vreemde mensen. Blijkbaar kennen de anderen elkaar allemaal, maar ze proberen haar ook in hun gesprek te betrekken. Al snel komt Emma er achter dat het allemaal mensen zijn die Annemarie en Erik vanuit de kerk hebben leren kennen. Ze luistert en knikt maar een beetje en kijkt intussen voorzichtig rond of ze Jan ziet. Misschien heeft hij het ook wel gezien hier en kunnen ze weer snel naar huis.

Maar als ze Jan ziet, begrijpt ze meteen dat dat er voorlopig nog niet in zit. Hij staat ook bij een groepje mensen, maar zo te zien heeft híj het uitstekend naar z'n zin. Lachsalvo's klinken voortdurend op en Jan doet mee of hij die mensen al jaren kent.

Jan is een echt 'mensen-mens', dat weet ze. Hij geniet van zulke feestjes. Ook al zijn het allemaal onbekende mensen, dat maakt hem niks uit. Binnen de kortste keren voelt hij zich helemaal op zijn gemak.

'Je moet je een beetje geven,' zegt hij als ze daar wel eens over praten. 'Ieder mens is uniek en heeft wel iets te melden.'

Nou, voor haar hoeft dat dus niet. Maar ze weet dat als Jan eenmaal op gang is, hij ook geen haast heeft om naar huis te gaan.

Eindelijk, als de eerste mensen opstappen, ziet Emma haar kans om Jan aan z'n mouw te trekken. 'Zullen we ook zo?'

'Ach, even nog Em, Hans is net nog een biertje voor me aan 't halen.'

'Hans? Hans wie?'

Maar Jan krijgt het flesje al in de hand gedrukt. 'Dat is je vrouw, Jan?' en zich vriendelijk tot haar kerend: 'Ook nog wat drinken? Zal ik even wat halen?'

Ze schudt 'nee'. 'Ik denk dat we zo naar huis gaan, toch, Jan?'

Jan knikt. 'Ja, dit is de laatste. De oppas moet naar huis.'

Annemarie is erbij komen staan. 'De oppas? Ik dacht dat je zei dat je dochter thuis was?'

Jan lacht. 'Nou, is dat geen oppas dan? Nee joh, het is gekheid. We gaan naar huis. 't Was reuzegezellig, maar het wordt nu toch eens tijd.' Emma ergert zich als hij Erik joviaal op de schouder slaat. 'Kerel, bedankt, jullie komen het maar eens terughalen. Leuk dat we jou nou ook eens gezien hebben. Annemarie praat natuurlijk voortdurend over je, dus het werd tijd dat we eens kennismaakten. Toch?'

'Kom op, Jan, ik ga hoor. Annemarie, bedankt en tot maandag, Erik, ook tot ziens.' Emma stapt de deur uit, het aan Jan overlatend of hij haar volgt.

Even later loopt hij naast haar. 'Leuke lui!' zegt hij, terwijl hij z'n arm om haar schouder slaat. 'Heb jij je ook een beetje geamuseerd?' Emma schokschoudert. 'Mmm, je weet dat ik niet zo dol ben op dit soort dingen. Ik ken die mensen niet en heb ook geen zin om hele gesprekken aan te gaan. Waar moet je het over hebben? Allemaal mensen van hun kerk, geloof ik.'

'Nou, wat is daar mis mee? Ik vond het leuke mensen. En Erik is een geschikte kerel. Beetje stil misschien. Maar dat maakt Anne wel goed. Die kan kletsen zeg! Gezellige meid!'

'Ja, nu weet ik het wel, hoor!'

Jan zegt ook niks meer. Zwijgend lopen ze door de nacht naar huis.

Dat vertrouwde 'Anne' van Jan zonet, dat zit haar nog het meest dwars.

Annemarie ís een leuke meid, dat is waar. Maar dat hoeft Jan niet zo duidelijk te zeggen...

Als Erik op een avond thuiskomt van een vergadering van het jeugd-werk, zegt hij: 'Anne, ik kwam vanavond Bram van Dijk tegen. We raakten aan de praat en hij liet zich min of meer ontglippen dat ik binnenkort benaderd zal worden met het verzoek om ouderling te worden.'

'Wat zei je? Je hebt toch wel meteen gezegd dat je daar geen tijd voor hebt, hoop ik? Trouwens, snel hoor! We wonen hier nog geen jaar.' En als ze geen antwoord krijgt: 'Erik? Wat heb je gezegd?'

'Ik heb niet meteen nee gezegd. Het was nog geen directe vraag, meer een beetje aftasten hoe ik ertegenover zou staan.'

'Dus?'

'Ik weet het echt nog niet, voor sommige dingen moet je tijd máken. Het is natuurlijk de gemakkelijkste weg om meteen te zeggen dat je geen tijd hebt. Het is toch een belangrijke taak, of vind je van niet?'

'Natuurlijk is het belangrijk. Maar, Erik, je bent nu al bijna geen avond thuis. Hoe wil je dat dan gaan doen? Ik zit nu al bijna elke avond alleen thuis en wat denk je van Nina? Die weet nauwelijks dat ze een vader heeft!'

'Nu overdrijf je! In het weekend ben ik er bijna altijd voor jullie. En ik heb al vaker gezegd: zoek een betrouwbare oppas en ga er dan zelf ook eens uit 's avonds. Word lid van een sportclub, of weet ik wat!'

Annemarie zegt niks meer.

Dat laatste, daar heeft hij natuurlijk wel gelijk in. Ze moet eens aan Emma vragen of die misschien een oppas weet. Die kent zoveel mensen in de stad.

De volgende dag op kantoor begint ze er meteen over.

'Je zou het eens aan Lianne, ónze oppas kunnen vragen,' zegt Emma, 'misschien heeft zij wel een vriendin of zo, die een oppasadresje zoekt. Wat wil je trouwens gaan doen, op een sportclub gaan of zo?'

'Dat weet ik nog niet. Het enige wat ik echt leuk vind, is zwemmen, ik moet eens informeren bij het zwembad. Iets voor jou ook, om mee te gaan?'

Emma kijkt haar verrast aan. 'Zou je dat leuk vinden?'

'Ja, natuurlijk! Weet je, ik ga vanmiddag direct eens bellen.'

De volgende dag vertelt ze enthousiast dat ze terecht kunnen bij een aquarobicgroep op de donderdagavond om negen uur.

'Dat is wel een mooie tijd,' vindt Emma. 'Maar zou het niet te fanatiek zijn? Zoveel conditie heb ik niet hoor!'

'Die bouwen we wel op,' vindt Annemarie.

Jan begint te lachen als hij van hun plannen hoort. 'Goed zo, Anne! Sleep jij mijn vrouw maar eens mee op het sportieve pad, dat is goed voor haar!' Als hij lachend wegloopt, zegt hij nog: 'Vraag meteen wanneer er open avonden zijn, dan kom ik kijken.'

'Doe normaal zeg,' zegt Emma kribbig.

Maar Annemarie zegt: 'Daar hou ik je aan! En als we het goed doen, krijgen we een cadeautje, hè?'

Ook een oppas blijkt geen probleem te zijn. Maaike, het zusje van Lianne, wil graag wat bijverdienen en de afspraak voor de vaste donderdagavond is snel gemaakt.

Als ze de eerste keer enthousiast thuiskomt na haar zwemuurtje, treft ze, behalve Erik, twee mannen aan in de kamer. Ze kent ze wel van gezicht.

'Bram van Dijk,' zegt de eerste als hij haar een hand geeft.

'En ik ben Joop Schouten. U zult wel denken: wat doen die twee vreemde snuiters in mijn huis, maar we kwamen met het verzoek aan uw man of hij ouderling wil worden. En hij heeft beloofd dat hij er over gaat nadenken en het natuurlijk ook met u gaat bespreken. Want zo'n keus moet je samen maken, dat begrijpen we. Dus vandaar dat we hier zijn.'

Annemarie knikt maar wat en gaat er bij zitten.

Na nog wat geïnformeerd te hebben naar Annemarie en hoe het zoal bevalt in Delft, staan de beide bezoekers op.

'Erik, we bellen na het weekend. Is dat goed? Jullie samen veel wijsheid toegewenst bij het nemen van deze beslissing. En doe het biddend, dan is het altijd goed, wat je besluit ook is.'

Annemarie krijgt weer een hand en Erik loopt naar de gang om de heren uit te laten.

'Zo, hoe was het in het zwembad? Viel het een beetje mee met de conditie?' Erik komt de kamer weer in.

'Het was wel leuk. Maar Erik, die mannen! Ouderling! Ik vind het nogal wat, hoor! Ze laten er ook geen gras over groeien. Ik dacht dat het eventueel voor volgend najaar zou zijn!'

'Nou ja, dat maakt toch niet zoveel uit? De benoeming is binnenkort, maar het seizoen loopt al op het eind. Het wordt toch september, oktober voor ik er echt mee aan de gang ga.'

'Je praat erover of je je beslissing al hebt genomen.'

'Ach, Anne, natuurlijk wil ik er nog met jou over praten. Als jij het niet wilt, doe ik het niet. Maar zelf heb ik het gevoel dat ik hier geen nee op mag zeggen. Ik ben jong en gezond. Zou ik dan mijn krachten ook niet voor een klein gedeelte aan het werk van God moeten geven?'

'Ja, als je het zo stelt, wie ben ik dan om je tegen te houden. Maar het is alleen, nou ja, je bent al zo weinig thuis, dat voelt soms zo eenzaam.'

'Ik zal proberen het overwerk een beetje te beperken. Maar ik ben echt de enige niet die het druk heeft, hoor. De meeste mannen zijn door de week weinig thuis. De een zit op sport, de ander in de kroeg en de derde in het kerkenwerk. En eenzaam? Ik kom toch elke avond weer naar huis?'

Annemarie weet er eigenlijk niet veel op te zeggen. Hij heeft natuurlijk wel gelijk, maar toch... het voelt soms zo anders.

'Dan moet je het maar doen, Erik. Je hebt gelijk, het is ook nodig dat er mensen zijn die dát werk oppakken. Maar echt blij word ik er niet van.'

Eind mei viert Emma haar verjaardag. En ook Erik en Annemarie worden uitgenodigd. Het is maar een klein groepje dat ze aantreffen als ze binnenkomen. Het is een gezellige avond, maar het valt Annemarie op dat de gasten, behalve dan wat familie, bijna allemaal vrienden van Jan zijn. Mensen die hij kent van het voetbalveld en een paar 'squashmaatjes' met hun vrouw.

Zou ze dan zelf geen vriendinnen hebben? vraagt Annemarie zich in stilte af.

Ze kan zich daar niks bij voorstellen. Zelf zou ze niet zonder vriendinnen kunnen. Behalve Roos, haar meest vertrouwde vriendin uit Woerden, heeft ze toch ook hier in Delft alweer een aantal contacten opgebouwd. Maar blijkbaar heeft Emma daar niet zo'n behoefte aan of ze geeft zich moeilijk. Eigenlijk denkt ze dat het een combinatie van die twee dingen is.

'Hé, wat heb ik gehoord?' zegt een man die Jos heet, 'Emma, ben je aan het zwemmen geslagen? Sportief hoor!'

'Ja ja,' zegt Jan, 'samen met Annemarie. Twee sportieve vrouwen!'

'Dan moeten jullie binnenkort ook eens een keertje meekomen naar de squashbaan, je zult zien, dat is nog leuker dan zwemmen.' meent Jos.

'Mij niet gezien! Ik ben druk genoeg zonder al dat sporten. Zwemmen is genoeg,' vindt Emma.

'Nou, jij dan, Annemarie, kom jij eens een balletje slaan?'

'Ik weet het niet, hoor, ik heb het nog nooit gedaan, ik weet niet of dat wat voor mij is.'

'Gewoon een keer proberen! Je komt maar een keertje met Jan mee.'

'We zien nog wel.'

Als ze wat later naar huis fietsen, zegt Erik: 'Moet je misschien doen, Anne, dat squashen, je ontmoet weer eens wat andere mensen en je zit weer een avond minder thuis.'

'Ja, ja, jochie, dan kun jij weer een avondje meer overwerken zeker! Ik weet het nog niet, hoor. Voorlopig vind ik het zwemmen sportief genoeg.'

5

MAX EN NINA ZIJN NOG STEEDS DIKKE MAATJES. ELKE WEEK WORDT ER wel een paar keer afgesproken om te spelen en ook op school zoeken ze elkaar voortdurend op.

'Jip en Janneke' noemt Jan ze.

Ook deze woensdag hoeft Annemarie Nina niet op te halen uit school. Ze komt meteen om twaalf uur met Max mee. Jan heeft ze opgehaald uit school en net als Annemarie de deur van kantoor achter zich dicht trekt, komen ze thuis.

'Zo, overuren gemaakt?' vraagt Jan lachend, terwijl hij op z'n horloge kijkt.

Annemarie moet ook lachen. 'Ja-a, wit voetje bij de baas halen!'

'Jammer joh, mislukt! Je baas is volgens mij de hele dag op stap, dus ze merkt niks van je uitsloverij!'

'Kom pap!' Max trekt aan Jans hand. 'We gaan toch pannenkoeken bakken?'

'Ja, ik kom. Hé, Anne, eet je met ons mee? Of heb je haast?'

'Nee, haast heb ik niet, maar...' Ze staat al met één voet op de trapper van haar fiets.

'Nou, kom op dan! Zet die fiets neer. Ik ben een meester in pannenkoeken bakken, dat wist je niet, hè? Kom op, jongens!'

Nina staat te springen van plezier. 'Ja, mama, jij mag ook bij ons eten.' Toch nog wat aarzelend zet ze haar fiets weer tegen de muur. 'Is dat niet raar, ik bedoel...'

Jan kijkt haar verbaasd aan. 'Raar? Waarom zou dat nou raar zijn? Je dochter eet hier ook regelmatig hoor!' Hij is al naar binnen gelopen en de kinderen rennen langs hem heen naar de keuken. Langzaam volgt Annemarie hen.

'Hup, jullie eerst nog even lekker spelen, ga maar in de tuin, dan roep ik als ze klaar zijn. En jij, hardwerkende vrouw, ga ook maar lekker in de tuin zitten, kun je uitrusten of alle huizenprijzen nog eens repeteren, net wat je wilt!'

Annemarie loopt de tuin in en trekt een stoel naar een zonnig plekje. Ze gaat zitten en kijkt naar Nina en Max die in de grote zandbak spelen.

Hè, lekker is het hier. Ze doet haar ogen dicht en probeert zich te ontspannen. Toch blijft ze het een beetje een raar idee vinden dat zij hier in de tuin zit en straks bij Jan blijft eten, terwijl Emma er niet is. Zou zij het niet brutaal vinden dat ze hier zomaar aanschuift? Gek is dat toch, hoé aardig ze Emma ook vindt, er blijft altijd een stukje reserve, een beetje afstand. Komt dat omdat ze haar werkgever is? Nee, dat is het niet. Jan en Emma zijn onderhand ook meer vrienden dan werkgevers, voor haar gevoel.

Zou ik het gek vinden om bij Bas te eten als Roos niet thuis zou zijn? vraagt ze zich af.

Nee, absoluut niet, weet ze. Nou dan, waarom doet ze nu dan zo moeilijk? Onzin dus, ze gaat er gezellig van genieten. Anders zou ze nu alleen thuis aan haar boterham zitten.

Als Jan 'eten!' roept, is ze bijna in slaap gevallen.

Sophie is ook thuisgekomen en ook zij vindt het blijkbaar volkomen normaal dat Annemarie blijft eten. Ze heeft de tafel buiten gedekt en Jan zet een grote stapel pannenkoeken midden op de tafel. Als ze allemaal zitten, zegt hij: 'Eet smakelijk allemaal, Annemarie, jij mag de eerste.'

Maar nog voor Annemarie iets kan zeggen, hoort ze haar dochter: 'Jaan, nou vergeet je het wéér! We moeten eerst even bidden.' Tegelijk heeft ze haar ogen dicht gedaan en bidt: 'Here, zegen het lekkere eten en ook van Max, amen, nou jij, mama.'

Annemarie heeft een kleur gekregen, sluit kort haar ogen en zegt dan: 'Eet smakelijk allemaal.'

Ze voelt zich een beetje ongemakkelijk, maar Jan heeft een lach in zijn ogen als hij heel serieus zegt: 'Sorry, Nina, wat dom weer van me, hè, vergat ik het wéér! Nou, dan mag jij de eerste pannenkoek en mama de tweede.'

Als ze later samen de tafel afruimen en de kinderen weer buiten spelen, zegt Jan: 'Ja, je dochter heeft ons de eerste keer dat ze hier at, ernstig ondervraagd! Ze vond het maar raar dat we niet gingen bidden voor het eten. Daarom bidt ze nu altijd als ze hier eet voor zichzelf en voor Max. Vind je het niet schitterend?'

Annemarie knikt: 'Eigenlijk wel ja, aan de andere kant zal ze ook moeten leren dat er mensen zijn die de dingen anders doen dan ze thuis gewend is. Jij noemt het schitterend, maar zo denkt misschien niet iedereen er over.'

'Daar heb je wel gelijk in, maar aan de andere kant: wie zal zich stoten aan een kind van vijf? Ze schaamt zich niet voor haar kindergeloof, dat is toch prachtig? Ze leert vanzelf wel dat andere mensen andere meningen hebben. Nee, ik vind het echt mooi.'

Annemarie leunt tegen het aanrecht. 'Jan, jij bent toch katholiek opgevoed, heb je als kind of als opgroeiende jongen dat wel als echt beleefd? Ik bedoel, heeft het geloof je ooit misschien toch wel iets gezegd?'

'Als kind zeker wel. Maar hoe ouder ik werd, hoe minder het me aansprak. Het was bij ons thuis vooral een vorm van leven. Ik bedoel, mijn ouders gingen trouw naar de kerk, baden hun weesgegroetjes, maar verder ging het ook niet. Waaróm ze geloofden of wat ze daaraan hadden of beleefden, is mij nooit verteld. Daardoor werd het voor mij alleen een ballast, een verplichting die me niks opleverde. Integendeel: alleen tijd in beslag nam. En ik moet je zeggen, het bevalt me uitstekend zo.'

Als het stil blijft, geeft hij haar een tikje op haar hoofd. Bijna verontschuldigend zegt hij: 'Dat wil niet zeggen dat ik niet een groot respect heb voor mensen die wel geloven, hoor. Ik ben zelfs wel eens een beetje jaloers op die mensen. Als ik bijvoorbeeld naar mijn schoonmoeder keek en nu nog steeds kijk naar Mieke, m'n schoonzusje, die mensen halen echt kracht uit hun geloof. En ze hebben het echt niet gemakkelijk gehad. Weet je, dan denk ik: Het is toch iets bijzonders, dat geloof. Dus diep vanbinnen zit er misschien nog wel een restje van vroeger...'

Hij lacht. 'Oei, wat een serieus gesprek op onze volle maag. Kom, ik zet nog een kop koffie voor ons en daarna ga ik een beetje aan het werk en jij naar huis. Anders kun je Nina bijna meteen weer meenemen.'

'Ben ik te lang gebleven?' vraagt ze verschrikt.

'Nee, natuurlijk niet! Ik heb je ongeveer gedwongen te blijven, toch?' Annemarie lacht nu ook. 'Ik vond het echt gezellig! Thuis zit ik best veel alleen, dat is nou eenmaal zo. Ik heb ook niet altijd zin om op visite te gaan of mensen uit te nodigen.'

'Wat is dit dan? Ben je nu niét op visite?'

Ze kijkt hem serieus aan. 'Nee, eigenlijk voelt dat niet zo. Toch? Of heb jij wel het gevoel dat ik op visite ben?'

Hij is nu ook ernstig geworden. 'Nee, jij bent zeker geen visite!'

Er hangt opeens een spanning tussen hen en ze weet niet waar die vandaan komt of wat de oorzaak is.

Jan schijnt het niet te voelen. Fluitend zet hij het koffiezetapparaat aan.

'Wilt u de koffie buiten op het terras, mevrouw?'

'Graag, ober! En neemt u er zelf ook één.'

De spanning is weer weg. Heeft ze het zich verbeeld?

Daarna gebeurt het vaker dat Nina op woensdagmiddag met Max meekomt uit school en Annemarie en zij bij Emma en Jan blijven eten.

Hoewel het initiatief meestal van Jan uit gaat, lijkt ook Emma het gezellig te vinden. Na het eten gaat Annemarie meestal direct naar huis, omdat Jan en Emma beiden een drukke agenda hebben. Vaak neemt ze de twee kleintjes dan weer mee naar haar huis, waar ze de rest van de middag spelen.

'We mogen wel naast elkaar gaan wonen!' grapt Jan. 'En dan een heg-met-een-gat in de tuin, dan kunnen Jip en Janneke altijd samen spelen. Bespaart ons heel wat fietstochten!'

Maar ook de vriendschap tussen de ouders van 'Jip en Janneke' wordt hechter.

Hoewel... Eigenlijk tussen Annemarie aan de ene kant en Jan en Emma aan de andere kant.

Erik sluit zich wel aan als ze af en toe eens bij elkaar op bezoek gaan, soms zomaar op een avond in het weekend wat bij elkaar gaan drinken; maar meestal is hij niet van de partij. Simpelweg omdat hij zo weinig thuis is.

'Eigenlijk,' zegt hij op een zaterdagavond als ze naar huis lopen vanaf de Hamerstraat, 'heb ik niet zoveel met Jan en met Emma al helemaal niet! Maar ik vind het hartstikke leuk voor jou dat je zo goed met ze kunt opschieten. Ik ben blij dat je zoveel gezelligheid van ze ondervindt. Maar ikzelf, ik heb zo weinig raakpunten met ze. Jan is een aardige kerel, daar niet van, maar we delen echt helemaal geen enkele interesse. En Emma? Ik weet eigenlijk niet wat ik daarvan vind. Ze is zo'n totaal ander type dan jij! Eigenlijk begrijp ik niet dat jullie zo goed met elkaar overweg kunnen. Ze lijkt zo stug! Eerlijk gezegd zit ik in m'n vrije weekend liever met jou samen gezellig thuis, wat te lezen of zo, dan dat ik met hen afspreek. Dus wat mij betreft: voorlopig in het weekend geen afspraken meer met ze. Vind je dat erg?'

Annemarie blijft even stil.

'Anne?'

Ze haalt haar schouders op. 'Dan niet, hè? Het is duidelijk. Maar je mag ook wel eens aan mij denken! Zelf ben je door de week al nooit thuis en het halve weekend ben je ook nog druk met clubwerk of thuiswerk van kantoor. Als je dan in de uren die overblijven ook geen mensen wilt ontmoeten, blijven er weinig sociale contacten over. Misschien heb jij daar geen behoefte aan, maar ik wel!'

'Overdrijf je nou niet een klein beetje? Vanmiddag zijn Roos en Bas geweest en morgen na kerktijd hebben we afgesproken met Paul en Lisa. Dus je sociale contacten heb je wel, dacht ik. Maar, meisje, ik bedoel ook niet dat jij niet met Jan en Emma mag omgaan, alleen, ík heb niet zoveel met ze. Dus spreek dan vooral in de week met ze af. Trouwens, je ziet ze al elke dag. Dan hoef je ze toch ook niet nog eens in het weekend op te zoeken?'

'Je bent onredelijk. Paul is vooral een vriend van jou en ik doe toch ook niet moeilijk als hij en Lisa komen?'

'Ja, en Roos is jóuw vriendin. En we vinden het allebei gezellig als Paul met Lisa of Roos en Bas komen. Dat is het verschil. Je wílt me niet begrijpen, geloof ik. Ik zeg niet dat ik nooit meer mee wil naar Jan en Emma, alleen iets minder vaak. Met een verjaardag of zo, dat vind ik zat.'

'Ik niet.'

Meer wordt er niet over gezegd. Maar later in bed, als Erik al slaapt, ligt Annemarie er nog over te denken.

Ze kan het eigenlijk niet uitstaan dat Erik Jan en Emma niet zo ziet zitten. Zelf komt ze er dolgraag! Op de één of andere manier voelt ze zich daar erg op haar gemak, zeker met Jan. Hij lijkt een vertrouwde, oudere broer.

Als de zomervakantie nadert zegt Emma op een ochtend, als ze even met een beker koffie in haar hand op kantoor bij Annemarie binnenloopt: 'Jullie gaan de laatste drie weken van de schoolvakantie weg, hè, gelijk met ons dus. Wat doen we met die andere drie weken? Heb jij opvang voor Nina of wil je langer vrij nemen? Zeg het maar, hoor, we kunnen vast wel wat regelen. Het is bij Jan en ook bij mij toch altijd een beetje komkommertijd, zo midden in de zomer.'

'Ja, ik ben er inderdaad wel mee bezig. Ze kan natuurlijk een paar dagen gaan logeren bij mijn ouders en verder kan ik wel proberen of Maaike wat extra ochtenden wil oppassen.'

'Nou, ik heb er natuurlijk ook al over nagedacht, en ik wil je een voorstel doen. Als je die weken nou eens drie ochtenden zou komen werken en dan Nina meebrengt. Want Lianne is er dan toch voor Max, dus of ze nou op één of twee kinderen let, dat maakt niet uit. Integendeel: ze houden elkaar wel bezig, die twee. Trouwens, wellicht zijn Ellen en Marieke ook nog wat dagen thuis. Ik weet zeker dat die het ook leuk vinden met die twee kleintjes op te trekken. Dat is dus geregeld?'

Annemarie knikt. 'Geweldig!' zegt ze. 'Trouwens, de dagen dat ik dan niet werk, of de middagen, mag je Max ook gerust bij ons brengen als Lianne niet kan of zo.'

Ze is heel blij met de regeling. Eigenlijk leek het haar helemaal niks om drie weken vrij te hebben, buiten de weken dat ze weg gaan.

Als ze het 's avonds tegen Erik vertelt, zegt hij: 'Nou, dat is echt leuk van ze! Soepel hoor, voor 't zelfde geld moest je gewoon doorwerken buiten je gewone vakantiedagen om.'

'Zie je nou dat het hartstikke aardige mensen zijn!'

'Anne, ik heb toch nooit beweerd dat ze niet aardig zouden zijn. Echt, ik vind dat je geen betere baas had kunnen treffen.'

'Ik zie ze niet als "baas", en zo behandelen ze mij ook niet.'

'Je weet best hoe ik het bedoel! Kom, we gaan eens een camping uitzoeken, we zijn al laat zat om iets te reserveren. Wat denk je, wordt het de Belgische of toch de Franse Ardennen?'

'Ik vind België ver genoeg. Nina is het zo gauw zat in de auto. Laten we Frankrijk maar een paar jaartjes uitstellen tot ze wat ouder is, vind je niet?'

'Zoveel maakt het niet uit. Maar ik vind het best hoor, daar is het ook mooi. En als Nientje zich amuseert, hebben wij het ook naar ons zin, toch?'

De volgende ochtend komt ze Jan tegen bij school. 'Hoi, Anne, fiets je meteen mee?' En als ze richting Hamerstraat rijden: 'De vakantie-werktijden zijn geregeld, hoorde ik? Mooi! Waar gaan jullie trouwens naar toe in augustus?'

'Waarschijnlijk naar de Belgische Ardennen, maar we zijn nog een beetje op zoek naar een leuke camping, weet jij soms wat?'

Jan schudt zijn hoofd. 'Nee, in België niet. Maar waarom rijden jullie niet een stukje verder? Naar de Jura bijvoorbeeld. Wel eens geweest?' Als Annemarie nee schudt, gaat hij verder: 'Echt een prachtige streek. Toch wat meer kans op mooi weer en je hebt daar leuke campings en mooie meren. En gewoon het Franse sfeertje, hè? Net even anders dan België of Nederland. Als je interesse hebt, kan ik je wel wat ideetjes aan de hand doen, hoor! Je zegt het maar.'

'Klinkt wel leuk! Laat maar eens wat zien, misschien is het wel wat voor ons. Maar zou het niet te ver zijn voor Nina? Ze vraagt als we naar Woerden gaan al na vijf minuten of we er nog niet zijn.'

'Ach joh, daar stellen kinderen zich wel op in, hoor. Je neemt wat mee voor onderweg, een nieuw spelletje, een boekje of zo. En om de twee uur even stoppen. Nee, dat is bij onze kinderen nooit een probleem geweest.'

's Middags gaat ze naar huis met een aantal campinggidsen in haar tas. Als Erik om halfzeven thuiskomt, vindt hij haar aan tafel, die bezaaid ligt met gidsen en folders.

'Ben je daar al?' schrikt ze. 'Ik zal eens gauw de tafel dekken.'

'Nou, ál... Ik ben niet bepaald vroeg, dacht ik. Ik dek de tafel wel even, dan kunnen we na het eten samen kijken. Of heb je al wat gevonden dat je lijkt?'

'Mmmm, misschien, je moet zo maar eens kijken.'

Als ze na het afruimen van de tafel met een kop koffie bij hem op de bank komt zitten, houdt ze hem een folder voor. 'Hier, deze lijkt me wel leuk. Wat vind jij ervan?'

Verbaasd neemt Erik de folder van haar over. 'Jura? Hoe kom je daar nou bij? Ik dacht dat je Frankrijk te ver vond? Dit is zelfs nog een aardig stukje Frankrijk in, hoor.'

'Nou, ik heb er nog eens over nagedacht. 't Lijkt me toch leuker dan België. Je hebt hier misschien toch wat meer kans op goed weer; en dat Franse sfeertje, dat mis je toch als je in België blijft.'

'Ja, ik vind het best, ik hou van Frankrijk, dat weet je. Maar Nina dan? Jij dacht steeds dat het te ver voor haar zou zijn.'

'Ach, ze is nu toch al vijf. Je kunt haar best uitleggen dat het een heel eind is, dan stelt ze zich er ook wel op in, denk ik. En ik koop wat leuke, kleine cadeautjes voor onderweg, nee, dat zal heus wel meevallen.'

'Niks veranderlijker dan een vrouw. Maar ik vind het prima. En zo te zien is dit een aardige camping. Ik zal morgen eens bellen of er nog wat te huur is. Hoe kom je eigenlijk aan deze folder?'

'Van Emma en Jan. Die zijn er ook al eens geweest.'

'Aha! Natuurlijk, ik had het kunnen raden!'

'Doe niet zo raar! Wat is daar mis mee?'

'Niks natuurlijk. Helemaal niks! Deze keer ben ik ze dankbaar, ik heb er zin in!' Erik lacht.

Maar Annemarie haalt haar schouders op. 'Ik kan je niet helemaal volgen, geloof ik.'

De eerste weken van de zomervakantie valt het weer erg tegen.

'Het lijkt wel herfstvakantie,' moppert Annemarie, als ze vlug met Nina van de parkeerplaats naar de deur van Hamerstraat 53 loopt. 'Brrr, het is gewoon koud! En natuurlijk geen parkeerplaats vlak voor de deur. Hè Nien, niet in die plassen, zo heb je drijfnatte voeten.'

Max doet de deur al open voor ze aangebeld heeft. 'Nina, kom je mee? Ik heb een heel mooi spel. Papa heeft het boven op zolder gevonden, het is héél groot, kom maar kijken!'

'Eerst je jas uit, Nina. En een kus! Ik ga naar hiernaast. Lief zijn hè?' En zich tot Max wendend: 'Lianne is er toch al?'

Max schudt met zijn hoofd. 'Lianne komt niet, maar papa hoeft niet te werken, hij gaat met ons het spel doen.' Hij springt op en neer van ongeduld. 'Kom nou, Nien!'

Daar komt Jan de gang in. 'Môgge, Annemarie, hallo, Nina. Rustig, Max! Je hebt de hele morgen nog de tijd!'

'Goeiemorgen, Jan, is de deur hiernaast open?' vraagt Annemarie, nog met haar druipende jas aan op de mat voor de deur.

'Ja, Emma is al weg, maar de deur is open. Maar drink eerst hier even een kop koffie, ik heb net gezet. Doe die natte jas uit. Is dat van dat kleine stukje vanaf de parkeerplaats, of ben je met de fiets?'

'Nee, met de auto.' Ze kijkt op haar horloge. 'Oké, het kan wel even, ik ben vroeg. Vóór halfnegen gaat de telefoon nog niet, denk ik.'

'Nou, en wat dan nog! Dan bellen ze nog wel een keer. Het is rustig, toch?'

'Ja, dat wel. Maar ik wil echt om halfnegen op m'n plek zitten, je weet dat Emma graag wil dat alles klopt en op tijd gebeurt.'

'Ja, dat weet ik!'

Het lijkt of hij nog meer wil zeggen, maar dan draait hij zich om: 'Nou, vlug een kop koffie dan. En daarna ga jij aan 't werk en gaan wij sjoelen.'

In de kamer gekomen, ziet Annemarie een sjoelbak op de tafel staan. Max probeert al met de sjoelstenen te gooien, maar hij kan er nauwelijks bij en de steen komt nog niet tot de helft van de sjoelbak. 'Kijk Nina, dit het grote spel. Het is nog van opa geweest, toen die klein was. Oud hè?'

'Dat is geen spel, dat is een sjoelbak,' zegt Nina. 'Die heeft mijn opa ook. En mama kan het heel goed. Hè mam?'

Annemarie lacht. 'Zeker! Ik ben de kampioen van de familie! Goed oefenen straks, Nina, dan kun jij de volgende keer dat we bij opa en oma zijn, misschien wel van me winnen!'

Ze pakt de beker koffie aan van Jan. 'Lekker! Als je 't niet erg vindt, neem ik hem mee naar hiernaast.'

'Wil je niet één keer laten zien hoe goed je bent met de sjoelbak?'

'Nee joh, hou me niet van m'n werk! Dat jij nou vakantie hebt, ik niet hoor!'

'Nou, vakantie... ik moet vanmiddag wel wat doen, hoor! Maar ik weet wat: Max en Nina gaan oefenen, en ik natuurlijk ook, en dan houden we om halftwaalf een wedstrijd. Max tegen Nina en jij tegen mij. Jij als kampioen hebt geen oefening van te voren nodig, maar ik wel, anders heb ik zeker geen kans. En degene die wint, moet daarna tosti's bakken voor de anderen. Oké?'

'Die wedstrijd is oké, maar die tosti's, dat weet ik nog niet, hoor! Ik

ga niet in jullie keuken tosti's staan bakken.'
'O, dus je gaat er al van uit dat jij wint? Wat een verbeelding! Wacht maar eens af, meisje.'
Nog in zichzelf lachend loopt Annemarie met haar beker koffie in de hand naar het buurhuis. Eerst maar eens aan het werk. Wat is Jan toch een gezelligerd!

Als ze om tien over halftwaalf weer binnenkomt in het andere pand, ziet ze behalve de grote sjoelbak op tafel, ook nog een miniatuuruitvoering op een klein tafeltje staan.
'Hé, dat is grappig!' zegt ze, 'dat heb ik nog nooit gezien. Hoe kom je daar nou aan?'
'Leuk hè? Ik bedacht opeens dat we ergens op zolder dat ding nog moesten hebben. Marieke heeft hem eens voor sinterklaas gekregen. Ik wist niet zeker of hij er nog was; met de verhuizing hiernaartoe hebben we best het één en ander aan speelgoed weggedaan. Maar zoals je ziet: hij was er nog!'
Nina staat al aan haar te trekken: 'Moet je kijken, mam, hierop kan ik het heel goed.'
'De wedstrijd gaat zó,' zegt Jan. 'Eerst de jongste deelnemers op de kleine baan en daarna de volwassenen op het grote parcours.' Hij kijkt er heel serieus bij. 'En jullie weten het, hè jongens: de winnaar maakt tosti's.'
Het is te merken dat Nina het al vaker gedaan heeft bij opa op de grote sjoelbak. Ze wint ruim van Max.
'Nu wij!'
Annemarie moet lachen om de ernst van Jan.
'Fanatiekeling! Jij hebt natuurlijk de hele ochtend geoefend!'
'Jij bent toch zo goed, zei je? Dan mocht ik wel een beetje training hebben. We zullen zien wie hier goed is!'
Hij maakt keurige stapeltjes van de sjoelschijven. 'Jij mag eerst, dan kan ik alvast het tosti-ijzer opzoeken, zodat ik na m'n overwinning meteen kan beginnen met bakken.'
'Dat dacht je! Je kúnt helemaal niet naar de keuken als ik begin, want je bent dan druk met opstapelen, zo hard gaat dat bij mij, je komt handen tekort! Trouwens,' zegt ze, terwijl ze begint te gooien, 'ik

moet je waarschuwen: ga niet vlak achter de sjoelbak staan, want ze willen er bij mij nog wel eens overheen vliegen.'

Max en Nina staan erbij te springen als de schijven soepel achter elkaar in de vakjes glijden. Steeds harder ketsen de schijven tegen elkaar in de bak. Dan vliegt er één over de achterrand, vlak langs Jans gezicht, ketst tegen de muur en rolt daarna weg over de grond.

'Bok!' roept Annemarie, 'die mag over.'

'Echt niet!' zegt Jan, terwijl er alweer een schijf door de lucht vliegt. De kinderen gillen van plezier.

'Hup, mama, hup, Annemarie!'

Ze krijgt gewoon de slappe lach. 't Is ook wel een komisch gezicht: Jan die over de vloer kruipt en de twee gillende kinderen ernaast.

Ze hebben de deur niet horen opengaan.

Opeens staat Emma in de kamer.

'Wat zijn jullie in vredesnaam aan het doen? Ik hoorde buiten de herrie al.'

Jan komt lachend omhoog. 'Ik ben aan het sjoelen, maar Anne is aan het discuswerpen, geloof ik.'

Emma kan de humor er blijkbaar niet van inzien.

'Nog bijzonderheden vanochtend?' vraagt ze aan Annemarie.

'Nee, het was rustig, een paar mensen die teruggebeld willen worden. De aantekeningen liggen op je bureau.'

Op de een of andere manier voelt ze zich een beetje ongemakkelijk.

Emma is naar de keuken gelopen.

'Kom, Nien, we gaan zo maar eens naar huis. Max gaat toch met ons mee vanmiddag?'

'Niks ervan!' zegt Jan, 'we waren nog niet klaar! Vooruit, gooien die laatste stenen en dan zal ik je eens wat laten zien! Emma! Doe je ook mee? Allemaal één beurt en wie er wint, gaat tosti's bakken.'

'Nee, dank je. Ik pak een boterham en ga daarna naar kantoor.'

Ze zegt het niet onvriendelijk, maar toch heeft Annemarie het gevoel dat Emma het er niet mee eens is dat zij hier een spel aan 't doen is met Jan en de kinderen.

'Nou, gooien jij! En daarna ga ik naar huis. Ik heb geen trek in tosti's. Ik neem de kinders mee, dan eten ze bij mij.'

Jan is aan het tellen. 'Honderdvierentwintig! Poeh, daar kom ik makkelijk bovenuit! Stapelen jij! En Em, doe niet zo ongezellig!'

Emma reageert niet. Ze komt met een bordje met drie boterhammen de kamer in. 'Ik ga naar hiernaast. Zullen we Max om vijf uur komen halen?' En als Annemarie knikt: 'Dan zie ik je morgen weer op kantoor.'

Weg is ze.

Jan gooit onverstoorbaar door. 'Kom op, stapelen! Ik heb al tachtig en ik mag nog twee keer.'

Annemarie zegt niet veel meer. Vervelend is dit. Ze voelt zich als het ware betrapt, maar ze zou niet weten waarop.

Als Jan klaar is, blijkt toch Annemarie gewonnen te hebben, ze heeft zes punten meer dan hij.

'Geluk gehad, meisje, gewoon geluk! En nu de keuken in: tosti's maken!'

'Ik dacht het niet! Kom op, Jan, je zag toch ook wel dat Emma het niks vindt? Ik ga naar huis, daar maak ik wel tosti's voor de kinderen.'

'Zoals je wilt! Maar ik vind het onzin. Emma is niet zo uitbundig als jij en ik, maar ze heeft er heus geen probleem mee dat jij hier een tosti eet, ik zou niet weten waarom!'

'Dat zie ik dan anders dan jij, dus ik ga toch maar naar huis. Bak jij je eigen tosti maar!'

Jan lacht. 'Dat zal ik zeker doen! Zo'n hele dikke, met ham en kaas. En dat sjoelen, dat doen we nog eens over. Je zult zien, dat ik dan win. Emma heeft me gewoon uit m'n concentratie gehaald, anders had ik gewonnen.'

'Ja, ja! Kom, Nina, Max, we gaan naar ons huis. Max z'n papa moet ook zo werken, we gaan bij ons eten.'

'Wij hebben toch geen tostiding? Kunnen we dan niet hier eten?' vraagt Nina een beetje sip.

'We gaan poffertjes bakken, is dat ook goed?'

De kinderen juichen, maar Jan kijkt haar een beetje misprijzend aan. 'Tosti's was de afspraak.'

'Andere keer graag! Dag Jan!' en vlug trekt ze de deur achter zich dicht.

Emma is direct doorgelopen naar haar kantoor. Ze zet het bordje met de boterhammen op haar bureau en pakt het briefje met notities. Terwijl ze het vlug doorleest, neemt ze een paar happen van haar boterham. Bah, het smaakt haar niet! Ze schuift het bord van zich af. Zou ze toch nog teruggaan en een tosti mee-eten? Nee, dat staat ook zo stom; verdraaid, waarom heeft ze ook zo gereageerd?

Op de één of andere manier kan ze nooit goed omgaan met een situatie als zo-even. Altijd als Jan met hun dochters of zoals nu met Annemarie, een beetje aan het dollen is, zet zij al haar stekels op. Eigenlijk zou ze best willen meedoen, maar ze kán het gewoon niet. Ze kan nooit de juiste toon vinden. En dan gaat ze zich meteen irriteren aan Jan, die dat wél kan.

Nou ja, laat ook maar! Ze gaat wel aan het werk.

Maar dan hoort ze de voordeur van het woonhuis dichtvallen. Ze kijkt op en ziet Annemarie met aan elke hand een kind snel door de regen naar de parkeerplaats lopen.

Toch geen tosti's blijkbaar. Komt dat door haar reactie? Waarschijnlijk wel. Ach, 't is ook prima zo! Ze kan toch thuis eten, en Jan zal ook wel wat beters te doen hebben dan te sjoelen midden op een doordeweekse dag!

Ze pakt de telefoon en begint het lijstje nummers terug te bellen.

Tegen vijf uur steekt Jan z'n hoofd om de hoek van haar deur. 'Zal ik Max halen, dan doe ik meteen nog even boodschappen, ik ben toch klaar. Oké?'

'Graag! Is het al zo laat?' Emma is alweer vergeten waar ze zich eerder die middag zo druk om heeft gemaakt. Ze heeft lekker kunnen werken vanmiddag. Weinig telefoon, je kunt merken dat de zomervakantie is begonnen.

Ze ruimt haar spullen op en sluit de computer af. Zie zo, ze gaat aan het eten beginnen. Morgen weer verder.

De laatste weken voor ze naar Zuid-Frankrijk gaan, zijn snel voorbij. Op het laatst moet er toch nog van alles afgerond en geregeld worden. Emma wil alles goed afsluiten voor de vakantie begint.

Jan heeft de laatste week voor hun vertrek al weinig meer te doen gehad. Het is merkbaar dat veel gezinnen met kinderen weg zijn. Ook de meesten van zijn pianoleerlingen hebben nu vakantie.

'Zie ik Nina nu héél lang niet?' vraagt Max, de avond voor hun vertrek.

'Een paar weekjes maar, hoor,' zegt Ellen, 'maar dat is niet erg, want de hele vakantie zie je papa, mama, Sophie en mij. Nou, dan heb je vast geen tijd om Nina te missen!'

Emma vindt het leuk dat Ellen onverwacht ook met hen meegaat naar Frankrijk. En zelfs Marieke, die al in geen jaren mee is geweest op de kampeervakanties, heeft beloofd een weekje naar de familie toe te komen.

Vader Jan is helemaal in zijn nopjes. 'Al onze kuikentjes weer eens tegelijk onder onze vleugels. Maar ach, Emma, als er nog maar tijd overblijft voor een beetje romantiek voor ons!' Hij zegt het lachend, maar Emma hoort een ondertoon van ernst in zijn stem.

Ze heeft het het hele jaar door te druk met haar werk, vindt Jan. Ze weet het, maar ja, ze vindt het werk nou eenmaal heerlijk. En romantiek?

'Wat een onzin!'

Ellen en Sophie lachen, maar Jan pakt haar vast: 'Onzin?'

Ze trekt zich los en loopt de kamer uit.

6

ANNEMARIE ZIT VOOR DE STACARAVAN. HET BEGINT AL DONKER TE worden, maar het is nog heerlijk buiten.

Erik komt de caravan uit met een fles en twee wijnglazen in z'n hand.

'Glaasje wijn? En zal ik meteen de lamp maar aansteken? Dan kunnen we nog een beetje lezen.'

'Glas wijn graag, maar laat die lamp nog maar even uit wat mij betreft. Je zit de hele avond al te lezen. Gewoon een beetje praten lijkt me ook wel even gezellig.'

Erik zegt niks en schenkt twee glazen wijn in.

Als hij naast haar is gaan zitten vraagt hij: 'Nou, waar wil je over praten?'

'Weet ik veel! Er hoeft toch niet iets speciaals te zijn om over te praten? Ik bedoelde alleen: je zit bijna de hele dag te lezen, je ziet en hoort Nina en mij nauwelijks.'

'Nou overdrijf je toch, Anne! Maar een beetje gelijk heb je wel. Alleen, het ís even niet anders! Ik moet die stukken allemaal doorgelezen hebben als ik terugkom op kantoor. En overdag kan ik me niet goed concentreren als er overal kinderen om ons heen lopen te spelen en te gillen.'

'Ja, vind je het gek! Wie gaat er nou in het zwembad zware stukken zitten doorlezen! Erik, je hebt vakantie, hoor! En wij trouwens ook...'

Hij doet de map, die alweer open op tafel lag, met een klap dicht.

'Anne, je hebt helemaal gelijk, het spijt me. Misschien ben ik wel te perfectionistisch in mijn werk.'

'Nou, dat weet ik wel zeker! Of je trekt gewoon te veel naar je toe. Erik, ik snap best dat jouw baan een hoop verantwoordelijkheden met zich meebrengt en dus veel tijd neemt, maar weet je, Nina en ik zijn er ook nog! En dat vergeet je geloof ik nogal eens.'

Hij trekt haar van haar stoel af naar zich toe. 'Hier, kom eens lekker bij me zitten.'

Ze kruipt op z'n schoot, dicht tegen hem aan.

Hij slaat zijn armen om haar heen.

'Sorry, meisje, jullie zijn heel belangrijk voor me, dat weet je toch wel?'

'Jawel, maar laat dat dan ook eens merken. Ik voel me zo vaak een-zaam, Erik, je bent er bijna nooit! En áls je er bent, dan ben je in ge-dachten nog bezig met je werk of het jeugdwerk, je hebt zo weinig echte aandacht voor Nina en mij.'

Hij streelt zachtjes over haar haren. 'Ik beloof je dat ik het komend winterseizoen zal proberen meer thuis te zijn, meer tijd te hebben voor jou en Nina.'

'Hartstikke lief van je, maar je hebt er juist weer een taak bij gekre-gen, nu je in de kerkenraad zit. Je weet dat ik daarin achter je sta, maar soms vraag ik me af of het je niet helemáál zal gaan opslokken.'

'Vast niet! Ik stop nu toch met het clubwerk? En ook op kantoor zal ik wat meer proberen te delegeren, goed?'

Ze knikt. Zegt dan zacht: 'Erik, ik hoop nog steeds zo op een tweede kindje, denk jij daar eigenlijk nog wel eens aan?'

'Niet zoveel als jij, denk ik, maar ook ik zou er heel blij mee zijn, dat weet je toch?'

Stil zitten ze nog een poosje bij elkaar. Dan zet Erik haar op de grond en gaat staan.

'Ik schenk nog een glaasje wijn in, goed? En zullen we dan zo nog een potje yatzee spelen?'

Dit is het toppunt van boetedoening, weet Annemarie. Als hij érgens een hekel aan heeft, is het wel aan yatzee!

De laatste dagen van de vakantie vliegen voorbij.

Erik houdt zich aan zijn woord: hij zit alleen 's morgens een uurtje over z'n papieren gebogen. De rest van de dag en de avond zijn voor Nina en Annemarie.

Hij is echt weer de Erik waarmee ze negen jaar geleden getrouwd is.

Hè, denkt Annemarie, was het zo maar altijd tussen ons!

Maar ze is vast van plan Erik bij de les te houden, de komende herfst en winter.

Nina geniet ook van de aandacht van haar vader.

'Papa, kun jij ook niet bij de moeder van Max gaan werken?' vraagt ze, 'dan ben je ook lekker thuis als ik uit school kom.'

Erik lacht. 'Dat zullen we maar niet doen,' zegt hij, 'dan wordt het daar zo druk op kantoor!'

Tevreden en lekker bruin rijden ze aan het eind van die week naar huis.

'Nog twee nachtjes, dan zie ik Max weer, hè mam?' vraagt Nina.

'Ik denk het wel, als ik me niet vergis komen zij morgen thuis. Dus we zullen overmorgen wel eens bellen of ze er zijn en of Max zin heeft om bij je te komen spelen. En maandag ga je alweer naar school, dan zie je hem in elk geval weer.'

'Dan wil ik bij Max spelen. Zijn papa is zó grappig!'

'En Max z'n moeder, vind je die ook lief?' Flauw natuurlijk om dat te vragen, maar ze kan het niet laten.

Nina trekt rimpels in haar voorhoofd. Ze denkt even na, dan zegt ze: 'Ze is wel lief, maar niet echt grappig!'

Annemarie zegt niks meer; ze ziet dat Erik even zijn wenkbrauwen fronst. Maar hij zegt ook niets.

Al heel snel zitten ze in het vertrouwde ritme.

Nina gaat weer naar school. Ze heeft een nieuwe juf en er zijn ook heel wat nieuwe kinderen, maar ze vindt alles goed, want Max zit ook nog steeds bij haar in de groep. Ze zijn echt dol op elkaar, die twee.

'Als het zo doorgaat, worden we nog wel eens familie van elkaar,' zegt Jan als hij Max op een middag komt ophalen bij Nina, waar hij heeft gespeeld. Ze nemen afscheid of ze elkaar in geen maanden meer zullen zien.

Annemarie schiet in de lach. 'Ja, wie weet! Nou, dan hoeven ze in elk geval niet meer aan hun schoonfamilie te wennen, die kennen ze dan alvast.'

Erik heeft het ook weer druk. Z'n werk slokt hem meer en meer op. Annemarie ziet het met lede ogen aan. De eerste weken probeert hij nog om op tijd thuis te zijn en niet elke avond in de boeken te duiken, maar al snel gaat het weer net als voor de vakantie.

Ook zijn taak als wijkouderling kost hem heel wat tijd.

Hij neemt zijn huisbezoeken heel serieus; enerzijds bewondert Anne dat in hem, anderzijds irriteert het haar vaak als hij alweer weg moet 's avonds.

En als er geen huisbezoek is afgesproken, het even rustig is op de zaak, dan is er weer een kerkenraadsvergadering gepland.

Zijzelf is mee gaan draaien met de oppasdienst bij de kerk op zondagochtend. Eén keer in de twee maanden is ze aan de beurt om op te passen. Ze vindt het leuk, ze leert ook hierdoor weer nieuwe mensen kennen en gaat zich steeds meer thuis voelen in het Delftse kerkleven. Soms moet ze even slikken als er een heel jonge baby bij de oppas gebracht wordt. Hè, wat zou ze toch ook graag nog een kindje willen! Als ze eens na kerktijd, onder de koffie, tegen Erik zegt: 'Ah joh, er was zo'n klein baby'tje net in de crèche; weet je, dat zou ik dan zo wel mee willen nemen!'

'We moeten wel erg lang wachten, hè?' reageert Erik een beetje verstrooid.

'Ja, ja, leuk die baby's!'

Annemarie zwijgt gekwetst.

Soms ligt ze 's avonds in bed lang wakker. Waar zijn z'n beloften van de vakantie nou? Ze merkt er niks van. Integendeel: hij is nog vaker weg dan vorig voorjaar.

Eén keer begint ze er nog over, 's avonds, als ze in bed liggen.

'Erik?'

'Mmmm?'

'Slaap je al?'

'Nee... is er wat?'

'Weet je nog wat je van de zomer beloofd hebt toen we in Frankrijk waren? Dat je zou proberen wat meer thuis te zijn?'

Hij draait zich naar haar toe en komt wat overeind, leunend op een elleboog.

'Maar Anne, ik bén toch ook wat vaker thuis 's avonds?'

'Ja, maar de enkele avonden dat je thuis bent, zit je boven met spullen van kantoor, dus dan ben je er nog niet echt. Trouwens, zelfs dié avonden zijn te tellen! Elke week twee avonden op huisbezoek, is dat nou echt nodig? Ik bedoel, voor iemand die verder niks heeft, misschien wel, maar jij bent al zo druk...'

Hij is nu gaan zitten.

'Annemarie, ik vind echt dat je een beetje overdrijft! We zijn samen overeengekomen dat ik het ouderlingschap op me zou nemen. En je weet ook dat ik niet van half werk hou, áls ik iets dóe, dan ga ik er ook voor.' Het blijft even stil, daarna gaat hij wat zachter verder: 'Weet je,

Anne, er zijn zoveel mensen in de gemeente die problemen hebben, die eenzaam zijn; daar had ik eigenlijk geen idee van toen ik hieraan begon. Het is toch echt heel anders in een stad als deze, dan in kleine dorpen. In een dorp is veel meer sociale controle, leven mensen veel dichter bij elkaar, dus vereenzamen mensen ook niet zo gauw als in een stad.'

'Dat geloof ik wel, ik vind het ook hartstikke goed wat je doet, maar, Erik, ik ben ook eenzaam en dat zie jij niet!'

'Jij eenzaam? Dat valt toch wel mee, denk ik? Je hebt Nina, je hebt mij, je hebt een leuke baan en een heleboel kennissen en vrienden om je heen. Dat vind ik nou altijd zo knap van jou: je woont ergens net een jaar en je hebt alweer een hele vriendenkring om je heen. Nee, Anne, ik denk dat je niet weet wat echte eenzaamheid is.'

'Misschien is eenzaamheid het juiste woord niet, maar ik mis je vaak zo Erik, en dat voelt toch wel erg alleen.'

Hij is weer gaan liggen. 'Kom op, meisje, lekker slapen. En voel maar: hier lig ik, vlak naast je, dus alleen ben je ook niet echt. Welterusten, hè?'

Annemarie zegt niks meer. Ach, Erik begrijpt het niet. Misschien begrijpt ze het zelf ook niet.

Stelt ze zich aan? Ze weet het niet.

Ze draait zich om, kom, ze moet gaan slapen.

Het is weer maandagochtend. Annemarie zit zacht neuriënd op de fiets. Ze houdt van de maandag, ze houdt van het werk bij Jan. Hoewel...

Als ze er goed over nadenkt, is eigenlijk het werk bij Emma prettiger. Lekker druk, daar houdt ze van. Op de maandagochtend bij Jan is er soms maar weinig te doen.

Eigenlijk zou ze moeten voorstellen om op zulke ochtenden vanaf halftien of zo van kantoor te wisselen. Bij Emma ligt altijd werk: taxatierapporten uitwerken, afspraken regelen, er is altijd wel wat.

Aan het begin van de maand zijn er genoeg rekeningen die de deur uit moeten bij Jan, maar de rest van de maandagen stelt het niet zoveel voor.

En toch vindt ze die maandagochtend het prettigst. Gek eigenlijk! Ze fronst haar wenkbrauwen, stopt met zingen. Waarom is die maandag zo leuk?

Ach, ze weet het wel. Ze houdt zichzelf niet voor de gek. Het is gewoon hartstikke gezellig bij Jan. Ook al is hij veel weg, aan het begin of eind van de morgen komt hij altijd wel even binnen vallen. Altijd met twee bekers koffie in z'n hand. En altijd zit hij dan op de punt van haar bureau, altijd goedgehumeurd. Ze praten wat af samen, en niet te vergeten: ze láchen wat af! Maar vaak ook praten ze heel serieus. Fijn vindt ze dat.

Jan heeft altijd aandacht voor haar, neemt alles serieus waar zij mee zit. En het prettigst vindt ze dat hij vaak aan één woord van haar genoeg heeft, weet wat ze bedoelt, zelfs als ze het moeilijk vindt om iets goed onder woorden te brengen.

Ze hecht dan ook veel waarde aan zijn oordeel over sommige dingen. Alleen het geloof, daar denkt hij heel anders over. Maar dat is dan toch ook weer zo mooi: daarin luistert hij tóch naar haar, spreekt de dingen niet tegen en heeft duidelijk respect voor haar mening.

Soms lachen ze alleen maar veel, vliegt de ene grap na de andere over het bureau.

Dat is ook al zo verrassend: ze hebben hetzelfde gevoel voor humor. Kortom: ze is echt blij met zijn vriendschap.

Een enkele keer komt Emma langs, Jan probeert haar dan ook in hun plezier te betrekken, maar Emma ziet blijkbaar de humor er niet van in en is meestal weer snel verdwenen. Annemarie heeft dan het gevoel dat Emma zich soms ergert aan dat geklets tijdens werktijd. En eigenlijk heeft ze daar ook wel een beetje gelijk in, vindt ze.

Zo gaat het ook deze morgen weer.

Het was toch best druk, de maandelijkse rekeningen moesten worden opgemaakt en ook de telefoon ging bijna voortdurend.

Annemarie heeft Jan de hele ochtend nog niet gezien en Emma alleen even bij het binnen komen. Maar ze heeft lekker gewerkt en nu is alles klaar wat ze wilde doen.

Ze kijkt op haar horloge: al tien voor halftwaalf geweest. Nou, voor die paar minuten hoeft ze niks meer op te zoeken. Ze gaat de bureau-la even opruimen en dan is het zo'n beetje tijd om Nina te gaan halen. Bijna is ze klaar, dan laat ze het doosje met paperclips uit haar handen vallen; er vallen er wat op het bureau, maar natuurlijk liggen de meeste op de grond.

Hè, wat stom! Op haar knieën kruipt ze over de grond, als ze de deur hoort opengaan. Ze kruipt nog wat verder onder het bureau.

'Hé, Anne, ben je er niet meer?' hoort ze Jan zeggen. En daarna een beetje mompelend: 'Hoe kan dat nou, haar fiets staat er toch nog.'

Vanuit haar schuilplaats ziet ze hem naar het bureau toe lopen, ze ziet alleen zijn benen, maar aan de geluiden hoort ze dat hij de paperclips van het bureau aan 't oprapen is en in het lege doosje gooit.

Ze zit heel stil. 'Ja hoor, ook nog een zootje op de grond zeker,' hoort ze.

Juist op het moment dat hij bukt, springt ze, met een grote brul, onder het bureau vandaan omhoog.

Jan springt achteruit. 'Kind, ik schrik me wild!'

Annemarie hangt slap van het lachen tegen het bureau. 'Ha ha, dat hoofd van jou!'

Jan grijnst. 'Jij bent ook echt gek, hè?' En dan begint hij ook te lachen.

Juist op dat moment loopt Emma door de gang. Ze steekt haar hoofd om de hoek van de deur en kijkt een beetje misprijzend.

'Wat doen jullie nou?'

Annemarie kan niet praten van het lachen. En Jan zegt, nog nalachend: 'Ze zat onder haar bureau, ik schrok me echt rot!' Hij begint ook weer te lachen.

Emma trekt haar wenkbrauwen op. 'Onder haar bureau. Leuk!' Dan loopt ze weg.

Annemarie houdt meteen op met lachen.

'Ze is boos, hè?' vraagt ze verschrikt.

'Nee joh, natuurlijk niet! Haar gevoel voor humor is alleen een beetje anders dan het onze.' Hij grijnst nog steeds. 'Maar je moet toch toegeven: een beetje raar ben je wel, Anna!'

'Ik heet geen Anna en ik vind het toch vervelend.' Snel raapt ze de laatste clips van de grond op.

Hij kijkt haar aan, schudt zijn hoofd een beetje.

'Voor mij ben je Anna,' zegt hij, 'af en toe, als je zo gek bent als nu!'

Annemarie kijkt naar zijn lachende gezicht.

Ze draait zich om en gaat weg.

De donderdagavond is nog steeds de vaste zwemavond.

Het is zo langzamerhand een gewoonte geworden dat Annemarie na afloop nog wat drinkt bij Emma thuis.

'Je kunt natuurlijk ook een keer met mij meegaan,' bedenkt Annemarie als ze weer eens bij Emma op de bank zit, 'dan kan Maaike ook wat eerder naar huis.'

'Mijn huis ligt nou eenmaal meer op de route, jij komt hier toch langs als we van het zwembad komen. Het is een beetje overdreven als ik dan eerst met jou mee ga en daarna weer naar huis. Maar wat mij betreft kun je ook meteen door gaan naar huis, hoor, als je dat prettiger vindt voor je oppas.'

'Ach nee, het maakt ook niet uit. Zo laat wordt het toch nooit en Maaike verdient graag wat.' En bij zichzelf denkt ze: Dat is dus duidelijk: voor jou hoeft het helemaal niet.

Moeilijk is dat. Eigenlijk weet ze nog steeds niet wat ze aan Emma heeft.

Soms denkt ze dat Emma haar toch echt als een vriendin ziet, maar andere keren heeft ze het idee dat alles van haarzelf uit gaat en dat het allemaal niet zo nodig hoeft van Emma.

Toch wil ze zelf de vriendschap in stand houden.

Waarom eigenlijk? Als ze later naar huis fietst, denkt ze erover na.

Ze heeft vriendinnen genoeg en heeft met de meesten van hen meer dan ze met Emma deelt. Komt het dan doordat Emma op de een of andere manier iets eenzaams uitstraalt? Maar ís dat wel zo? Of denkt ze dat te zien, omdat Emma duidelijk nauwelijks of geen vriendinnen heeft? Maar heeft Emma daar dan behoefte aan?

Ze komt er niet uit.

Eén ding is zeker: ze komt erg graag bij Emma en Jan. Ze voelt er zich thuis, ze heeft het naar haar zin. Maar waarom dan?

Ach, eigenlijk weet ze dat ook wel: het is niet Emma wiens vriendschap ze vooral zoekt, het is Jan. En ze ervaart het als heel bijzonder dat ze zo'n goede vriendschap met een man kan hebben.

Maak ik dan misbruik van Emma, om via haar de gezelligheid van Jan te zoeken? vraagt ze zich af.

Nee, zo is het niet. Ze ziet Emma en Jan als één geheel, gewoon een fijne plek om te zijn.

Toch?

Als ze thuiskomt, gaat Maaike net de deur uit.

'Is Erik er al? Heeft hij je betaald?'

Maaike knikt. 'Ja hoor, tot ziens. Ik hoor het wel weer, hè?'

Annemarie loopt naar binnen. 'Hé schat, ben je er al?'

'Nou, ál... het is al over elven. Maar inderdaad, het valt mij ook mee. De vergadering in Amsterdam was lekker op tijd klaar en op de weg kon ik goed opschieten. Maar wat ben jij laat! Je zwemt toch tot half-tien?'

'Nog even wat gedronken bij Emma. Dat doe ik meestal na het zwemmen. Kun je nagaan hoe weinig je thuis bent, dat je dat niet eerder is opgevallen.'

Het moet een grapje zijn, maar het komt er een beetje bitter uit.

Erik gaat op dat laatste niet in, maar fronst even. 'Anne, wat zoek je toch altijd bij die mensen?'

'Wat zóek je bij die mensen? Die mensen zijn mijn vrienden en ik vind daar een stukje gezelligheid dat ik thuis wellicht mis!'

'Vrienden! Sorry, maar ik kan je niet helemaal volgen. Ik kan me niet voorstellen dat jij zo dik bevriend bent met iemand als Emma, die zo totaal anders is dan jij. Wat deel je nou met haar? Dat moet je me toch eens uitleggen.'

'Hoe bedoel je dat? Wat is er mis met Emma? Kan ik met haar niet bevriend zijn omdat we ons geloof niet delen of zo? Moet ik er alleen christelijke vriendinnetjes op na houden?'

Ze staat met haar jas nog aan, midden in de kamer.

'Kom op, Anne, wind je niet zo op. Je weet best wat ik bedoel! Zo vrolijk en spontaan als jij bent, zo afstandelijk en nuchter is Emma.'

'Ik wind me helemáál niet op! Dat doe je zelf juist! En jij kent Emma nauwelijks, zo afstandelijk is ze helemaal niet, hoor!'

'Oké, dan zal dan wel niet. Toch vraag ik me af wat je daar zoekt. Ik heb zelfs het idee, dat je je ouwe vriendinnen, zoals Nelleke en Roos, een beetje verwaarloost omdat je zo druk met Emma bent.'

'Wat is dat nou voor een vergelijking! Ik kom door de week niet zo snel in IJsselstein of Woerden! Trouwens, ik was juist van plan morgen na schooltijd met Nina naar Roos te gaan.'

Ze verzint het ter plekke, maar wat maakt dat uit. Ze móet ook nodig weer eens naar Roos, daar heeft hij wel gelijk in.

Terwijl ze haar jas uit doet en naar de gang loopt om hem aan de kapstok te hangen, vraagt ze over haar schouder: 'Jij vraagt nu alsmaar wat ik in Emma zie; ik vraag me af wat jij voor bezwaar tegen Emma en Jan hebt.'

Het blijft even stil. Als ze de kamer weer binnenloopt, kijkt ze Erik vragend aan.

'Eigenlijk niks. Ik heb niks tégen ze, maar ik heb ook niks mét ze. En ik vroeg me dus alleen maar af wat jíj met ze hebt. Ik wil ze helemaal niet aanvallen of zo, als jij het daar naar je zin hebt, is het prima. Ze geven je blijkbaar een stuk gezelligheid.'

'Inderdaad.'

Verder wordt er niks meer over gezegd. Toch zit het Annemarie niet helemaal lekker.

Ze neemt zich voor, voortaan thuis niet te veel te vertellen en niet meer zo enthousiast te doen wat betreft haar werk en bezoekjes aan Emma en Jan.

Erik komt er ook niet meer op terug. Hij is allang blij dat Annemarie het blijkbaar naar haar zin heeft en niet zo vaak meer begint over het feit dat hij zo door z'n baan en het kerkenwerk wordt opgeslokt.

De volgende dag is het vrijdag. Nina heeft 's middags geen school.

Annemarie heeft vanaf kantoor opgebeld naar Roos of het uitkomt dat Nina en zij 's middags een poosje komen.

Roos vond het prima en zo rijden Annemarie en Nina om halftwee richting Woerden.

'Blijf gezellig eten!' heeft Roos door de telefoon gezegd, 'dan vraag je of Erik in Den Haag op de trein stapt, dan pikken we hem hier van het station op en kunnen jullie vanavond samen naar huis rijden.'

Het leek Annemarie een goed idee.

Ze voelde zich toch een beetje vervelend na het gesprek van gisteravond. En zo kan ze Erik laten zien dat ze zéker wel hecht aan de vriendschap met Roos en Bas.

Maar als ze Erik eindelijk te pakken heeft op z'n telefoon en van het plan vertelt, zegt hij bijna opgelucht: 'Leuk, moet je zeker doen, Anne! Maar reken niet op mij. Ik heb eigenlijk al zo half en half beloofd vanavond wat langer door te gaan, maar ik vond het zo ongezellig voor Nina en jou. Nu komt het mooi uit! Jullie blijven bij Roos en Bas eten en als je dan vanavond naar huis komt, ben ik ook zo'n beetje thuis. En je hebt ook geen last van de spits, dus het is een goed plan! Veel plezier, doe Bas en Roos de groetjes en ik zie je vanavond!'

Zo rijdt ze nu naar Woerden, nog een beetje geïrriteerd door het telefoongesprek met Erik.

Verdraaid! Die baan van hem ook! Dat is toch niet normaal! Ze kent echt niemand in hun kennissen- of vriendenkring die zoveel uren maakt. Oké, er staat een heel mooi salaris tegenover, maar toch! Ze kan zich niet voorstellen dat iedereen in een vergelijkbare functie zoveel uren aan het werk besteedt. Ze weet dat Erik erg plichtsgetrouw is, maar vooral dat hij absoluut niet kan delegeren. Hij trekt alles naar zich toe, voelt zich overal verantwoordelijk voor. Hij lijkt eigenlijk wel een beetje op Emma! Ze schiet hardop in de lach, als ze dat denkt.

'Waarom lach je, mama?'

'Zomaar, Nien! Ik vind het zo leuk weer eens naar tante Roos te gaan. En jij? Ga je lekker met Tom en Frank spelen?'

'Tom wil altijd voetballen, dat wil ik niet, maar Frank vind ik wel lief. Misschien mag ik hem wel een keer vasthouden, mama, net als eerst, weet je wel?'

'Ja, maar Frank is niet zo heel klein meer, hoor! Toen was hij nog een heel kleine baby, maar nu wordt hij ook al een beetje groot. Maar we zullen wel eens zien. In elk geval heeft tante Roos nog al haar poppen en barbies van vroeger, weet je wel? Daar mag je vast weer mee spelen.'

'Ik vind het wel leuk, maar het liefste wil ik altijd bij Max spelen. Hij is lief en zijn papa is zo grappig.'

Annemarie zucht. 'Ja, dat is hij zeker.'

Ze weet zelf niet of ze daarmee Max of z'n papa bedoelt.

Zoals altijd is het gezellig bij Roos. Ze kennen elkaar al vanaf hun schooltijd en ook al zien ze elkaar soms een hele poos niet, ze pakken altijd weer heel gemakkelijk de draad op.

Ze hebben elkaar nu ook een hele tijd niet gesproken.

'Hè, ik dacht, toen jullie terug kwamen uit Amerika, dat we elkaar vast weer vaak zouden zien, maar in de praktijk valt dat toch tegen. Maar zo te horen heb jij alweer aardig je plekje gevonden in Delft, hè? Leuk hoor! Maar vertel eens over je baan, nog steeds zo goed naar je zin als in het begin?'

En Annemarie vertelt. Over haar werk, over het zwemmen, over Max en Nina.

De middag vliegt voorbij.

Om vijf uur, als Nina en Tom boven op Toms kamer spelen, zegt Roos opeens heel serieus: 'Anne, even voordat Bas zo thuiskomt of de kinderen weer beneden zijn, mag ik je iets heel persoonlijks vragen?'

'Natuurlijk!'

Annemarie kijkt haar een beetje verbaasd aan.

'Misschien zit ik er helemaal naast, dan moet je me het maar niet kwalijk nemen, maar Anne, die Jan... Je hebt het de hele middag, door alles heen, steeds maar weer over Jan. Anne, ben je verliefd op die man?'

Even blijft het stil. Dan begint Annemarie te lachen.

'Kind, welnee! Hoe kom je daarbij? Nee, het is een vreselijk aardige vent, maar echt niet iemand waar je verliefd op zou worden, ik bedoel, niet heel knap of zo. Hij is heel gewoon. Nee, echt niet hoor! Trouwens, die tijd hebben we gehad, hè?'

Roos kijkt haar aan. 'Je weet het zeker, hè?'

Annemarie knikt, dan komen Tom en Nina de kamer in. 'Mama, mogen we chips?' vraagt Tom. Roos staat op.

Ze komen die dag niet meer op het gesprek terug.

Maar de dagen erna moet Annemarie er steeds weer aan denken.

Bah! Vervelend is dat. Elke keer dat ze Jan spreekt, schiet die ene vraag van Roos haar weer te binnen. Het lijkt nu alsof ze niet meer zo onbevangen met Jan kan praten en lachen.

Maar als ze op een dag tussen de middag van kantoor naar school fietst, spreekt ze zichzelf eens goed toe. Klaar! Ze moet ophouden met die stomme gedachten! Jan is een vriend, een heel goede vriend, dat zeker. Maar mag dat niet, kan dat niet, een goede vriendschap tussen een man en een vrouw? Natuurlijk kan dat. Klaar, uit! Ze wil er niet meer over denken.

Langzaam slijt het vervelende gevoel weer.

7

DE KERSTVAKANTIE STAAT ALWEER VOOR DE DEUR.

'Hoe doen we het rond de feestdagen, wil jij nog vrij nemen?' vraagt Emma een paar weken voor kerst.

'Als het kan, wel graag! Op woensdag is het eerste kerstdag, hè, als ik die maandag en dinsdag dan nog werk en dan vrijdag vrij neem, vind je dat goed?'

'Ja, ik vind het prima. En die tweede week van de vakantie? Wil je dan maandag en dinsdag vrij en dan donderdag twee januari weer beginnen?'

Annemarie knikt. 'Prima idee. Die paar dagen kan Nina wel logeren bij mijn ouders.'

'Ja, of je brengt haar mee. Lianne zal toch wel komen om op Max te letten, maar goed, dat zien we nog wel.'

'Neem je zelf geen vrij?'

Emma kijkt haar verbaasd aan. 'Nee, waarom zou ik?'

'Ik dacht: misschien gezellig als de meiden en Max vrij zijn...'

'Nee hoor, die gaan hun eigen gang wel. Ik ben na die feestdagen altijd blij als ik weer aan het werk kan. En Jan heeft nog wel wat dagen vrij, geloof ik. Dus dat is wel gezellig voor Max en Sophie. Marieke en Ellen zullen wel naar Utrecht terug gaan als de feestdagen voorbij zijn. Trouwens, is die man van jou wel eens vrij?'

Annemarie lacht een beetje bitter. 'Nee, die heeft het altijd druk. Ik ben al blij dat kerst midden in de week valt, dan is hij die dagen in elk geval extra thuis. Stel dat Kerstmis op zaterdag en zondag valt, dan merk je helemaal niet dat er iets extra's is.'

Maar het valt mee!

Als ze 's avonds aan tafel zitten, zegt Erik: 'Hoe zit het eigenlijk, Anne, ben je vrij in de week van kerst?'

Annemarie vertelt hoe ze het heeft afgesproken met Emma.

'Ach, dat is nou jammer,' vindt Erik.

'Ik heb juist kunnen regelen dat ik maandag en dinsdag voor de kerst vrij ben en ook de zevenentwintigste. Kun je dat niet veranderen, zodat je die dagen ook niet hoeft te werken? Zo druk zal het toch in die tijd niet zijn? Wie gaat er nou op "huizenjacht" tussen kerst en oud en nieuw?'

Anne haalt haar schouders op. 'Ik zal het er morgen nog wel eens over hebben, maar die maandag moet ik in elk geval werken. Dan zit ik bij Jan en daar ligt echt nog een hoop werk.'

Eriks wenkbrauwen gaan omhoog. 'Zo vlak voor kerst? Die administratie kan toch ook wel even wachten?'

Daar geeft ze geen antwoord op. 'Ik zal het morgen nog wel eens bespreken.'

De volgende ochtend vraagt ze: 'Emma, Erik is de dagen voor kerst vrij, vind je het heel bezwaarlijk als ik de dinsdag ook vrij neem? Ik heb al bedacht dat ik dan eventueel de maandag van de tweede week wel kan komen, want dan is Erik weer aan het werk. Is dat wat, denk je?'

'Mmm, nou ja, eigenlijk maakt het mij niet zoveel uit. Alleen, hoe doen we het dan met de verdeling? Je zit dan twee dagen bij Jan en bijna niet bij mij.'

'Daar heb ik ook al aan gedacht, maar misschien kan ik op Jans kantoor zitten en jouw telefoon doorschakelen, of andersom; dan werk ik voor jullie allebei die dagen.'

'Ik vind het prima, maar joh, als je meer vrij wilt, ook die eerste maandag bijvoorbeeld, is het ook goed, hoor. Zoals ik al zei: zoveel werk is er niet in die periode.'

'Dat weet ik, maar ik spaar liever m'n vakantiedagen een beetje op. En je weet zelf: er ligt altijd wel iets om te doen. Kan ik eens lekker wat achterstand wegruimen. Zeker bij Jans administratie is dat wel weer eens nodig.'

'Nou goed, dan spreken we het zo af.'

Als ze later naar huis rijdt, weet Annemarie dat ze niet helemaal eerlijk is geweest. Maar ze heeft geen zin om ook die maandag vrij te nemen. De maandagen zijn juist het gezelligst. Het komt trouwens mooi uit: dan kan Erik 's maandags eens op Nina passen, zo vaak zijn die twee niet samen. Dus eigenlijk is het zo prima opgelost!

De kerstdagen gaan snel voorbij.

Eerste kerstdag gaan ze eerst met z'n drietjes naar de kerk. Er is geen kindernevendienst, dus Nina mag de hele dienst tussen papa en mama in zitten. Het is vol in de kerk, Nina ziet verschillende kindjes van haar school binnenkomen. Vlak voordat de dienst begint, roept ze, terwijl ze achterstevoren op haar knieën op de bank zit: 'Kijk, mam, daar is Max!'

Annemarie voelt dat ze een kleur van plezier krijgt. Zouden Jan en Emma echt in de kerk zijn? Maar als ze zich omdraait, ziet ze dat het Marieke, de oudste dochter, is die samen met Max probeert om een plaatsje te vinden.

'Hier!' wenkt ze, 'kom maar, hier kunnen jullie nog wel tussen. Max en Nina hebben niet zo'n grote plek nodig, en jij kunt er ook wel tussen.'

Opgelucht laat Marieke zich neerzakken naast Annemarie. 'Poeh zeg, wat is het druk! Er zijn zeker meer van die gelegenheidskerkgangers zoals wij.' Ze lacht verontschuldigend naar Annemarie. 'Zitten jullie nou niet te krap?'

'Welnee, ik vind het leuk dat jullie er zijn. Ga je in Utrecht ook wel eens naar een kerkdienst?'

'Zo af en toe, ik ben een beetje op zoek, zoals dat heet. En nu met kerst wilde ik ook wel erg graag. Nou, en Max vond het ook een schitterend plan, hè Max?'

Max zit met grote ogen rond te kijken. Hij is er stil van en dat zegt wat!

Dan begint de dienst.

Annemarie kijkt tijdens de preek af en toe eens tersluiks naar Marieke. Het meisje lijkt met grote aandacht te luisteren. Max zit met z'n duim in zijn mond tegen haar aan geleund.

Toch wel bijzonder, denkt ze, Emma die zo anti-kerk is en hier zitten haar oudste en haar jongste kind samen in de kerk. Ze neemt zich voor toch nog eens met Emma of met Jan te praten over deze dingen. Al denken zij van niet, toch missen ze zoveel in hun leven zonder God! mijmert ze voor zich heen. Maar ja, er zal toch een gelegenheid moeten zijn om erover te praten, ze kan er moeilijk in het wilde weg over beginnen.

'Amen,' zegt de dominee.

Ze heeft weinig van de preek gehoord.

's Middags komen de ouders van Erik. Zij wonen helemaal in Roermond, dus zo dikwijls zien ze hun enige kleindochter niet. En wat later komen ook de ouders van Annemarie en haar jongere broertje. Nina geniet van alle aandacht en om vijf uur gaan ze met z'n allen naar het kinderkerstfeest van de kerk. Daarna gaan ze gourmetten, maar halverwege valt Nina bijna in slaap, zo moe is ze.

Om tien uur is iedereen weer vertrokken. Erik en Annemarie zitten samen op de bank met een glaasje wijn.

'Was gezellig, hè,' zegt hij, 'maar ook wel weer lekker om even rustig samen te zitten, vind je niet?' Hij slaat z'n arm om haar schouders. 'Hé, wat kijk je serieus?' Hij schudt haar zachtjes heen en weer.

'Nee, niks.' Ze kruipt lekker tegen hem aan. 'Alleen, ik zat net te denken: Zo'n dag hè, Nina zit altijd maar tussen volwassenen, eigenlijk is dat niet echt goed, of vind je van wel?'

'Joh, daar krijgt ze niks van, hoor! En gewoon, door de week, heeft ze toch kinderen genoeg om zich heen? Onze familie is nou eenmaal klein. Als ik broers of zussen zou hebben, dan zouden er waarschijnlijk ook wel wat neefjes en nichtjes zijn, maar ja, dan was het nog niet gezegd dat die op zulke dagen er ook zouden zijn, toch?'

'Ja, dat is ook eigenlijk wel zo. Ze zou een broertje of zusje moeten hebben! Erik, ik ben eigenlijk bang dat dat nooit meer zal gebeuren. Soms denk ik: Hoe lang moeten we zo nog doorgaan? Ik bedoel, met maar af te wachten. Zullen we toch niet eens naar de dokter gaan? Ik weet wel dat er bij eerdere onderzoeken is gezegd dat alles in orde was, maar dat is toch alweer wat jaren geleden. En er zijn toch ook allerlei manieren tegenwoordig om in verwachting te raken.'

Erik reageert niet direct. Gedachteloos speelt hij met haar haren. Dan zegt hij: 'Anne, je moet wel goed afwegen of dat het je waard is. Als je eenmaal in die medische molen zit, weet je niet waar het naar toe gaat. Behandelingen met hormonen misschien, vrijen op een verplicht tijdstip, allerlei toestanden, heb je dat ervoor over?' En als ze niet direct reageert, voegt hij er zacht aan toe: 'Ik zie dat eerlijk gezegd niet zo zitten. Het brengt een hoop spanning en misschien ook teleurstellingen mee. En, weet je, eigenlijk ben ik hartstikke tevreden met ons gezinnetje zoals het is. Nina wordt al wat groter, je kunt steeds meer gaan doen met haar. Neem nou de afgelopen zomervakantie, dat ging toch geweldig? Met een kleine baby ga je niet zo gauw op een camping in Frankrijk zitten, tenminste, dat zou mij niks lijken.'

En als Annemarie nog steeds niet reageert: 'Want als je gaat dokteren, wie weet hoe lang het dan toch nog duurt, áls het al lukt. In die tijd wordt Nina ook weer ouder en het verschil tussen haar en een eventueel broertje of zusje wordt dan wel erg groot.'

Annemarie geeft nog steeds geen antwoord, maar een eenzame traan loopt over haar wang naar beneden.

Eindelijk zegt ze zacht: 'Maar ik wil het zo graag, Erik.'

'Dat weet ik toch, maar we mogen het toch ook bij God brengen en het van Hem verwachten?'

'Daar heb je wel gelijk in, maar toch... Het klinkt zo gemakkelijk. God geeft toch ook de middelen en de medische wetenschap?'

'Natuurlijk. Maar als je er aan begint, moet je je van te voren denk ik goed laten informeren en duidelijk weten waar voor jezelf de grens ligt. Want de medische wetenschap gaat wel heel ver, misschien ten opzichte van onze overtuiging, wel té ver. Ik denk dat we dat eerst goed voor onszelf op een rijtje moeten hebben: hoever willen we gaan!'

Hij geeft haar een kus. 'We praten er nog wel eens over, denk er eerst nog maar eens goed over na of het je sowieso al die onrust en spanning waard is.'

Hij staat op en trekt haar overeind. 'Laten we naar boven gaan, ik ben moe. En één goede manier weet ik zelf wel te bedenken! Daar hebben we geen arts voor nodig.'

Nu moet ze toch ook lachen. 'Ja ja, jij wel!'

Maandag 30 december komt Annemarie wit van de sneeuw aan bij kantoor.

Emma wil net in de auto stappen. 'Annemarie, de deur zit nog dicht, vraag de sleutel maar even aan Jan. Ik zie je misschien straks nog!'

Annemarie zwaait. 'Oké.'

Als ze belt op nummer 53, doet Max de deur open.

'Is papa er?'

De deur gaat wijd open. 'Ja, hoor maar!'

Ze hoort het. Jan speelt piano. Zacht loopt ze de kamer binnen en vlak

achter hem blijft ze staan luisteren. Schitterend, wat kan hij spelen!
Opeens is het afgelopen en meteen zit hij achterstevoren op de kruk.
'Hé, ik voel dat er iemand achter me staat! Goeiemorgen, Anne, dit waren mijn arbeidsvitaminen! Nu ga ik aan 't werk.'
'Nee papa, je blijft toch bij mij?'
'Zeker! Maar dat is dan tóch mijn werk: op Max passen!'
Hij tilt Max hoog in de lucht. 'En weet je wat we gaan doen? We gaan samen piano spelen. Ik leer het jou en dan mag Anne straks komen luisteren hoe goed het gaat, afgesproken?'
Met een zwaai zet hij Max op de pianokruk. 'Koffie, Anne?'
'Nee, de sleutel graag. Ik zet zo wel koffie hiernaast. Ik ben al een beetje laat, het was glad buiten.'
'Oké, dan komen Max en ik zo koffie bij jou drinken. Over een half-uurtje, is dat goed? Dan kunnen wij eerst buiten even een sneeuwpop maken, daarna drinken we koffie bij jou en vervolgens gaan we naar boven en krijgt Max zijn eerste les op de vleugel.'
'Boven?'
'Ja, boven kantoor, je weet toch dat ik daar m'n vleugel heb staan en pianolessen geef?'
'Ach ja, dat heb je wel eens verteld, maar ik heb nooit wat gehoord, dus ik heb er ook nooit meer aan gedacht.'
'Het is helemaal geluiddicht gemaakt. Kom straks maar eens kijken.'
Max hangt aan de hand van Jan. 'Kom mee naar buiten, papa. En ga ik straks echt piano spelen?'
'Een klein beetje, kerel. Ik moet daar wat spullen uitzoeken, dan mag jij mee en ook even op de piano spelen, goed?'

Annemarie zit achter haar bureau. Ze heeft de telefoon van Emma doorgeschakeld. Eigenlijk is er niet zoveel te doen. Ze ruimt wat dingetjes op en daarna gaat ze maar koffiezetten.
Even later komt Jan binnen.
'Waar is Max?'
'Hij is nog in de tuin. De sneeuwman is klaar en nu maakt hij samen met Sophie nog een sneeuwvrouw. Meestal vindt Sophie zich te groot om met Max te spelen, maar de sneeuw ruimt het leeftijdsverschil uit de weg! Ze genieten samen.'

Annemarie zet een beker koffie voor hem neer.

'Alsjeblieft, je koffie. Volgens mij geniet jij net zo hard van die sneeuw als de kinderen!'

Ze kijkt hem plagend aan.

'Ha, nou, dat kun je wel zeggen! Ik vind het echt leuk. Hé, heb je niks lekkers bij de koffie?'

'Nee, natuurlijk niet. Ik dacht dat jij daar wel voor zou zorgen!'

'Goed idee. Ik haal even wat.'

'Nee joh, echt niet, ik heb al zoveel zitten eten met de kerstdagen. Ik word veel te dik!'

'Jij dik?' Hij kijkt vertederd naar haar. 'Jij bent zo slank als... nou, als, als... Nina!'

'Ja hoor! Leuke vergelijking! Ze zit nog vol babyvet.'

Jan schatert. 'Anna, je overdrijft vreselijk!'

Lachend loopt hij de deur uit om een minuut later weer binnen te komen met twee grote stukken kerstkrans.

'Hier, eet op! Dan wordt je babyvet eindelijk grote-mensen-vet!'

Als de koffie op is en ze nog even gepraat hebben, zegt Jan: 'Weet je dat ik in die tien minuten dat ik hier nu zit, die telefoon niet één keer heb horen overgaan. Waarom zit je hier eigenlijk, er is echt niks te doen.'

'Wil je dat ik naar huis ga dan?'

'Welnee, dit is werktijd. Ik heb een beter idee: je gaat met me mee naar boven, dan laat ik je de vleugel horen.'

'Nee joh, als de telefoon dan gaat, hoor ik hem niet.'

'We laten de deuren allemaal openstaan, dan hoor je alles. Kom op!'

'En Max?'

'Max is bij Sophie. Ze weten dat ik naar boven ga, dus als er iets is, komen ze wel.'

Aarzelend volgt ze hem naar boven.

In de grote kamer staat een prachtige vleugel en tegen de andere wand een kleinere piano.

'Ga zitten, dan geef ik een concert.' Hij wijst naar het bankje dat tegen de andere muur staat.

'Wat wil mevrouw horen? Beethoven, Brahms of Verdi?'

Ze haalt haar schouders op. 'Ik heb geen idee. Ik laat me graag verrassen.'

'Ha, je bedoelt dat je er helemaal geen verstand van hebt. Toch? Maar luister! En vertel me straks of je het mooi vond.'

Dan gaat hij achter de vleugel zitten en begint te spelen.

Annemarie luistert. Ze zit heel stil. Wat is dit prachtig!

En Jan speelt maar door. Ze heeft geen idee wát hij speelt, maar ze voelt zich helemaal opgenomen in de muziek.

Als hij eindelijk stopt, blijft hij nog even stil zitten, daarna draait hij zich langzaam om.

'En, hoe vond je het?'

Als hij geen antwoord krijgt, staat hij op en loopt naar haar toe.

'Anne? Wat is er?'

Ze veegt met haar hand langs haar ogen, lacht een beetje waterig.

'Hé, zit je nou te huilen? Was het zó erg? Ik heb toch m'n best gedaan!'

'Nee joh, gek; sorry, maar ik vond het zó mooi, echt geweldig! Wat moet het heerlijk zijn om zo te kunnen spelen!'

'Nou, ik zou zeggen: neem les!' En als ze niet direct antwoordt: 'Sterker nog: neem les bij míj. Nou?'

Annemarie snuit haar neus.

'Dat is natuurlijk onzin! Ten eerste zal ik het nooit zo goed kunnen als jij en ten tweede geef jij alleen les aan bollebozen en niet aan beginnelingen.'

'Voor jou maak ik graag een uitzondering. Ik meen het, Anne, ik wil je best les geven. En dat je het nooit zo goed zou kunnen als ik? Dat weet je pas als je het gaat proberen. Dat is trouwens ook niet het belangrijkste. Het gaat er om dat je er plezier in hebt, dat je geniet van de muziek. Dus denk er maar eens over. Mijn aanbod staat!'

Annemarie is opgestaan. 'Wat ben je toch een lieverd!' ze flapt het er zo maar uit.

Jan trekt een grimas. 'Dat hoor ik niet elke dag, Anna! Kom, we gaan nog een kopje koffie maken. En eens kijken wat die kinders aan het doen zijn.'

Hij loopt de kamer uit. Op de overloop blijft hij stilstaan voor het raam, en wenkt Anne. 'Kom eens kijken!'

Annemarie kijkt naar beneden. In de tuin verrijzen naast twee grote sneeuwpoppen nu drie kleinere poppen en aan de vierde wordt hard gewerkt.

'Onze hele familie wordt in de sneeuw tentoongesteld, geloof ik.' Jan lacht.

Annemarie lacht ook. 'Prachtig zeg, zoals die twee samen bezig zijn.'

Jan kijkt haar van terzijde aan. 'Anne, misschien hoor ik dat helemaal niet te vragen, maar hebben jullie bewust maar één kind of had je er graag meer gehad?'

'Dat mag je gerust vragen, hoor, nee het is geen vrijwillige keus. We hadden er graag twee of drie gehad. En ik hoop er nog steeds op, maar ja, hoe langer het duurt, hoe kleiner die hoop toch wel wordt.'

'En medisch gezien is er ook niks aan te doen?'

Ze haalt haar schouders op. 'Ik weet het niet. Maar eigenlijk heeft Erik... ik bedoel... weten we niet of we daar wel zin in hebben, al die heisa.'

'Ik begrijp het.' Ze heeft het gevoel dat hij het inderdaad begrijpt, dat hij zelfs meer begrijpt dan ze zegt. Dat bewijzen zijn volgende woorden. 'Jammer voor jou, maar daar moet je inderdaad samen achter staan.'

Opeens voelt ze weer tranen prikken. Tersluiks veegt ze ze weg. Dan voelt ze heel even zijn arm om haar heen. Hij geeft een kneepje in haar schouder: 'Kom, Anna, we gaan koffiedrinken!'

Als het bijna halftwaalf is, komt Emma binnen.

'Nog wat bijzonders?'

'Nee, het is erg rustig. Ik geloof dat jouw telefoon twee keer is gegaan en die van Jan helemaal niet.'

'Heb je je niet verveeld dan?' Het moet een grapje zijn, maar zo klinkt het niet helemaal.

'Nee hoor, er was nog wel het één en ander te doen hier.'

Als ze haar jas aangetrokken heeft en de voordeur uit wil gaan, komen juist Max en Sophie de andere voordeur uit. 'Mama, Annemarie, komen jullie even kijken in de tuin? We hebben heel mooie sneeuwpoppen gemaakt, onze hele familie.'

Samen lopen ze mee met de kinderen. Daar staan ze: twee grote en drie wat kleinere en één heel kleine sneeuwpop. 'Dat ben ik!' zegt Max trots, terwijl hij op de kleinste wijst.

Emma en Annemarie bewonderen samen de 'familie Veltkamp'.

'Leuk hè, die sneeuw?' zegt Annemarie. Maar voor Emma antwoord kan geven, vliegt er een sneeuwbal door de lucht, precies tegen Emma's hoofd. En daarna een tweede, die Annemarie raakt.

'Jan, hou op!' roept Emma. Maar dat helpt niet.

'Kom, Max, wij tegen die drie vrouwen!'

Na een paar minuten geeft Emma het op. Ze schudt de sneeuw uit haar nek. 'Brrrr, ik ga naar binnen, jullie doen je best maar!'

Nu is het twee tegen twee. Sophie en Annemarie doen hun best, maar toch kunnen ze niet tegen Jan en Max op. De meeste ballen van Max missen hun doel, maar die van Jan zijn allemaal raak.

De sneeuw druipt uit hun haren. 'Kom, Sophie, hier achter die boom.' Annemarie is achter een dikke kastanjeboom gaan staan. Sophie vlucht achter een andere boom.

Snel gooien en dan weer wegduiken, dat is de oplossing.

'Ha, jij dacht slim te zijn, hè?' Opeens wordt Annemarie stevig beet-gepakt. Met z'n andere hand wrijft Jan een hele hand sneeuw in haar gezicht. Ze spartelt om los te komen.

Even is ze met haar gezicht heel dicht bij dat van Jan. Ze kijkt hem aan, dan rukt ze zich los.

'Ik geef het ook op, hoor, ik ga naar huis. Succes, Sophie, dag Max!'

Ze doet de poort open en gaat via de achterkant terug naar de straat, loopt naar haar fiets en wil opstappen.

'Hé, je vergeet je tas.' Even kijkt hij haar ernstig, onderzoekend aan. 'Gaat het wel goed?'

Ze knikt. Dan stapt ze op en rijdt weg, zo snel de besneeuwde weg het toelaat.

8

EMMA STAAT VOOR HET RAAM.

'Hé, gaat Annemarie daar nu al? Is ze achterlangs gegaan? Ik heb haar niet meer gesproken. Jij wel, Jan? Morgen is ze toch vrij, hè?'

'Ja, donderdag komt ze weer volgens mij. Ik ga nog even naar boven, hoor!'

'Ben je nog niet klaar? Je ging daar vanochtend toch aan de gang?'

Max is ook weer binnengekomen.

'Papa, wanneer ga ik nou boven spelen op de grote piano?'

'Nou, kom maar mee, dan gaan we nu eerst naar boven. Of zullen we zo eerst een boterham eten?'

Emma is de tafel al aan het dekken. 'Laten we eerst maar eten, dan kan ik daarna nog een poosje naar kantoor. Kan Max dan bij jou blijven?'

'Goed hoor. Ik ben hem tenslotte nog een pianoles schuldig.'

'Wat hebben jullie vanochtend dan gedaan? Heb je de hele tijd buiten gespeeld, Max? Dan zul jij wel trek hebben in een heleboel boter-hammen!'

Max knikt. 'Ik heb eerst met papa een sneeuwpop gemaakt en toen nog een heleboel met Sophie. En papa heeft piano gespeeld voor Annemarie, hè pap?'

Jan knikt.

'Piano gespeeld? Waar dan?'

'Hier,' zegt Max. En wijst naar de piano in de kamer.

Jan knikt, maar hij zegt niet dat hij ook nog boven op de vleugel heeft gespeeld.

'Misschien ga ik haar les geven.'

'Jij? Aan Annemarie? Speelt ze dan al?'

'Nee, maar als ze wil beginnen, kan ik haar best les geven, ze komt hier toch al dagelijks, dus dat zou mooi kunnen aansluiten aan haar werk.'

Emma kijkt hem verbaasd aan. 'Sinds wanneer wil jij aan beginners les gaan geven? Ik dacht dat je daar geen zin in had?'

Hij haalt zijn schouders op. 'Uitzonderingen bevestigen de regel. Ik heb Sophie toch ook vanaf het begin zelf les gegeven?'

'Ja, dat lijkt me logisch: je eigen dochter. Nou ja, je moet het zelf weten hoor, ik vind het prima.'

Als ze later op kantoor zit achter haar bureau, schiet het gesprek haar weer te binnen. Jan en Annemarie: het zijn wel erg goede maatjes. Soms irriteert het haar een beetje.

Zelf is ze erg op Annemarie gesteld, ziet haar ook meer als vriendin dan werkneemster, maar toch... Je moet die twee zaken gescheiden houden. Ze vindt dat Jan dat te weinig doet. Hij kan werk en privé echt helemaal niet scheiden.

Hij zit zo dikwijls bij Annemarie te kletsen op kantoor. En zoals vanmorgen, hoelang heeft hij piano voor haar zitten spelen? En aan de twee lege koffiebekers ziet ze dat hij ook weer koffie heeft zitten drinken bij haar op kantoor. Alles goed en wel, maar Annemarie wordt betaald, en ook best goed betaald, voor haar werk. En dan moet Jan haar niet steeds weer van dat werk af houden.

Soms vraagt ze zich af of het wel goed gaat zo.

Stilletjes heeft ze wel eens gedacht dat ze de omgang met Annemarie liever helemaal privé zou willen houden, of juist helemaal alleen zakelijk. Dat laatste is onmogelijk: de vriendschap kan niet meer terug gedraaid worden.

Dan het eerste? Iemand anders op kantoor en Annemarie alleen als vriendin, waarmee ze gaat zwemmen en af en toe eens wat drinkt?

Ach nee, dat is ook niet haalbaar. Anne doet haar werk prima, dus wat voor reden zou ze moeten aanvoeren om daar een eind aan te maken? En, wat ook telt, waar haalt ze iemand anders vandaan die in het werk zo precies is als Annemarie?

Emma zucht. Misschien moet ze er niet te moeilijk over doen. Tenslotte is het werk altijd op tijd klaar en valt er niets op aan te merken.

Is ze misschien gewoon jaloers op Annemarie? Op de ontspannen manier waarop zij en Jan met elkaar omspringen?

Ach nee, waarom zou ze?

Ze zucht nog eens diep en gaat aan het werk.

Vooruit, dat gepieker is zonde van haar tijd!

Oudejaarsdag hebben Jan en Emma allebei vrij gehouden.

's Morgens gaat Emma met Sophie boodschappen doen en Jan zal intussen oliebollen bakken.

Max blijft bij hem om te 'helpen'.

'Jij mag de eerste proeven! Dat is heel belangrijk, want dan pas weten we of ze wel goed gaan lukken.'

Maar eerst moet het beslag nog rijzen. Max heeft daar eigenlijk geen geduld voor, hij drentelt maar een beetje om Jan heen.

'Over hoe lang komen tante Mieke en Ruben?' vraagt hij al zeker voor de derde keer.

'Vanmiddag, Max!'

'Wanneer is het vanmiddag?'

'Als de oliebollen en appelflappen allemaal klaar zijn en wij een boterham hebben gegeten, dan is het middag.'

'Mag Ruben op mijn kamer slapen?'

'Dat regelt mama, vraag het straks maar.'

Eindelijk glijden de eerste oliebollen in het vet. Als ze een paar minuten later klaar zijn, proeven Jan en Max samen.

'Niet slecht, hè?'

Max knikt. 'Lekker, papa, mag ik er nog één?'

'Nee, nu wachten we even. Anders ben je straks hartstikke misselijk als Ruben komt.'

Max gaat naar buiten. Het wachten duurt hem veel te lang.

In de tuin staan de sneeuwpoppen, ze zijn een beetje kleiner geworden en de ogen van pop Max liggen al op de grond.

's Middags om drie uur komen dan eindelijk Mieke en Ruben er aan. Max is dol op zijn neefje. Ruben is ongeveer twee jaar ouder dan hij en ze kunnen altijd lekker samen spelen.

'Het valt ook niet mee, drie grote zussen om je heen, hè Max? Dan is het best leuk om eens een jongen erbij te hebben, toch? Of speel je wel vaak met vriendjes?' vraagt Mieke.

Jan en Emma lachen. 'Nou, vriendjes...' zegt Emma. 'Negen van de tien keer is het Nina die hier na schooltijd speelt. Dus een hekel aan meisjes heeft hij zéker niet.'

'Nina? Is dat de dochter van Erik en Annemarie? Grappig. Hoe gaat het met ze, we zien elkaar nooit meer. Nou ja, Erik was natuurlijk ook meer een maatje van Ed, dan dat Annemarie en ik met elkaar optrokken.'

'O ja, jullie kenden elkaar goed, hè, toen zij nog in IJsselstein woonden?'

Als later in de middag ook Marieke thuis is, komt het gesprek weer op Erik en Annemarie.

'Eigenlijk hadden we ze ook wel kunnen uitnodigen voor vanavond,' zegt Jan. 'Dat had jij misschien ook wel leuk gevonden, Miek?'

'Ja, best wel. Maar zo is het ook goed, hoor, ik vind het leuk weer eens bij jullie te logeren.'

Max kijkt van de één naar de ander. 'Gaan we vragen of Annemarie en Nina komen?'

Jan lacht: 'Kleine potjes, grote oren. Nee, Max, ik zei dat we ze hadden kúnnen vragen, maar daar hebben we niet aan gedacht. En nu is dat een beetje laat, ze hebben vast zelf al plannen.'

Mieke kijkt Jan verschrikt aan. 'Wat zegt Max: Annemarie en Nina? Erik is toch hopelijk ook nog in beeld?'

'Zeker, alleen is die meestal aan het werk voor de baas of de kerk,' zegt Emma een beetje ironisch. 'Dus niemand ziet hem veel, Max al helemaal niet. Annemarie en Nina zien we daarentegen volop!'

Door de toon waarop dat laatste wordt gezegd, kijkt Mieke naar Emma, en van haar naar Jan.

Het lijkt of Jan nog iets wil zeggen, maar dan staat hij op.

'Zal ik nog wat inschenken voor het eten?'

Als ze klaar zijn met eten vraagt Marieke: 'Mieke, wil jij nog naar de kerk vanavond?'

Mieke haalt haar schouders op. 'Het is wel mijn gewoonte op oudejaarsavond, maar ik pas me aan, hoor.'

'Zullen we samen gaan? Dat vind je toch niet erg, mam?' richt ze zich tot Emma.

'Och, welnee, als jullie dat nou leuk vinden, moet je dat doen. Dan brengen wij de kleintjes naar bed en ruimen de rommel op. Als jullie dan terug zijn, drinken we koffie, vind je niet, Jan?'

'Ik vind het prima. Hoe laat begint zo'n dienst eigenlijk?'

'Ik denk halfacht, dat is tenminste bij ons zo,' zegt Mieke, 'maar dat kunnen we opzoeken in het plaatselijke krantje, zo'n huis-aan-huisblad, dat hebben jullie hier toch ook wel?'

'De Delftse Post, maar die ligt al bij het oud papier. Maar weet je wat, bel Annemarie op, die weet het ongetwijfeld. Wacht, ik zal wel even voor jullie bellen.'

Jan loopt al naar de telefoon.

'Ja, hoi Anne, met Jan. Anne, hoe laat begint de kerk straks?'

....

'Nee, dat niet! Maar Mieke is hier en zij en Marieke willen gaan, vandaar dus.'

....

'Oké, dankjewel. En, o ja, Anne, nu ik je toch aan de lijn heb, we hadden het er vanmiddag over dat we jullie wel hadden kunnen uitnodigen om ook Oud en Nieuw bij ons te komen vieren, ik weet niet of jullie plannen hebben?'

Hij luistert even en zegt dan: 'Nee, prima joh, het kwam ook een beetje laat bij ons op. Misschien volgend jaar, wie weet! Zeg, goeie jaarwisseling hè, groeten aan Erik!'

'Half acht,' zegt hij tegen Mieke en Marieke. En zich tot Emma wendend: 'Ze krijgen familie vanavond.'

Emma geeft geen antwoord, maar stapelt met meer lawaai dan nodig de borden in elkaar en loopt ermee naar de keuken.

Wat later, als Jan Max en Ruben aan het douchen is en Mieke en Marieke naar de kerk zijn gegaan, zit Sophie stil op de bank naar haar moeder te kijken, die zonder wat te zeggen het speelgoed bij elkaar zoekt en in de kast opbergt.

'Mam,' vraagt ze, 'je vond het niet leuk, hè, dat papa aan Annemarie vroeg of ze wilden komen? Waarom eigenlijk niet, vind je haar niet aardig?'

Met moeite weet Emma een glimlach op haar gezicht te brengen als ze zegt: 'Natuurlijk vind ik haar wel aardig, maar je hebt wel een beetje gelijk: van mij hoefde papa dat niet te vragen, ik vind het eigenlijk leuker dat nu alleen Mieke en Ruben er zijn, die zien we toch al zo weinig.'

Als Annemarie de telefoon neerlegt, is ze een beetje boos op zichzelf. Sufferd! Dacht ze nou echt dat Jan naar de kerk wilde gaan?

'Wie was dat?'

'Jan.'

'Jan? Welke Jan?'

'Jan Veltkamp.'

'Wat wilde hij dan weten?'

'Hoe laat de kerk begint. Mieke is daar en zij wil met Marieke naar de kerk.'

'O, leuk, hoe gaat het eigenlijk met Mieke en haar zoontje, hoor je daar wel eens wat over?'

'Nee niet veel. Ik geloof dat het wel goed gaat.'

'Wat zei je nou nog meer, Anne, net aan de telefoon, over familie bij ons op visite, wat bedoelde je daar nou mee?'

Annemarie krijgt een kleur. 'Wat bedoel je?'

'Je zei iets van: "we hebben familie op bezoek" of zo.'

'Ik weet niet wat je bedoelt, hoor! Misschien zei ik: de groeten aan de familie of zoiets, je zult het wel niet goed gehoord hebben. Waarom zou ik zeggen dat we familie op bezoek hebben?'

'Oké, joh, zo belangrijk is het niet, rustig maar!' Erik kijkt een beetje verbaasd naar het boze gezicht van Annemarie.

Ze zegt niks meer en loopt de kamer uit. Hij hoort haar boven praten tegen Nina, die in bad zit.

Wat later loopt hij de trap op. 'Ik ga naar de kerk hoor, meisjes. Nina, lekker gaan slapen, dan mag je er om halftwaalf uit, afgesproken? Dan mag je naar het vuurwerk kijken. Mama, tot straks.'

Annemarie doet weer gewoon. Hij heeft het zich zeker verbeeld dat ze kwaad was.

Wat later, als Nina in bed ligt, zit Annemarie beneden op de bank.

De tv staat aan, maar ze ziet en hoort niks. Ze heeft er een rotgevoel over hoe ze net tegen Erik heeft gedaan. Maar ze durfde niet te zeggen dat Jan hen uitnodigde voor vanavond. Ze weet zeker dat Erik absoluut geen zin zou hebben om op oudejaarsavond naar Jan en Emma te gaan. Daarom had ze meteen een smoesje bedacht toen Jan het vroeg. Wat moest ze anders? Ze kon moeilijk zeggen dat Erik geen zin zou hebben, dat klonk ook zo onaardig.

En eigenlijk weet ze ook niet eens of ze zélf wel gewild had.

Sinds het sneeuwballengooien van gisteren is ze in de war.

Toen Jan haar inzeepte met sneeuw was er opeens een schok door haar heen gegaan, ze kan het geen naam geven, maar er is een onrust in haar gekomen.

Ze had toen maar één gedachte: weg!

Ze was naar huis gefietst alsof ze achterna gezeten werd en de hele middag en avond had ze dat opgejaagde gevoel gehouden.

Vandaag probeert ze steeds maar weer het gevoel te ontleden, maar ze komt er niet uit.

Toen ze net onverwachts Jans stem door de telefoon hoorde, bonkte haar hart.

Waarom?

Wat voelt ze voor Jan? Hij is toch haar vriend? Haar beste vriend. Mag dat dan niet? Kan dat niet?

Doet ze daarmee Erik te kort? Nee toch? Erik heeft zo weinig tijd voor haar. En áls hij er al is, zijn z'n gedachten zo vaak nog bij andere dingen. Nee, Erik doet ze niet tekort, ze ontlast hem hoogstens door met Ján te praten over dingen die haar bezighouden.

En Emma, neemt ze háár iets af? Zeker niet, Jan probeert Emma zo vaak te betrekken bij hun gesprekken of grapjes. Maar zij heeft nou eenmaal minder – of een heel ander – gevoel voor humor.

Ze zucht eens diep. Kom, ze moet hiermee ophouden! Ze maakt problemen die er helemaal niet zijn. Het komt waarschijnlijk alleen doordat Erik de vriendschap met z'n vieren niet zo ziet zitten. En eigenlijk begrijpt ze dat ook wel. Die twee mannen hebben tenslotte ook helemaal geen raakvlakken of gedeelde interesses.

Vooruit, ze gaat het gezellig maken. Ze steekt wat kaarsjes aan en gaat vast koffiezetten. De kerk zal onderhand wel uit zijn en Erik kan elk moment thuiskomen.

Deze avond is van hun tweetje, eindelijk weer eens rustig samen, tijd voor elkaar. En dat is hard nodig, beseft ze.

Even later hoort ze de sleutel in het slot. In de gang hoort ze stemmen. 'Kom binnen,' zegt Erik. Voor zich uit schuift hij een oude dame naar binnen.

'Kijk, Annemarie, dit is mevrouw Kriek, ze zat alleen vanavond, nou, dat moet niet, hè, met Oud en Nieuw?'

Later, als Erik even naar boven is gelopen, zegt mevrouw Kriek, terwijl ze haar hand op Annemaries arm legt: 'Kind, wat heb jij toch een lieve man! Die denkt nou altijd aan een ander! Ik had het eigenlijk niet eens zo erg gevonden om alleen thuis te zijn, maar hij is zo attent, hè?'

Annemarie knikt. De glimlach kost haar erg veel moeite.

Nieuwjaarsmorgen gaan ze eerst naar Limburg, naar de ouders van Erik. Op de terugweg drinken ze thee bij Annemaries ouders.

Annemarie is blij als ze eindelijk weer thuis zijn.

'Poeh, ik wou dat onze ouders alle vier hier in de stad woonden, dan zou het heel wat minder gesjees zijn, zeg, op zo'n dag!'

'Weet je nog, twee jaar geleden? Toen zei je op nieuwjaarsdag: "Hè, konden we maar even bij onze pa's en ma's op de koffie! Wat heerlijk als we binnenkort weer in Nederland wonen."'

Annemarie lacht. 'Ja, je hebt gelijk. Als je daar aan denkt, vallen die afstanden eigenlijk ook wel weer mee. En wij zijn zelf in deze hoek van het land gaan wonen, daar kunnen onze ouders ook al niks aan doen. Maar,' zegt ze terwijl ze op de bank ploft, 'toch ben ik blij dat we weer thuis zijn. Even wat eten, Nina, en daarna lekker op tijd naar bed. Dan mag je morgen bij Max spelen als mama gaat werken, afgesproken?'

Als de kerstvakantie voorbij is, gaat Nina weer met plezier naar school.

Annemarie vindt het ook heerlijk dat alles weer geregeld loopt.

En Erik heeft het weer drukker dan ooit. Half januari gaat hij vijf dagen naar New York en als hij twee weken thuis is, vliegt hij alweer voor drie dagen naar Chicago.

Daarna lijkt het werk zich steeds maar op te hopen, hij is bijna geen avond thuis. Het is bijna een uitzondering als hij op een dinsdagavond keurig om zes uur binnenstapt.

'Zo, dat is de eerste keer deze week!' zegt Annemarie. 'Gezellig, nu kun je ook mee naar de inloopavond op school.'

'Ach nee, het spijt me, maar er is kerkenraadsvergadering, daarom heb ik me met moeite vrijgemaakt vanavond. Sorry, Anne, ik wist het echt niet van die inloopavond, maar hoe laat begint dat?'

'Laat maar. Als je de rest van de avond er toch ook niet bent...'

Erik haalt z'n schouders op. 'Dan niet. Ik heb ook nog wel wat stukken in te kijken voor vanavond.'

Na het eten loopt hij meteen naar boven. Annemarie ruimt de tafel af. Ze brengt Nina naar bed en als Maaike komt, gaat ze naar de inloopavond op school. Erik is nog niet weg, hij is nog boven. Ze gaat zonder groet de deur uit.

Boos trapt ze tegen de wind in.

Even was ze blij vanavond toen Erik thuiskwam. Eindelijk eens een avond op tijd thuis. Maar ja hoor, ze had het kunnen weten! Het had een reden: kerkenraadsvergadering. Daarvoor kan hij dus wél tijd vrijmaken. Maar voor haar en Nina niet. Vorige week heeft ze al verteld dat er vanavond een inloopavond zou zijn. Hij had nog geknikt en wat gemompeld, maar blijkbaar was het niet belangrijk genoeg om te onthouden. Ze vraagt zich zelfs af of hij het überháupt wel gehoord heeft.

Als ze bij school aan komt, moet ze diep ademhalen voor ze naar binnen gaat. Maar het lukt haar met een glimlach Nina's juf te begroeten. In de klas bekijkt ze de werkjes en maakt een praatje met wat andere ouders. Jan en Emma zijn er ook.

Als ze na een kwartiertje tegelijk met hen weer door de school naar de buitendeur loopt, vraagt Jan haar: 'Erik geen tijd vanavond?'

Annemarie slikt. Ze voelt haar tranen alweer omhoogkomen.

Maar voor ze antwoord kan geven, zegt Emma: 'Jan, ik ga alvast, hoor, ik ben een beetje laat. Tot vanavond. Doei, Annemarie.' En weg is ze.

Jan keert zich weer naar Annemarie.

'Haar bridgeavond. 't Gaat niet goed, hè?'

Ze haalt haar schouders op en loopt naast hem naar buiten. 'Kerkenraadsvergadering. Ach, ik weet ook wel dat dat belangrijk is, maar...'

Ze pakt haar fiets. 'Ik ga naar huis.' Haar stem klinkt moe.

Als ze opgestapt is, komt Jan naast haar fietsen. 'Ga even met mij mee koffiedrinken, anders zit je weer de hele avond alleen.'

'Maaike zit op te passen en ik heb gezegd dat ik binnen een uur terug zou zijn.'

'Dan bel je haar bij mij vandaan even op dat het wat later wordt, dat zal toch geen probleem zijn?'

'Heb jij niks anders te doen dan?'

'Ik heb zéker niks beters te doen.'

Als ze aankomen bij de Hamerstraat gaat Jan eerst even boven kijken. Max slaapt en Sophie zit boven huiswerk te maken.

Annemarie drentelt een beetje door de kamer als Jan weer beneden komt.

'Ga lekker zitten Anne, dan maak ik even koffie.'

Terwijl Jan in de keuken is, belt ze naar huis, naar Maaike. Zoals ze al verwachtte, vindt die het helemaal geen punt als het wat later wordt. Toch zit Annemarie niet helemaal rustig. 'Zou Emma het niet vervelend vinden?' vraagt ze, als Jan weer binnenkomt.

'Wat?'

'Dat ik hier zit?'

'Welnee, waarom zou ze dat vervelend vinden? Zó duur is de koffie niet, hoor!'

'Je weet best wat ik bedoel.'

'Vindt Erik het niet goed dan, dat je hier bent?'

'Erik!' Meer zegt ze niet, maar haar gezicht spreekt boekdelen.

Even blijft het stil. Jan is naast haar komen zitten. Als de koffie op is, staat hij op en neemt plaats achter de piano. Zacht begint hij te spelen.

Annemarie leunt achterover op de bank, haar ogen gesloten. Langzaam druppen de tranen naar beneden.

Als hij ophoudt met spelen, staat ze op. Ze snuit haar neus.

'Ik moet naar huis.'

Hij loopt mee naar de gang. Als ze zwijgend haar jas heeft aangetrokken, vraagt hij: 'Anne, wil je er over praten?' Ze schudt van nee.

'Is het zo erg?'

Ze begint weer te huilen.

Hij slaat zijn armen om haar heen en trekt haar dicht tegen zich aan, z'n wang op haar haar. Zo blijven ze even staan. Dan laat hij haar los.

'Ga maar.'

Ze is blij dat ze op de fiets is en dat het flink waait. Zo kunnen de huilsporen hopelijk een beetje verdwenen zijn voor ze thuis is en, wat nog belangrijker is, kan ze een beetje tot rust komen. Want ze is in de war. Wat betekende dat gebaar van Jan, toen hij haar in z'n armen

nam? En waarom gaf dat haar zo'n goed gevoel? Is dat nog steeds vriendschap? En mag dat? Gaan ze daarmee niet een grens over?
Als ze thuiskomt, weet ze het nog steeds niet.
Als Maaike al iets aan haar gezicht ziet, laat ze het niet merken. En even later zit ze alleen in de kamer. Haar gedachten draaien maar rond. Dan staat ze op en gaat naar boven. Ze kleedt zich vlug uit en kruipt in bed. Als Erik wat later thuiskomt, doet ze alsof ze slaapt.

De volgende morgen vindt ze het moeilijk om naar kantoor te gaan en Jan en Emma onder ogen te komen.
Maar als ze Emma begroet, zegt deze: 'Goeiemorgen, Annemarie, ik hoorde dat je gisteravond nog gezellig een kopje koffie bij Jan hebt gedronken? Waar je zin in had met dat koude weer, helemaal op de fiets.'
Jan komt erbij staan en zegt: 'Ach ja, Em, jij gaat helemaal op de fiets door de kou om te bridgen, dat is volgens mij nog verder weg. Trouwens, Annemarie was hier niet zomaar...'
Annemarie kijkt hem verschrikt aan.
'Nee,' gaat hij verder, 'ze kwam eindelijk haar eerste pianoles afspreken, hè Anne?'
'Nou, daarvoor had ze niet speciaal hoeven komen, dat had nu ook gekund, lijkt me. Maar wat de kou betreft heb je gelijk: ik had beter de auto kunnen pakken gisteravond.'
Emma pakt wat spullen bij elkaar en legt ze bij Anne op het bureau. 'Annemarie, eind van de ochtend ben ik er weer, als je deze rapporten wilt uittikken en probeert hiervoor een afspraak te maken?'
Als de deur achter haar dichtvalt, kijkt Annemarie naar Jan. 'Waarom zei je dat, van die pianoles?'
'Dat meende ik echt. Ik denk dat het heel goed voor je is. Zullen we voorlopig de dinsdagavond aanhouden, van halfnegen tot halftien?'
Als ze aarzelend knikt, loopt hij de deur van het kantoor uit. 'Afgesproken!' roept hij nog vanuit de gang. Dan is ze alleen.
Dinsdagavond, denkt ze, Emma's bridgeavond.

's Avonds aan tafel begint ze er over tegen Erik.
'Erik, ben je vanavond thuis?'

'Sorry, nee, Anne, ik moet naar een vergadering. Maar morgenavond ben ik thuis. Ik beloof het je.'

'Hè, dat is net m'n zwemavond, nou ja, dan kom ik vlug na het zwemmen thuis, hebben we toch nog een stukje avond samen. Of zal ik thuisblijven?'

'Nee, dat moet je zeker niet doen. Weet je wat, dan probeer ik nog een huisbezoek af te spreken aan het begin van de avond en dan zijn we zo'n beetje tegelijk thuis. Maar jij moet in ieder geval gaan zwemmen, dat is volgens mij het enige uitje dat jij 's avonds hebt, toch?'

'Mmm ja, tot nog toe wel. Maar ik denk erover om pianoles te nemen.'

'Pianoles? Jij? Daar heb ik je nou nog nooit over gehoord! Hoe kom je daar nou bij? Trouwens, we hebben niet eens een piano, hoe wil je dan oefenen?'

Tja, daar heeft ze niet aan gedacht! Ze zal toch thuis moeten oefenen.

'Misschien is het leuk een eenvoudige piano te kopen. Voor Nina is het ook goed wat muzieklessen te gaan volgen.'

'Ja, maar dan denk ik toch eerder aan een blokfluit om te beginnen. Je gaat toch niet in het wilde weg een piano aanschaffen voor een kind dat nog nooit over muziekles heeft gepraat.'

Dan mengt Nina zich in het gesprek. Nadat ze met grote ogen van de één naar de ander heeft gekeken, zegt ze: 'Ik wil wel een piano, hoor, en dan ga ik net zo mooi spelen als Jan en Sophie.'

'Ach ja, natuurlijk! Ik had het kunnen weten. Jan en Emma. Natuurlijk hebben zij het goede idee aangedragen om pianoles te nemen.'

'Niet het idee aangedragen, maar me wel bewust gemaakt van het feit dat ik pianomuziek mooi vind. Ik hoor daar in huis regelmatig iemand spelen en inderdaad, dan denk ik: dat zou ik ook willen. Wat is daar mis mee?'

'Nee, eigenlijk niks. Ach, Anne, als jij dat leuk vindt, dan moet je dat maar doen. Ik heb er geen verstand van en ook geen tijd voor. Vraag Jan maar of hij eens uit wil kijken naar een geschikte piano voor ons. En misschien is het inderdaad leuk voor Nina ook, als ze wat ouder is. Regel het maar. Zullen we nu eindigen, ik moet nodig weg.'

'Jan gaat me lesgeven,' zegt Annemarie nog.

'Prima, meisje, zullen we danken?'

'Papa, we moeten nog uit de kinderbijbel lezen!'
'We zullen vandaag eerst danken, daarna leest mama jou voor, papa heeft een beetje haast.'
Annemarie wil niet reageren waar Nina bij is, maar dit wordt toch echt te gek!

De dinsdag daarop krijgt ze haar eerste pianoles.
Het probleem van het nog niet hebben van een oefenpiano, heeft Jan weggewuifd.
'Piano's genoeg te koop. Als je man je carte blanche geeft, regel ik dat zo voor je. En tot die tijd gaan we maar een beetje droog oefenen.'
Als ze hem met opgetrokken wenkbrauwen aankijkt, verduidelijkt hij: 'De eerste keer ga ik je wat vertellen over de piano en over de muziek en voor je het weet staat er een piano bij je in huis. Ik denk zelfs dat ik al wat voor je weet, een leuke tweedehandse, bij een leerling van me. Je moet maar gauw eens mee gaan kijken.'
Als ze dinsdagavond naar de Hamerstraat rijdt, is ze een beetje zenuwachtig. Erik is thuis aan het werk. Ze hoefde dus geen oppas te regelen.
'Heb je nu al les? Je hebt nog niet eens een piano.' Meer heeft hij er niet over gezegd. Ze heeft het idee dat hij het allemaal wel gemakkelijk vindt. Hoe minder ze 'zeurt' hoe beter het is. Al wil ze een olifant in de achtertuin, denkt ze wel eens. Als hij er maar geen last van heeft en niks hoeft te regelen, dan is alles best.

'Ga er maar eens achter zitten,' zegt Jan. Hij legt de functie van de pedalen uit en laat haar het lesboek zien dat hij wil gaan gebruiken.
Midden in z'n verhaal onderbreekt ze hem.
'Jan, waarom doe je dit eigenlijk? Je geeft toch nooit les aan beginnelingen, waarom nu dan wel?'
Hij kijkt haar aan, zegt dan rustig: 'Omdat ik jou gewoon een lieve meid vind en het hoog tijd wordt dat jij weer eens een beetje blij bent en van muziek wórd je blij, neem dat maar van mij aan.'
Hij gaat weer verder met zijn uitleg, maar ze kan haar gedachten er niet bij houden.
'Ik moet gaan.'

Jan kijkt op z'n horloge. 'Je lestijd is nog niet om, hoor! Maar weet je wat, loop even mee naar hiernaast, dan krijg je koffie en dan bel ik meteen die leerling van me even om af te spreken wanneer we bij die piano kunnen gaan kijken. Ik heb het er al met hem over gehad.'
'Ik hoef geen koffie, maar die afspraak is een goed idee.'
Ze lopen naar beneden.
'Kun je niet hier op kantoor even bellen, dan kan ik meteen door naar huis, Erik is thuis.'
Jan geeft geen antwoord, maar gaat zijn kantoor binnen en pakt de telefoon. Even later is de afspraak gemaakt. De volgende middag kunnen ze komen kijken.
'Jij moet kijken of je hem als meubel mooi vindt,' zegt Jan, 'als instrument is hij van prima kwaliteit.'
'Jij moet maar over de prijs onderhandelen, hoor, daar heb ik geen verstand van. En Erik vindt alles best. Het maakt niet uit wát het kost, als het maar geen tijd kost.' Ze schrikt er zelf een beetje van. 'Ik bedoel, hij heeft het hartstikke druk.'
'Het is me helemaal duidelijk.' Hij doet het licht weer uit in het kantoor en loopt voor haar uit naar de buitendeur.
'Zeker weten geen koffie? O nee, je man is thuis, hè?'
Ze kijkt naar z'n gezicht. Is hij nu een beetje gepikeerd?
Maar hij lacht naar haar. 'Ga maar gauw! Tot morgen, Anna!'
Als ze thuiskomt, zit Erik nog boven achter z'n bureau. Pas over half-elf komt hij naar beneden.
'Lekker gezwommen?' vraagt hij verstrooid, terwijl hij zapt om te kijken of er nog ergens een journaal komt.

Een paar dagen later staat de piano al in huis.
Annemarie is de hele dag aan het goochelen geweest met de meubels, maar nu staat alles toch naar haar zin.
'En nu nog spelen!' zegt Erik op vrijdagavond. 'Nou, Anne, aanstaande week heb je alle tijd om na je les te oefenen, want ik moet maandag weer naar New York tot vrijdag. Dus zaterdag verwacht ik je eerste concert.'
Ze gaat op dat laatste niet in. 'Erik! Alweer! Dat had je helemaal niet verteld!'

'Eigenlijk zou Mark van Buuren gaan, maar zijn vrouw ligt in het ziekenhuis, dus vroegen ze of ik wilde gaan.'

'Natuurlijk, wie anders! Die Erik de Jager is zo flexibel, die gaat wel weer.'

'Had ik dan nee moeten zeggen?'

Ze haalt haar schouders op. 'Ach nee, maar ik heb het gevoel dat jij wel heel gemakkelijk ja zegt tegen elke onverwachte situatie.'

'Dat is onzin, Annemarie. Maar ik neem mijn werk wel serieus. Mede daardoor heb ik ook de functie die ik nu heb, zo moet je het ook weer bekijken.'

'Ik zou liever hebben dat je wat minder verdiende en wat vaker thuis was.'

'Het gaat mij niet om het salaris wat ik verdien, ik vind mijn functie leuk vanwege het werk, de verantwoordelijkheid, de uitdaging die het meebrengt. En ja, als dat in wat minder uren kon, zou ik het ook prettiger vinden natuurlijk.' En als het stil blijft: 'Geloof je dat niet?'

'Jawel, Erik, maar ik weet ook hoe jij in elkaar zit. Jij kunt moeilijk delegeren, je voelt je overal zelf verantwoordelijk voor. In de kleine dingetjes thuis, dus ongetwijfeld ook in je werk. Je maakt mij niet wijs dat ieder ander in een vergelijkbare functie zoveel uren op kantoor of thuis in z'n studeerkamer doorbrengt als jij.'

En als hij geen antwoord geeft, gaat ze verder: 'Nou ja, we hebben het hier al zo vaak over gehad. We zullen dat altijd wel verschillend blijven zien. Maar het is niet goed voor ons huwelijk, Erik, dat wil ik je wel vertellen!'

'Het is ook nooit goed!' Geïrriteerd staat hij op. 'Kijk nou ook eens naar de voordelen. Hier, een mooie piano, die kan ook niet iedereen zo maar kopen als hij het in z'n hoofd krijgt, hoor!'

Hij loopt de kamer uit.

Annemarie blijft verdrietig zitten. Hij snapt er ook helemaal niks van. Maar dan opeens veert ze op. 'Erik!'

'Ja?' Hij kijkt om de hoek van de kamerdeur.

'Nina's verjaardag! Nina is donderdag jarig! Je kunt echt niet weg!'

Hij komt de kamer weer binnen.

'Ach, Anne, daar heb ik echt niet aan gedacht, wat spijt me dat nou!'

Hij zakt neer op een punt van de stoel.

'Wat 'wat spijt me dat nou'? Hoe bedoel je? Dat moet je maar terug-
draaien, hoor.'
Hij kijkt haar aan. 'Het spijt me echt, Anne, maar dat gaat niet. Alles
is al geregeld. Maar weet je wat? We vieren het zaterdag uitgebreid als
ik terug ben. Goed?' Hij is weer opgestaan. 'Vooruit, zo'n ramp is dat
ook niet voor een keer, dan is ze twee keer jarig!' En opnieuw loopt
hij de kamer uit.

De rest van het weekend verloopt stroef. Annemarie is stil, maar Erik
lijkt het niet te merken. Hij speelt wat met Nina en zondagmiddag zit
hij op de bank met een stapel kranten waar hij de hele week niet aan
toe gekomen is. Zondagavond gaan ze vroeg naar bed, Erik is moe en
er wacht hem een drukke week.
Annemarie ligt op haar zij met haar rug naar hem toe.
'Anne, slaap je al?'
'Nee.' Ze draait zich niet om en er ligt afweer in haar stem.
Hij kust haar boven op haar hoofd en streelt even over haar rug. 'Nou,
welterusten, hè? Ik ben morgenochtend vroeg weg, maar ik bel morgenavond even.'
'Welterusten.' Ze ligt nog lang in het donker te staren.
'Nooit met ruzie gaan slapen' heeft ze altijd geleerd. Maar ja, dát is
misschien wel het probleem: met Erik kríjgt ze nooit ruzie.

Als ze de volgende ochtend wakker wordt, is Erik al vertrokken.
Ze heeft hoofdpijn. Langzaam komt ze overeind. Het liefst zou ze zich
ziek melden en lekker blijven liggen. Maar dat kan natuurlijk niet.
Daar is Nina al.
'Mama, het is al laat, hoor, we moeten er uit. Papa is al weg.'
'Hier, kom maar heel even bij me liggen. Het is niet laat, maar papa
was heel vroeg. Hij moet naar Amerika, weet je wel?'
'O ja.' Nina kruipt lekker onder het dekbed.
'Nien, zullen we de hele dag gaan slapen?'
Meteen zit ze weer rechtop. 'Nee, mama, ik moet toch naar school en
jij moet werken, waarom zeg je dat?'
'Het was maar een grapje. Kom, we gaan er uit!' Ze slaat het dekbed
naar achteren.

'Brrr, het is koud, Nientje! We gaan straks lekker met de auto. We maken er een verwendag van.'

Erik gaat allang niet meer met de tram naar Den Haag, hij heeft een auto van de zaak. Toch pakt Annemarie meestal de fiets voor het kleine stukje naar school en kantoor. Maar vandaag niet. Ze is moe en ze heeft het koud.

Na het ontbijt heeft ze een paar paracetamollen ingenomen. De hoofdpijn is daardoor aardig gezakt als ze aankomt op kantoor, maar ze blijft zich moe en verdrietig voelen.

Ze heeft Jan alleen even aan het begin van de ochtend gezien, daarna is hij weggegaan. Hij heeft haar even opmerkzaam aangekeken.

'Alles goed, Anne?'

Ze heeft alleen geknikt. Ze is bang dat ze zo maar kan gaan huilen als ze antwoord geeft.

De ochtend gaat rustig voorbij. Als ze om halftwaalf de deur uit gaat, komt Jan er net aan.

'Wacht even, dan fiets ik met je mee naar school.'

'Ik ben met de auto, dus ik ga maar vast. Trouwens, het is maandag, Volgens mij blijft Max dan over.'

Jan slaat tegen zijn voorhoofd.

Nu moet ze toch lachen. 'Tot morgen.'

Ze sleept zich door de rest van de dag heen. Ze voelt zich boos en verdrietig.

Als Erik 's avonds belt, praat hij opgewekt en lijkt niet te merken dat ze korte antwoorden geeft.

De volgende dag voelt ze zich nog precies hetzelfde. Maar ze betrapt zich er op dat ze uitkijkt naar de avond, naar haar eerste echte pianoles.

Om kwart over acht komt Maaike.

'Ik weet niet precies hoe laat het wordt, maakt het jou wat uit?'

'O, nee hoor, als het maar geen twaalf uur wordt.'

'Nee, natuurlijk niet. Ik heb pianoles, maar misschien blijf ik nog even bij Emma kletsen.'

Waarom zegt ze dat nou?

'Prima hoor, ik zie het wel, ik ga leren.'

Als ze bij het huis aan komt, gaat juist de deur open en een leerling van Jan komt naar buiten. Hij houdt de deur voor haar open en kijkt een beetje nieuwsgierig naar haar, tenminste, dat denkt ze zelf.

Ze loopt de trap op.

'Hé, Anne, kom er in! Doe gauw je jas uit, dan beginnen we nu echt, hè?'

Als ze even later achter de piano zit, kost het haar de grootste moeite te luisteren naar wat Jan zegt en z'n aanwijzingen op te volgen.

'Je bent er niet echt bij, hè? Anne, wat is er toch, gaat het wel goed met je?'

Ze geeft geen antwoord, maar buigt haar hoofd en begint te huilen. 'Sorry,' snikt ze.

Jan is opgestaan. Even aarzelt hij, dan slaat hij z'n armen om haar heen en trekt haar omhoog van de pianokruk. Zo staan ze daar een hele poos. Ze huilt zacht tegen z'n schouder. Hij streelt haar rug en laat haar huilen.

Eindelijk tilt ze haar hoofd op. 'Ik schaam me rot.'

'Dat hoeft niet, dat weet je wel.' Hij zoekt een pakje papieren zakdoekjes en geeft het aan haar. 'Kom hier even zitten.' Tegen de wand staat een bankje.

Hij loopt de kamer uit, ze hoort hem de trap af lopen. Even later komt hij terug met twee bekers koffie, met z'n voet duwt hij de deur weer achter zich dicht.

'Zo,' hij gaat naast haar zitten, 'en vertel nu eens wat er fout gaat bij jou. Erik?'

Ze knikt. 'Hij is er nooit. En áls hij er is... dan is hij er nóg niet. Snap je? En weet je wat het ergste is? Ik mis hem niet eens meer, ik bedoel, het wordt langzaam meer een gevoel van boos-zijn omdat hij er niet is, dan dat ik hem echt mis... en dat is het ergste...' Ze begint weer te huilen.

'Dan moet je ermee stoppen.'

'Ermee stoppen? Wat bedoel je?'

'Precies zoals ik het zeg. Als jouw man zo'n egoïst is, wordt het tijd dat jij eens voor jezelf gaat kiezen.'

Verontwaardigd kijkt ze hem aan.

'Dat is wel heel gemakkelijk gezegd! Ik heb hem trouw beloofd, ook voor God. Dat zal jou misschien niet veel zeggen, maar mij wel. En we zijn ook samen verantwoordelijk voor Nina, die heeft hier ook niet om gevraagd.'

'Dus moet jij er maar onderdoor gaan? Híj heeft volgens mij ook het één en ander beloofd, ook in die kerk, toen jullie trouwden, of zie ik dat verkeerd?'

'Maar hij heeft ook z'n goeie kanten.' Opeens heeft ze het gevoel dat ze verraad pleegt tegenover Erik.

'Natuurlijk heeft hij die, dat snap ik ook wel. Maar, Anne, ik ken jou nou een aardig poosje en ik geef toe: ik ken Erik helemaal niet goed, maar wat ik zie, is het volgende: hij gaat op in z'n werk, z'n kerk en weet ik al wat meer. Maar hij ziet niet dat hij een vrouw heeft die snakt naar een beetje aandacht, die die aandacht ook zeker waard is, en dat is niet goed! En als praten dan niet helpt, ja, voor mij is er dan maar één oplossing: kies voor jezelf, ga bij hem vandaan!'

Ze schudt langzaam haar hoofd. 'Ik zie dat echt heel anders en zo erg als jij denkt dat het is, is het ook niet. Weet je wát het is, Jan? Erik is niet veranderd. Oké, hij heeft het drukker gekregen, maar echt veranderd is hij niet. Hij is altijd geweest zoals hij nu is, helemaal opgaand in de dingen waarmee hij bezig is, wat in zichzelf gekeerd. Maar ík ben veranderd, ik wil te veel, ik ben gaan zien dat het ook anders kan. Dus eigenlijk is het niet eerlijk nu van hem te verwachten dat hij ook opeens verandert.'

'Ik vind het onzin wat je zegt. Zo veeleisend ben jij volgens mij niet. En wat bedoel je als je zegt dat je bent gaan zien dat het ook anders kan?'

Het blijft even stil, ze zoekt naar woorden, dan zegt ze: 'Het zal wel gek zijn dat ik dat zeg, maar dat heb ik gemerkt bij jou. Jij bent gewoon een vriend, maar jij ziet direct als er iets is, als ik niet lekker in m'n vel zit. Waarom zie jij dat wel en m'n eigen man niet? Is mijn gevoel voor jou verkeerd, Jan?'

Hij kijkt haar aan, pakt de lege koffiebeker uit haar hand en zet die op de grond. Daarna slaat hij opnieuw een arm om haar heen en trekt haar zachtjes naar zich toe.

'Meisje, meisje, jij durft wel eerlijk te zijn, hè? Ik vind het knap dat je je zo kwetsbaar durft op te stellen.'

Het blijft een poosje stil. Ze is zich heel sterk bewust van zijn arm om haar schouder. Het voelt zo goed, zó goed. En tegelijk weet ze: dit is zó fout!

Op dat moment begint Jan weer te praten, terwijl hij haar plagend even tegen zich aantrekt, zegt hij: 'Oh, Anna, als hier toch een camera hing!' Daarna staat hij op en gaat serieus verder: 'Nee, dit is níet verkeerd. Jij moet af en toe je hart even uitstorten. Doen we hier Emma tekort mee? Nee. Doen we hier Erik tekort mee? Nee. Dus? Is dit verkeerd? Nee!'

Annemarie is ook gaan staan, ze kijkt op haar horloge: 'Ik moet naar huis.'

'Je hebt toch oppas?' Ze knikt. 'Ga je dan nog even mee hiernaast wat drinken?'

Ze aarzelt. 'Vindt Emma het niet vervelend dat ik hier zo vaak bij jou zit?'

'Welnee! Waarom zou ze dat vervelend vinden? Denk toch niet altijd voor anderen, Anne. Of is dat je slechte geweten?' Hij lacht erbij, maar Annemarie gaat er serieus op in.

'Misschien toch wel een beetje.'

'Jij moet niet altijd zo zwaar op de hand zijn. Er gebeurt toch niks verkeerds tussen ons? Of wel?'

Nog een beetje aarzelend schudt ze van nee.

'Nou dan! Wat wil je? Een glaasje wijn? Dan slaap je straks lekker en dan lijken morgen je zorgen weer veel kleiner!'

Maar haar problemen zijn bepaald niet opgelost door er met Jan over te praten, dat merkt Annemarie wel de volgende dagen. Integendeel: ze zijn eerder groter geworden.

Ten eerste lijkt het of de problemen, nu ze uitgesproken zijn, nog veel duidelijker aanwezig zijn. Alles wat ze mist in Erik en in hun relatie. Des te scherper steekt daarbij af hoe bezorgd en attent Jan voor haar is. En ook hoe ze met hem kan lachen, de humor die ze delen. Maar boven dat alles voelt ze haarscherp dat ze helemaal fout zit met haar gevoelens voor Jan. Hij kan dan wel zeggen dat het vriendschap is en dat dat moet kunnen, diep vanbinnen weet zij wel beter. Zeker wat haarzelf betreft en eerlijk gezegd twijfelt ze ook wel eens aan de zuiverheid van Jans vriendschap. Soms ziet ze in zijn ogen ook heel andere dingen dan de nuchtere woorden die hij zegt over vriendschap.

Nina's verjaardag brengt wel wat afleiding. Annemarie vindt het sneu voor Nina dat Erik er niet is, daarom besluit ze om het kinderfeestje maar op de verjaardag zelf te houden en de grote-mensenvisite op zaterdag te vragen als Erik er weer is.

Dat vindt Nina ook een goed idee en zo voelt ze zich die donderdag toch echt jarig.

Als Annemarie 's avonds om zeven uur het laatste kind thuis heeft afgeleverd, is ze bekaf, maar heel tevreden.

Nina mag nog even extra opblijven, maar ze is ook moe, dus om half-acht laat ze zich braaf naar bed brengen. Annemarie moet nog een stukje voorlezen uit 'Otje', maar voor ze twee bladzijden heeft gelezen, slaapt Nina al. Zachtjes staat Annemarie op en doet het licht uit. Ze loopt naar beneden, ruimt wat rommel op en zet koffie.

'Nou, daar zit ik dan, wat een feest!' zegt ze hardop. Ze loopt naar de piano. Zal ze een beetje gaan oefenen? Ach, daar heeft ze ook geen zin in. Nu moet ze meteen weer aan Jan denken. Jan... ze wíl niet aan Jan denken. Jan is haar vriend, meer niet, want Emma is haar vriendin. Trouwens, ze is getrouwd. Erik! In goede en slechte dagen.

Ze loopt weer naar de bank en laat zich vallen. Ze slaat haar handen voor haar gezicht.

'O God! Wat moet ik toch! Help me toch!'

Ze heeft een poos zo gelegen, als ze opschrikt van de bel. Hoe laat is het? Half negen, ze dacht dat het al veel later was. Ze staat op en loopt naar de gang. Een vluchtige blik in de spiegel: oei, ze ziet er niét uit! Toch maar opendoen.

'Gefeliciteerd met je dochter! Hé, je bent toch niet ziek of zo?'

'Roos! Wat leuk! Nee, ik lag te slapen op de bank. Kinderfeestje gehad! Kom er gauw in, ben je alleen?'

'Bas ging volleyballen en ik dacht opeens: Weet je wat, ik ga naar Annemarie, ik hoorde van je moeder dat Erik weer in Amerika zit, dus vandaar! Of had je plannen voor vanavond?'

'Nee, natuurlijk niet! Ik vind het echt hartstikke leuk! Ik zat juist een beetje zielig alleen te zijn.'

Roos kijkt haar onderzoekend aan. 'Dat is, geloof ik, echt zo, hè? Hoe komt dat?'

Annemarie haalt haar schouders op. 'Heeft iedereen toch wel eens?' Ze loopt naar de keuken. 'Koffie en taart?'

'Lekker! Wat zie ik nou, een piano? Wie is er hier zo muzikaal, Erik?'

'Nee, ik!' roept ze vanuit de keuken.

'Jij? Nou geloof ik echt dat je je verveelt! Je kúnt toch helemaal niet spelen?'

Annemarie komt binnen met twee bordjes appeltaart. 'Ik heb sinds kort les. De koffie is bijna klaar.'

'Nooit geweten dat jij je voor piano interesseerde.'

'Ikzelf ook niet. Maar ik hoorde Jan, je weet wel, m'n baas, een paar keer spelen. Echt geweldig hoe die spelen kan! En toen dacht ik: Dat zou ik ook willen leren. Zo is het gekomen en kijk!' ze wijst naar de piano, 'daar staat ie dan!'

'Heb je les op de muziekschool?'

'Nee, particulier.'

'Poeh, dat is zeker lekker duur. Meestal is het op een muziekschool een stuk voordeliger. Hoewel dat voor jullie niet zo'n probleem zal zijn.' Ze zegt het vrolijk, zonder jaloezie.

'Eh...'

'Wat?'

Annemarie schiet in de lach. 'Ik bedenk nu opeens dat we het nog helemaal niet over de prijs hebben gehad. En ik ben het helemaal vergeten te vragen. Stom zeg!'

Roos kijkt haar verbaasd aan. 'Nou ja, zeg! Waar heb je dan les? Dat zeggen ze er toch meteen bij als je afspreekt? Toch niet bij een of ander eng mannetje of zo?' Ze vraagt het lachend.

'Nee joh, ik krijg les van Jan...' Ze kijkt Roos niet aan als ze dat zegt. Ze staat op. 'O, nu vergeet ik de koffie bijna.'

Als ze met de koffie de kamer binnen komt, begint ze druk te vertellen over het feestje van Nina. Ze ratelt maar door.

'Anne,' zegt Roos er opeens tussendoor, 'Annemarie, stop eens even! Gaat het wel goed met jou? Ik vind je zo anders.'

'Jammer dat iedereen dat ziet, behalve mijn eigen man.' Ze staat op en gaat voor het raam staan met haar rug naar Roos toe.

'Hier,' Roos klopt op de bank naast zich, 'kom nou eens hier zitten en vertel wat er is. Kom op, Anne, wij hebben toch geen geheimen voor elkaar na al die jaren!'

Even aarzelt Annemarie. Maar dan vertelt ze voor de tweede keer die week hoe het gaat tussen haar en Erik. Ze vertelt ook dat ze met Jan heeft gepraat. Maar van die arm om haar heen en zijn advies, vertelt ze niet.

Als ze eindelijk stil is, zegt Roos: 'Anne, je moet met Erik praten. Echt proberen te praten en niet opgeven! En aan de andere kant een beetje nuchter zijn: mannen zitten anders in elkaar dan vrouwen, dat weet je. Vertel hem duidelijk wat je van hem verwacht en wil. En verwacht niet dat hij je wensen begrijpt zonder dat je ze uitspreekt. Mannen die dat kunnen... zulke mannen, áls ze al bestaan, zijn zeldzaam!'

Maar ze zijn er wél, denkt Annemarie stilletjes.

'En verder, Anne, ik heb het je al eerder gevraagd, je moet niet boos worden, maar ik vraag het je weer: ben je verliefd op Jan?' En als ze ziet dat Anne verontwaardigd wil reageren: 'Nee, geef me maar geen antwoord, maar denk er eens heel eerlijk over na en geef jezelf het antwoord. Want als dat zo is, Anne, al is het maar een heel klein beetje, dan kun je niet meer eerlijk naar Erik kijken, denk ik.'

Ze lacht een beetje verontschuldigend: 'Ja, je hebt psychologie gestudeerd of niet, hè?'

Ze staat op. 'Zo, nu tappen we nog een bakkie koffie en daarna vertel je me over Nina's feestje, goed?'

9

'Ik denk dat ik binnenkort ga stoppen met dat zwemmen.'
Ze staan stil voor de deur in de Hamerstraat.
'Oh? Vind je het niet leuk meer of heb je er geen tijd meer voor?'
Annemarie kijkt Emma verbaasd aan.
'Ik ben het gewoon zat. Ik ben dinsdagsavonds natuurlijk ook al weg
om te bridgen en eigenlijk heb ik vaak 's avonds nog werk zat op kan-
toor. Dus per 1 april wou ik maar stoppen.'
'Jammer! Dan zal ik alleen moeten gaan, als ik dat tenminste volhou.
Met z'n tweeën heb je altijd wat meer een stok achter de deur, hè?
Nou, ik kijk wel.'
'Goed, ik zie je morgen, Anne, doei!'
Emma gaat naar binnen. Ze heeft geen zin om Annemarie nog binnen
te vragen voor koffie.
Als ze binnenkomt, kijkt Jan op. 'Zo zwemsters, zijn jullie daar weer?
Hé, je zwemvriendinnetje niet meegebracht?'
'Nee, dat zie je!'
'O, had ze geen trek in koffie?'
'Geen idee, dat is toch geen verplichting, of wel?'
'Welnee, maar al zolang jullie samen zwemmen, komt ze daarna mee
voor een bakkie. Hebben jullie ruzie?' Hij kijkt onderzoekend naar
Emma's gezicht.
'Ruzie! We zijn geen kinderen! Wil jij nog koffie?'
'Graag. Emma? Ze heeft het niet zo gemakkelijk. Haar man zit alweer
in Amerika, ze is best veel alleen. Misschien was het dan juist wel
aardig geweest om haar hier nog even uit te nodigen; ze heeft daar
volgens mij best behoefte aan.'
Emma geeft geen antwoord, ze loopt naar de keuken.
Even later komt ze terug en zet een beker voor hem neer. Met de hare
in de hand loopt ze de kamer uit. 'Ik ben nog even een uurtje op kantoor.'
Daar gaat ze achter haar bureau zitten, de warme beker tussen haar
handen. Ze heeft eigenlijk helemaal geen werk, maar ze wil nadenken, rustig nadenken. En dat kan ze alleen als er niemand om haar
heen is.

Annemarie... Ze weet niet wat ze van haar moet denken. Aan de ene kant vindt ze haar een lieve meid, is ze soms zelfs een beetje jaloers op haar, haar vrolijke karakter, haar gekke invallen. Hoewel, vrolijk... Dat is ze de laatste tijd ook niet echt meer. Aan de andere kant ergert ze zich aan haar, of eigenlijk niet aan haar, maar aan Jan. Aan die beschermende houding van hem als het om Annemarie gaat.

Eerst moest ze er een beetje om lachen, maar de laatste tijd geeft het haar een vervelend gevoel. Ze kan er de vinger niet op leggen, en toch lijkt het of er iets is wat er niet moet zijn. Iets tussen Jan en Annemarie? Ach nee, dat gelooft ze niet, maar toch? Het is ook eigenlijk helemaal niks voor haar om zo te lopen tobben, ze moet er gewoon over praten. En wel nu!

Ze staat op en loopt terug naar het woonhuis. Jan zit nog op de bank, hij kijkt een voetbalwedstrijd.

'Jan!' Ze doet de deur achter zich dicht en blijft tegen de deur geleund staan. 'Jan, is er wat tussen jou en Annemarie?'

'Welnee! Emma, wat haal je je nou in je hoofd! Ik vind haar een lieve meid, en zoals ik net al zei: ze heeft het moeilijk, dat zie jij ook wel, denk ik. Niet alleen als haar man in het buitenland zit, maar ik heb het idee dat dat huwelijk helemáál een beetje rammelt. En ja, op de een of andere manier ziet ze mij een beetje als praatpaal, maar dat vind je toch niet erg? Als we haar kunnen helpen, dan moeten we dat toch doen? Of zie jij dat anders? Dan moet je dat zeggen, hoor. Maar ik heb het idee dat ze gewoon al opknapt door hier lekker ontspannen wat te drinken en een beetje te kletsen en te lachen. En haar werk voor jou en mij? Dat is voor ons prettig en voor haar vooral therapie als je het mij vraagt! Voor het geld hoeft ze het zeker niet te doen.'

Hij kijkt haar aan. 'Maak je geen zorgen, Em, maar laten we proberen haar een beetje op te vangen, oké?'

Emma knikt. Ze gelooft Jan, maar helemaal blij is ze niet met de situatie. Maar hij heeft gelijk: ze zal Annemarie de ruimte geven in haar huis en haar gezin. Hoewel ze het diep in haar hart niet helemaal begrijpt. Wat is er nou helemaal mis met die man van haar? Hij is gewoon hartstikke druk met z'n werk. Nou, dat is zijzelf ook. Niks mis mee, toch?

Maar met dat zwemmen gaat ze stoppen. Ze vindt één avond per week weg echt genoeg en dan kiest ze toch voor het bridgen, eigenlijk heeft ze zich een beetje laten meeslepen door Annemarie naar dat zwembad. Sportief is ze nooit geweest en dat zal ze waarschijnlijk nooit worden ook.

In de weken die volgen, merkt Emma dat Annemarie inderdaad opvrolijkt als ze bij hen is. Het is bijna een gewoonte geworden dat Nina en Anne op woensdagmiddag tussen de middag blijven eten. Emma zelf komt vaak wat later thuis, maar bij het binnenkomen hoort ze hen vaak al lachen en praten. Eigenlijk vindt ze het zelf ook wel gezellig.
Erik zien ze weinig. Annemarie praat ook niet veel over hem. Ze zien hem eigenlijk alleen met een verjaardag. Of één keer in een weekend als Jan opeens op een zondagavond voorstelt even bij ze langs te gaan om 'een biertje te drinken'.
Emma had er niet veel zin in gehad, vond het ook een beetje raar, zo onuitgenodigd en onaangekondigd opeens bij ze op de stoep te staan. Maar Jan had het doorgedrukt. 'Dat is niet gek, Annemarie zit zo vaak bij ons en ze zegt zo dikwijls: Kom nou eens een keertje bij ons langs. Als we dat dan nooit eens doen, is het net of we niet willen.'
Emma had haar schouders opgehaald en was maar meegegaan. Maar ze had niet het idee gekregen dat Erik zo blij met hun komst was. En Annemarie? Heel vaag had ze het gevoel gehad dat hun komst voor Annemarie niet echt helemaal onverwacht geweest was.
Hadden Jan en zij het erover gehad? Ze zou het waarschijnlijk nooit weten. Maar echt een succes was het bezoek niet geweest.

Achttien april viert Annemarie haar verjaardag.
Jan vindt de verjaardagen erg gezellig, maar Emma heeft nog steeds een beetje moeite met al die vrienden en kennissen van Erik en Annemarie. Ze is nou eenmaal geen 'mensen-mens', zoals ze het zelf noemt.
Wat dat betreft is Annemarie zo eenzaam nog niet! denkt ze. Waar haalt ze al die mensen vandaan!
Moet je Jan nou weer zien! Hij weet nog precies wie de mensen zijn die hij hier vorig jaar of op Eriks verjaardag heeft ontmoet.

'Hé, Bas, ook gefeliciteerd! En dat zijn Henk en Nelleke geloof ik, hè? Hoe is het ermee?'

Later op de avond, als er nog maar een klein groepje is overgebleven, komt het gesprek op Annemaries pianoles. 'Hé, Anne, laat eens wat horen!' roept iemand.

'Nee joh, hou op, zeg! Over een jaar of vier misschien, dan kan ik het echt, hoop ik!'

'Heb jij pianoles?' hoort Emma Nelleke verbaasd vragen. 'Ik dacht dat je helemaal niet van pianomuziek hiéld!'

'Ach, dat ligt er maar aan wie de leraar is!' zegt Erik.

Emma kijkt naar z'n gezicht. Hoe bedoelt hij dat?

'Hoe bedoel je?' Nelleke vraagt het heel onschuldig.

En zonder dat hij het weet, redt Henk de situatie. Lachend zegt hij: 'Ja, daar kun je twee kanten mee op! Het kan natuurlijk zijn dat die pianoleraar zo'n aantrekkelijke man is, maar ik denk dat je bedoelt, Erik, dat hij op muzikaal gebied niet de eerste de beste is. Want als ik me niet vergis,' en nu richt hij zich tot Jan, 'geef jij vooral les aan mensen die zich voorbereiden op het conservatorium, dus meestal niet zulke stunteltjes als onze Anne?'

'Dat laatste, dat zijn jóuw woorden!' reageert Jan. 'Maar je hebt gelijk: meestal geef ik de wat gevorderden les, maar uitzonderingen bevestigen de regel.'

Als ze later samen naar huis lopen, zegt Emma: 'Volgens mij is Erik niet zo blij met die pianolessen van Annemarie.'

Jan haalt in het donker z'n schouders op. 'Waarom zou hij daar bezwaar tegen hebben? Volgens mij vond hij het prima, anders was er ook niet meteen een piano aangeschaft, daar zul je het toch samen over eens moeten zijn. Maar waarom denk je dat?'

'Mmmm, gewoon, die opmerking van hem vanavond.'

''t Zal wel meevallen, hoor. Trouwens, hij is volgens mij bijna nooit thuis, dus wat voor bezwaar zou hij tegen die piano kunnen hebben?'

Emma geeft geen antwoord. Niet tegen die piano, maar tegen de leraar misschien, denkt ze.

Als ze thuiskomen, vinden ze niet Maaike de oppas, maar zit Marieke in de kamer.

'Hé, wat een verrassing!'

Marieke komt niet zo heel vaak het weekend naar Delft. Dat is ook wel te begrijpen, want ze heeft weinig dat haar bindt met de stad. Behalve haar ouders, broertje en zusje kent ze er niemand. Toen het gezin in Delft ging wonen, was zij al naar Utrecht vertrokken voor haar studie.

'Ja, het was wel een beetje raar misschien voor jullie oppas; ze zei dat het geen probleem was, maar ik heb haar toch maar wat extra's gegeven. Tenslotte had ze anders iets anders met haar avond kunnen doen. Leuke meid trouwens!'

'Ja, Maaike is het zusje van Lianne, onze vaste oppas. Eigenlijk twijfelt Sophie een beetje: nog wel een oppas of niet meer. Maar ja, met Max is het toch prettig als er iemand is die net iets meer overwicht heeft dan z'n eigen zusje. Maar Sophie vond het wel gezellig zeker dat jij er was?'

Marieke knikt. 'Ja, nou, ik vond het ook leuk, zo eens samen met m'n kleine zus! Zo vaak zien we elkaar niet.'

Emma begint de lichten uit te doen. 'We gaan slapen. Blijf je tot zondagavond, Marieke?'

'Ja, dat was wel de bedoeling. Maar ik moet nu naar bed, begrijp ik?'

'Nou, dat moet je zelf weten, maar ik ga wel in elk geval, 't is halftwee! En Max slaapt nog niet uit, hoor!'

'Was maar een grapje! Ik ga ook slapen.'

De volgende ochtend zitten ze samen aan de koffie.

Toch gezellig, denkt Emma. Ze mist het niet bewust dat ze haar oudste twee dochters niet zoveel ziet of spreekt, maar van een moment als dit geniet ze toch wel.

'Bij wie waren jullie nou eigenlijk op verjaardag gisteravond?'

'Bij Annemarie de Jager.'

'Leuk, mam, dat je daar zo'n goeie vriendin in gevonden hebt. Jullie gaan toch ook samen zwemmen? Of was dat met iemand anders?'

'Ja, dat deed ik met Annemarie, maar daar ben ik mee gestopt.'

'Niet leuk?'

'Mmmm, ik ben niet zo sportief, dat weet je. En 't kostte elke keer een halve avond. Maar dat niet alleen, na afloop gingen we vaak nog hier koffie drinken, nou, dan was dus de hele avond voorbij.'

Marieke schiet in de lach. Ze schudt haar hoofd, maar ze zegt niks.

'Waarom lach je nou?'

'Mam,' Marieke kijkt nu weer serieus, 'je moet niet boos worden, ik heb er natuurlijk helemaal niks mee te maken, maar weet je wat ik me soms wel eens afvraag?'

'Nou?'

'Ik weet dat het mijn zaken niet zijn...'

'Vooruit, zeg het nou maar!' Emma houdt niet van dat gedraai, vooruit, liever direct zijn.

'Mam, héb jij nou eigenlijk vriendinnen, of ooit gehad, of heb je daar geen behoefte aan?'

Emma kijkt haar dochter aan. Ze geeft niet direct antwoord.

'Tja...' En even later: 'Nou nee, eigenlijk niet. Niet een vriendin zoals jij dat waarschijnlijk bedoelt: waar je van alles mee bespreekt en doet. Nooit gehad ook. En waarom niet? Ik denk vooral omdat ik daar geen behoefte aan heb, niet op die manier.'

Ze kijkt voor zich uit en als ze verder gaat, lijkt het of ze vergeten is dat ze tegen Marieke aan het praten is. Langzaam zegt ze: 'Ik dacht even dat Annemarie een soort vriendin was, maar ik weet het niet...'

Het blijft weer stil.

'Hoe bedoel je, mam?'

Emma staat op. 'Nog koffie?' Ze loopt naar het koffiezetapparaat.

'Ach nee, Mariek, ik ben geloof ik niet zo'n vriendinnen-mens. Ik gun me er ook geen tijd voor. En van bijvoorbeeld zomaar nutteloos in de stad lopen, daar hou ik helemaal niet van. Nee, laat mij maar lekker werken, een avondje bridgen, papa en jullie, daar ben ik best tevreden mee.

'Een echte carrièrevrouw dus!'

Emma haalt haar schouders op. 'Misschien.'

'Ik vind het in elk geval wel leuk dat wij nu zo eens lekker samen praten, dat gebeurt ook niet zo vaak, mam!'

'Ik ben nou eenmaal niet zo'n prater, dat weet je. Ik denk dat jullie voor de gezellige dingen meer bij je vader moeten zijn.'

'Waarom zeg je dat nou? Wat is nou "gezellig"? Dit vind ik óók gezellig. Mam, voel je je alleen bij ons? Ik bedoel, vroeger waren wij vaak aan het dollen met papa, dat doen we ook nu nog wel. Jij mengt je daar eigenlijk nooit in. Omdat je daar niet van houdt, dachten wij altijd. Maar is dat zo? Of lieten we jou gewoon alleen? Begrijp je wat ik bedoel?'

'Marieke, niet zo zwaar op de hand, hoor! Ik ben gewoon wat nuchterder dan jullie. Hier, nog een beker koffie. Ik ga zo boodschappen doen. Heb jij nog plannen voor vandaag, of kan ik Max even bij jou thuis laten, straks? Ja? Hij is in de tuin aan het spelen. Papa zit hiernaast boven met een leerling. Over een goed uur ben ik terug!'

10

Een paar dagen na Annemaries verjaardag belt Erik op een avond als ze de tafel aan het dekken is. 'Sorry, Anne, het wordt wat later, gaan jullie maar alvast eten.'

'Moet ik wat voor je bewaren of eet je daar?'

'Ik haal hier wel wat. Ik weet niet hoe laat ik thuis ben, maar ik probeer het zo kort mogelijk te houden. Tot straks.'

Annemarie zucht. Alweer! Gelaten haalt ze één bord weg van tafel.

'Komt papa niet eten?'

'Nee, papa moet nog wat langer werken, maar misschien is hij er wel voor je naar bed gaat. Kom, ga maar zitten, dan gaan we samen eten.'

'Papa komt echt zo wel, want we hebben afgesproken dat we na het eten nog buiten gaan voetballen.'

'Voetballen? Hoe kom je daar nou bij?'

'Max zegt dat meisjes niet kunnen voetballen, nou, en toen zei ik dat tegen papa gisteravond toen papa mij onderstopte. En toen zei papa: 'Nina, wij gaan morgen na het eten buiten voetballen, dan kun jij Max eens wat laten zien!' Nina wipt op haar stoel op en neer. 'Ik ga echt voetballen!' Ze prikt met haar vinger in de macaroni die Annemarie op haar bord schept.

'Niet met je handen in je bord, Nien! Handjes samen, we gaan eerst bidden.'

Ze hoopt door niet te reageren Nina wat af te leiden van het voetbalplan, want ze vreest, door ervaring wijs geworden, dat Erik ook vandaag niet op tijd terug zal zijn om Nina naar bed te brengen. Laat staan nog met haar te spelen.

Terwijl ze eten, vraagt ze Nina naar wat dingetjes van school, maar het helpt niet. Zodra ze van tafel zijn, staat Nina voor het raam om te kijken of Erik er al aan komt.

Als het kwart over zeven is geworden, stelt Annemarie voorzichtig voor: 'Zullen wíj samen even buiten voetballen dan?'

Nina kijkt met enige minachting naar haar moeder. 'Dat kunnen mannen alleen maar! Ik wil dat papa nú komt!' Ze stampvoet.

'Nu zeg je hetzelfde als Max.'

Maar die logica gaat Nina voorbij. Annemarie snapt het wel, ze is gewoon teleurgesteld. En dat is ze zelf ook. Teleurgesteld en boos. Dit is de zoveelste keer.

Als ze om tien over halfacht een tegenstribbelende, verdrietige Nina onder de douche heeft gezet, gaat opnieuw de telefoon. 'Sorry, Anne, het is later geworden dan ik had gehoopt. Ik heb om acht uur een huisbezoek afgesproken, dus ik ga maar meteen door. Het is niet anders.'

'Fijn dat je nog aan dat huisbezoek denkt! Was je niet een andere afspraak vergeten?'

Het blijft even stil. Dan vraagt hij: 'Andere afspraak? Wat bedoel je?'

'Met je dochter!' En als hij nog niet reageert: 'Om te gaan voetballen! Ze is erg verdrietig.'

'Ach ja! Stom! Maar dit kon echt niet anders. Geef haar maar even aan de telefoon!'

'Dat gaat niet, ze staat onder de douche.'

'Zeg haar dan maar dat het me erg spijt! En dat we het morgen extra lang gaan goedmaken. En geef haar een dikke kus van me, Anne! Tot vanavond, hè?'

Zonder antwoord te geven, legt Annemarie de telefoon neer.

'Lekker makkelijk!' moppert ze in zichzelf terwijl ze terugloopt naar de badkamer.

Maar daar brengt ze keurig de excuses van papa over en die worden door Nina geaccepteerd.

'Dan nu vlug je bed in, het is eigenlijk veel te laat geworden!'

De volgende dag is Erik al om halfzes thuis.

'Hoe laat eten we, Anne? Zes uur? Mooi, dan kunnen we nu eerst wel gaan voetballen, Nina! Kom op! En straks heb ik nog een verrassing voor jullie allebei!'

Nina staat al met haar glimmende Nijntje-bal onder haar arm bij de deur.

'Néé, dat is geen voetbal! Kom maar eens mee.' Hij loopt voor haar uit naar de auto, doet de achterklep open en pakt een prachtige, leren voetbal. 'Kijk eens. Die is voor jou!'

Annemarie is ook meegelopen. Ze schudt haar hoofd. 'Joh, zo'n bal is toch veel te zwaar en te hard voor zo'n kind! Je hebt een dochter van zes en niet een zoon van zestien, hoor!'

Erik lacht. 'Niet zo mopperen, mama! We zullen je eens wat laten zien, hè Nien? Kom op!' Samen lopen ze richting het trapveldje, vlak achter het huis.

Annemarie loopt terug naar binnen. Ik ben benieuwd! denkt ze. Nou ja, hij doet in elk geval z'n best. Toch wel een beetje een slecht geweten na gisteravond misschien.

Na tien minuten zijn de voetballers al terug.

'En?'

Nina kijkt een beetje boos. 'Papa schopt veel te hard! En de bal doet pijn!'

Annemarie kan nog net 'zie je nou wel?' inslikken, als ze Eriks schuldbewuste gezicht ziet.

'Dit is ook eigenlijk een mannenbal, Nien! Weet je wat? Een andere keer ga je nog eens met papa voetballen en dan neem je toch je eigen bal. Dan moet papa gewoon wat minder hard schoppen. Goed?'

Nina knikt.

'Ga nu maar je handen wassen, of weet je wat? Vraag maar of papa je alvast even doucht, dat kan nog net voor het eten. Je bent helemaal zwart van de modder. En dan ben je na het eten lekker klaar. Mag je nog even televisie kijken en zal ik je ook nog een stukje voorlezen. Oké?'

Als ze verder gaat met het eten hoort ze Nina en Erik boven lachen. Hij kán zo'n leuke vader zijn. Waarom laat hij dat maar zo zelden zien?

Als ze aan tafel zitten, zegt Erik: 'Zo, en nu de tweede verrassing! Raad maar eens!'

'Hoe kan ik dat nou raden?'

'Gewoon, iets wat je graag zou willen!'

Annemarie kijkt naar zijn vrolijke gezicht.

'Je gaat minder uren werken!'

Hij fronst ongeduldig zijn wenkbrauwen. 'Mis! Nina, jij!'

'Eeeeh... Een klein zusje!'

'Wat?'

'Je zei: iets wat je graag zou willen...'

'Oké, nee dat is het ook niet. Gewoon, iets leuks!'

Annemarie is het zat. 'Zeg het maar, hoe kunnen wij dat nou raden.'

'We gaan met vakantie!'

'Met vakantie? Wanneer? En waar naartoe?'

Met een triomfantelijk gebaar haalt Erik een stapeltje tickets uit z'n zak en legt ze voor Annemarie op tafel.

'Alstublieft, mevrouw! We vertrekken aanstaande donderdag, we vliegen met z'n drietjes naar San Francisco en volgende week woensdag komen we weer terug.'

Even zegt Annemarie helemaal niks, ze staart naar de papieren voor zich op tafel. Dan zegt ze: 'Dat is zeker een grapje, hè Erik?' Ze pakt de tickets van het tafellaken, kijkt erin en legt ze weer neer. Daarna kijkt ze naar Nina, die met grote ogen van de één naar de ander kijkt.

'Het is zéker geen grap...'

'Erik, zullen we daar straks verder over praten?' Haar stem klinkt ijzig. Dan glimlacht ze naar Nina: 'Eet maar gauw je bord leeg, want ik zou nog extra lang voorlezen, weet je nog?'

Maar Nina is zes en bijdehand genoeg. 'Wíl je niet met vakantie mama?'

'Natuurlijk wel, maar donderdag, dat is overmorgen al. Dan moet jij toch naar school en mama moet werken. Dat was papa even vergeten, denk ik. Maar daar praten papa en ik straks wel over. En dan gaan we vast een andere keer wel met vakantie. Goed?'

De rest van de maaltijd verloopt stilletjes. Ook Nina zegt niet veel meer, terwijl ze anders haar mond geen tel dicht kan houden. Op het tafellaken ligt nog steeds het stapeltje tickets.

Na het lezen en danken ruimt Annemarie de tafel af. Als ze heen en weer loopt van de tafel naar de keuken, zijn de tickets opeens verdwenen als ze weer bij de tafel komt.

Nina zit al op de bank voor de tv. 'Wil jij Nina zo nog voorlezen?' vraagt ze Erik, die bij de tafel staat. 'Ze moet er een beetje op tijd in liggen vanavond, gisteravond is het veel te laat geworden.' Het klinkt als een verwijt, zo bedoelt ze het eigenlijk niet eens.

Als Nina in bed ligt, komt Erik de kamer binnen en gooit de tickets weer op tafel.

'Waarom doe je zo moeilijk, Annemarie? Nina heeft volgende week toch vakantie?'

'Volgende week ja, donderdag en vrijdag moet ze nog naar school. En ik heb géén vakantie volgende week. Hoe kom je er nou bij om zoiets te regelen op zo korte termijn en zonder te overleggen? San Francisco!'

'Die twee dagen, daar is toch wel over te praten op school? Ze zit nog maar in groep twee...'

'Dat maakt niet uit, ze is leerplichtig, je kunt haar niet zomaar thuis houden. En ik kan toch ook zomaar geen vrij nemen?'

'Volgens mij valt er best iets te regelen met Emma als je dat echt wilt! Verdraaid, Anne, wíl ik je eens verrassen en is het wéér niet goed!'

'Maar waarom dan San Francisco en waarom donderdag? Wat moet je met een kind van zes in zo'n stad? Als je ons wilde verrassen, waarom dan niet zaterdag naar Zeeland of naar de Ardennen of voor mijn part naar Kreta? Maar waarom nou uitgerekend San Francisco, hoe kóm je er op?'

'Ik wilde het combineren.'

'Wát combineren? Ach, natuurlijk! Dat ik daar niet eerder op gekomen ben! Je moet voor de záák naar San Francisco, toch?' Nijdig schuift ze haar stoel naar achteren. 'Doe dan niet net alsof je ons een plezier wilt doen!'

'Ho even, Anne! Nou moet je wel een beetje reëel blijven! Als ik alleen aan mezelf had gedacht, was ik gewoon alleen naar Amerika gevlogen, zoals altijd. Maar ik dacht echt dat je het leuk zou vinden om een keer mee te gaan. Ik moet daar maandag en dinsdag zijn voor besprekingen, dus ik dacht dat het leuk zou zijn een paar dagen eerder te gaan en daar met z'n drietjes een beetje rond te kijken. Maar goed, ik draai het wel terug, dan vlieg ik zondagavond alleen.'

'Zondagavond? Het moet niet gekker worden!'

'Weet jij een andere oplossing? Ik moet daar maandagochtend vroeg zijn.'

Erik staat op en loopt de kamer uit. 'Ik ga nog even boven wat werken.'

Annemarie blijft achter in de kamer. Ze twijfelt. Moet ze toegeven?

Maar kan dat? Kan ze Nina twee dagen thuis houden van school? Ze zou het natuurlijk kunnen vragen, morgen. En haar werk, kan ze vrij nemen? Ach, ze weet eigenlijk wel zeker dat ook dat geen probleem is als ze het uitlegt aan Emma. Maar?

Juist! Dat is het! Maar! Ze wil het niet! Niet zo, niet op deze manier.

Aan de ene kant heeft ze bijna medelijden met Erik. Want op zijn manier heeft hij het vast goed bedoeld. Maar aan de andere kant: hij kan niet zomaar over haar werktijden beschikken en haar voor een voldongen feit stellen.

En blijft ook nog de vraag of Nina vrij zou mogen en zo ja, of het inderdaad zo leuk zou zijn voor haar om een week in een stad als San Francisco rond te lopen.

Nee! Ze geeft niét toe!

Er wordt niet meer over gesproken die avond. Pas als ze de volgende avond naar bed gaan, begint Erik er weer over. 'Sorry, Anne, het was vast niet zo'n goed idee van me. Ik heb de tickets ingewisseld. Ik vertrek nu maandagochtend en heb mijn gesprek naar het eind van de middag verschoven. Er is pas een nieuwe vestiging geopend in San Francisco. De komende tijd zal ik er nog wel vaker heen vliegen. Misschien komt het een andere keer beter uit, in de zomervakantie of zo, en kunnen we toch nog eens met z'n drieën gaan.'

Annemarie staat haar tanden te poetsen. In de spiegel kijkt ze hem aan.

'Is goed hoor. Maar je zit onderhand weer vaker in Amerika dan hier, is het wel logisch dat je terug bent gegaan naar Den Haag?'

Ze vraagt het rustig, maar ze vóelt zich niet zo rustig. Stel je voor dat hij weer overgeplaatst zou worden naar Amerika. Ze moet er niet aan denken!

'Dat zal zo'n vaart niet lopen, denk ik. Hoewel het natuurlijk een internationaal bedrijf blijft, met meer vestigingen in het buitenland dan hier. Zou je het erg vinden om weer te verkassen?'

Ze kijkt hem verschrikt aan. 'Dat meen je toch niet, hè? We zitten nauwelijks twee jaar hier.'

'Nee joh, dat is nu helemaal niet aan de orde, maar je weet het, dat kan zomaar veranderen. Maar het is altijd op vrijwillige basis. En als het me nu gevraagd zou worden, zou er zeker begrip voor zijn als ik zou bedanken, zo kort na een vorig verblijf in het buitenland. Maak je nog maar geen zorgen.'

Er is iets in zijn stem wat haar niet helemaal gerust stelt.

'Zeg eens heel eerlijk, Erik, is er dan kans op dat het je binnenkort weer gevraagd wordt?'

'Ik weet het echt niet! Maar je hoort wel eens wat zo in de wandelgangen... Maar dat zijn geruchten, en, zoals ik al zei: niemand zal van me verwachten dat ik binnen een paar jaar opnieuw naar Amerika vertrek. Zeker ook niet met het oog op Nina.'

Maandagochtend vroeg vertrekt Erik. Annemarie heeft koffie voor hem gezet, daarna heeft ze hem uitgezwaaid en is weer gauw in bed gekropen. Lekker, ze kan nog een paar uurtjes slapen voor de wekker opnieuw afloopt.

Om kwart over acht fietst ze naar de Hamerstraat. Nina heeft vakantie van school. Ze mag vanochtend bij Max spelen en vanmiddag gaat Annemarie haar naar Woerden brengen, waar ze tot donderdag bij opa en oma gaat logeren.

Zowel Jan als Emma zijn de hele ochtend weg, het is rustig op kantoor. Annemarie werkt wat rapporten uit van Jan en maakt telefonisch wat afspraken voor hem. Als ze om halftwaalf Nina ophaalt bij Lianne, zijn Jan en Emma er nog steeds niet, dus nemen ze snel afscheid van Max en even later fietsen ze weer naar huis.

Nina heeft zin in de logeerpartij bij opa en oma. Maar als ze in de auto zitten, onderweg naar Woerden, zegt ze opeens: 'O, mama, nou ben je morgen helemaal alleen! Vind je dat niet erg?'

Annemarie lacht. 'Nee hoor, lieverd. Ik moet 's morgens toch werken, 's middags boodschappen doen, nou, dan is het alweer avond. En als ik dan weer heb geslapen en weer heb gewerkt, komt papa alweer thuis. En weet je... ik ga lekker elke avond spinazie eten!'

'Bááááh!'

'Ja, dat vinden papa en jij, maar ík vind dat heel lekker! Dus als ik alleen ben, kan ik dat elke avond kiezen.'

'Ga je dat echt doen?'

'Nou, niet elke avond, denk ik. Maar ik bedoel alleen maar dat het soms ook wel gemakkelijk is om alleen thuis te zijn.'

Daar moet Nina even over na denken. 'En weet je wat ook makkelijk is, mama?' hoort Annemarie even later van de achterbank, 'Maaike hoeft niet te komen als jij gaat pianospelen bij de papa van Max!'

Pianoles. Dinsdagavond. De gedachte daaraan is steeds op de achtergrond van haar denken. Het idee dat Erik en Nina er niet zijn, geeft haar een gevoel van vrijheid. Waarom? Ze heeft geen idee. Het uur les loopt meestal uit, omdat ze nog een poos napraten of omdat ze nog meegaat naar Jans woonhuis om een wijntje te drinken. Emma is altijd bridgen en Erik is ook bijna nooit thuis. Dus wat maakt het uit dat er nu thuis geen oppas op haar wacht? Helemaal niks! Maar toch!

Bij opa en oma worden ze met open armen ontvangen.
'Jullie komen eigenlijk veel te weinig!' zegt Annemaries moeder. 'Maar ja, dat zeiden onze ouders ook altijd tegen ons; en wij woonden toen nog veel dichter bij elkaar dan jullie en wij nu. Hoe is het? Nina, je bent alwéér gegroeid! Nog een paar maandjes, dan ga je naar groep drie, hè? Ga maar gauw opa roepen voor de thee, hij is achter in de tuin.' Dan kijkt ze Annemarie onderzoekend aan. 'Alles goed, Anne? Je ziet een beetje smalletjes, of lijkt dat maar zo? Heb je het niet te druk met je baan nu Erik zo vaak weg is?'
Annemarie lacht. 'Nee hoor! Ik geniét juist van die baan. Stel je voor dat ik de hele dag thuis zat, dát zou pas echt saai zijn nu Erik zoveel in het buitenland zit. Ik moet er niet aan dénken.'
Ze zet Nina's koffertje in de gang. 'Is het echt niet te druk mam, drie dagen?'
Haar moeder kijkt haar vernietigend aan. 'Zeg, is dat je wraak omdat ik zeg dat je er witjes uitziet? Wat denk je wel van me, zeg! Ik ben nog een vitale oma, hoor! Nee meid, ik geniet er van, zo'n paar dagen, dat weet je!'

Als Annemarie om halftien het lege huis binnen stapt, is het toch wel stil. Maar eigenlijk is het niet anders dan anders: als Nina in bed ligt en Erik aan het werk of naar een vergadering is, is ze ook alleen beneden. Ze doet een paar schemerlampjes aan en gaat achter de piano zitten. Kom, meteen haar les nog maar eens doorspelen voor morgen, daar is de laatste dagen weinig van gekomen. Ze wil dat Jan tevreden is over haar vorderingen; hij moet niet het gevoel hebben dat hij zijn tijd verknoeit door haar les te geven.

Ze heeft al een paar keer gevraagd hoeveel lesgeld ze moet betalen. Elke keer maakt hij er een grapje over en ontwijkt een antwoord. De eerste keer zei hij: 'Ach, Anne, de eerste paar lessen zijn proeflessen, hoor, en die zijn altijd gratis. Kijk eerst maar eens of je het wel leuk vindt.' En toen ze het daarna weer eens vroeg, reageerde hij met 'O ja, nou, dat zullen we eens berekenen, je hoort het binnenkort!' Een paar weken geleden is ze er weer over begonnen: 'Jan, ik vind het vervelend, ik wil nu echt m'n lessen afrekenen!'

'Komt wel goed, meid, die je tot nog toe hebt gehad, waren nog proeflessen en de volgende, die rekenen we echt binnenkort wel af.'

Morgenavond wil ze daar ook duidelijkheid over hebben, neemt ze zich voor.

Nu gaat ze lekker op tijd naar bed.

Dinsdagochtend is ze al vroeg op kantoor. Het was raar dat Nina er niet was bij het opstaan. Maar daardoor was ze wel heel snel klaar. 't Is net kwart over acht geweest als ze haar fiets neer zet.

'Zo, jij bent vroeg! En waar heb je Nina gelaten?'

'Hé, môgge, Jan! Nina is aan 't logeren.' Ze kijkt op haar horloge. 'Oh, ja, ik ben inderdaad wel erg vroeg. Is de deur al open?'

'Ja. Emma is op kantoor. Ik ga ervandoor. Misschien zie ik je straks nog en anders tot vanavond.'

Emma staat ook op het punt om weg te gaan. 'Ik ben de hele dag weg, Annemarie,' zegt ze. 'Ik neem Max en Sophie mee. We gaan een dagje naar Ellen. Ze heeft een nieuwe kamer in Utrecht en ik ga haar een beetje helpen met verhuizen en inrichten.' Ze zucht. 'Of dat echt gaat lukken met Max om me heen, weet ik niet, maar Marieke komt ook, dus we zien wel hoever we komen. Ik heb de hele dag vrij gepland, maar misschien ben ik halverwege de middag alweer thuis als het niet lukt, we zien wel. Als je me nodig hebt, bel je me maar en anders tot morgen!'

Even later ziet Annemarie Emma met de kinderen wegrijden.

Nou zeg, ze laten me allemaal wel in de steek, grinnikt ze in zichzelf,

Erik, Nina, en nu ook nog Jan en Emma. Maar het is ook wel prettig als het rustig is op kantoor.

Het is kwart over tien als ze bedenkt dat ze nog niet eens koffie heeft gedronken. Daar gaat ze eerst eens voor zorgen!

Als ze om halftwaalf de computer afsluit en het antwoordapparaat aansluit op de telefoon, heeft ze een tevreden gevoel. Hè, ze heeft lekker kunnen doorwerken. Toch is ze stilletjes een beetje teleurgesteld dat Jan niet teruggekomen is op kantoor. Ze mist een praatje met hem.

Maar als ze de voordeur afsluit, stapt hij juist uit z'n auto.

'Net op tijd!'

'Wie, jij of ik?'

'Allebei misschien. Ik in elk geval. Net op tijd thuis om de wacht hier over te nemen. Emma is naar Utrecht, dat heb je wel gehoord zeker?'

'Ja, moet jij niet helpen verhuizen? Mankracht lijkt me handiger dan vrouwen en kinderen bij een verhuizing.'

'De meeste spullen zijn al over, dat is de afgelopen dagen al gebeurd. Zondag ben ík wezen sjouwen. Vandaag moest meer de "finishing touch" gedaan worden, gordijnen en zo. En ik had voor vanochtend een afspraak staan, anders had Emma Max beter thuis kunnen laten. Maar ja, misschien ook wel leuk voor hem, eens bij z'n grote zussen kijken.'

Annemarie knikt. Ze doet haar fiets van slot. 'Dan zie je mij vanavond weer.'

'Mmm, je kunt ook zo meteen meteen les krijgen, je bent hier nu toch. Er wacht thuis toch niemand op je?'

Het overvalt haar even. Eigenlijk heeft ze zich op de avond verheugd, de les, maar ook er na, het nog wat drinken met Jan. Als ze nu blijft, zit ze de hele avond alleen. Het flitst allemaal heel snel door haar hoofd.

'Anne? We kunnen natuurlijk ook een éxtra les inlassen...'

Ze krijgt een kleur. Is ze zo doorzichtig? Ze kijkt hem aan. 'Hoe bedoel je?'

'Gewoon, precies zoals ik het zeg en precies zoals jij het bedoelt. Kom, zet die fiets neer, dan gaan we naar binnen.'

'Jan, ik...'

Maar hij heeft de deur open gedaan en loopt zonder nog wat te zeggen naar binnen.

Als ze achter hem aan loopt naar boven, zegt ze: 'Jan, ik heb geen lesboek bij me.'

'Heb ik nog wel.'

'Misschien kunnen we nu meteen...'

Jan draait zich om. 'Wat?'

'Nee, laat maar.'

'Misschien kunnen we meteen over het lesgeld praten,' had ze willen zeggen. Maar er hangt zo'n spanning tussen hen, dat ze weet dat ze zo'n opmerking nu beter niet kan maken. Dat is alsof ze vraagt om een dubbelzinnige opmerking van hem.

Ze gaat achter de piano zitten. Jan rommelt in een kast met muziekboeken. Hij mompelt wat in zichzelf. Daarna draait hij zich om. 'Ik heb het niet, Anna.'

'Wat?'

'Je lesboek.'

'O.'

Annemarie staat op, ze kijken elkaar aan. 'Dan toch maar vanavond?' Ze loopt naar hem toe. Dan slaat ze haar armen om zijn hals. 'Jan!' zegt ze gesmoord. Heel even drukt hij haar tegen zich aan en tegelijk laten ze elkaar weer los. 'Sorry,' zegt ze.

Hij zegt niks en kijkt haar aan. Dan schudt hij z'n hoofd en begint zacht te lachen. Hij legt z'n handen op haar schouders en trekt haar weer even losjes naar zich toe. 'Emma moet maar niet te vaak van huis gaan, hè?' Maar voor ze haar ogen neer slaat, ziet ze in zijn ogen een tederheid die veel meer zegt dan zijn luchtige woorden.

Ze draait zich om en loopt snel de trap af.

Later weet ze nauwelijks meer hoe ze thuisgekomen is. De tranen stromen over haar wangen. Gelukkig heeft ze een zonnebril in haar zak. Al fietsend haalt ze hem tevoorschijn en zet hem op.

Thuis loopt ze direct door naar boven. Wat een geluk dat Nina er niet is!

Ze is geschrokken van zichzelf. Van de emoties die door haar heen gingen toen ze daar met Jan boven was, toen hij haar zo aankeek, zijn armen om haar heen waren.

En vooral: wat heeft ze gedáán? Zíj, en niet Jan, nam het initiatief voor die korte omhelzing.

Ze schaamt zich vreselijk en tegelijk ook weer helemaal niet. Ze schaamt zich omdat ze die gevoelens heeft voor een andere man. Maar tegenover Jan schaamt ze zich niet. Die omhelzing was het logische gevolg van de spanning die al zo lang tussen hen hangt en zich steeds maar opbouwt. Nee, voor Jan schaamt ze zich niet. Maar tegenover Erik en Emma? Hoe kan ze die twee ooit weer eerlijk in de ogen kijken.

En God? Hoe kan ze nog bidden?

Ze ligt een hele poos op haar bed. Eerst denkt ze: Ik ga vanavond niet! Onmogelijk! Maar later denkt ze weer: Ja, ik moet juist wél gaan. Ik moet met hem praten, hoe kan ik anders morgen ooit naar kantoor, Emma onder ogen komen?

Zo blijft ze twijfelen.

Om vijf uur krijgt ze een smsje van Jan. 'Vergissen is menselijk, toch? vergeet je boek vanavond niet!'

Dan moet ze toch weer een beetje lachen. Ja ja, zo kun je het ook noemen: een vergissing. Maar toch haalt dat voor haar de druk er een beetje af, ze gaat vanavond gewoon naar pianoles!

Om zeven uur belt Erik. 'Voor mij hier is het nog ochtend, ik heb zo weer een bespreking, maar ik dacht: Ik bel toch eerst snel even, dan tref ik Nina in elk geval nog wakker.'

'Ze is toch bij pap en mam aan het logeren?'

'Ach ja, dat is ook zo! Dus jij bent helemaal alleen? Amuseer je je wel een beetje? Eens kijken, zo meteen zeker naar pianoles, zin in?'

'Och, jawel hoor, het breekt de avond een beetje.' Ze heeft een bloedrode kleur gekregen. ''t Is wel stil hoor, nu Nina ook weg is. Jij bent morgenavond weer terug, toch?'

'Nou Anne, dat wilde ik net zeggen, helaas verloopt het hier niet allemaal zo vlot als verwacht. Ik vlieg vrijdagochtend pas terug. 's Middags om halftwee ben ik op Schiphol, eerst nog even langs kantoor en daarna ben ik eind van de middag thuis.' En als Annemarie niet direct reageert, gaat hij verder: 'En dan is het hele weekend voor jullie, oké?'

'Ja, is goed. Nou, verder heb ik geen nieuws, hoor. Jij?'

'Nee, ik ook niet. Ik bel misschien nog een keer en anders zie ik je vrijdag.'

'Is goed. Tot dan, succes daar! Doeg!'

Als ze heeft neergelegd, betrapt ze zich er op dat ze eerder opgelucht dan teleurgesteld is, nu Erik later thuiskomt dan gepland. Vóór het vrijdag is, moet ze zichzelf onder controle hebben, dat is duidelijk.

Na Eriks telefoontje loopt ze maar een beetje door het huis. Kwart over zeven, halfacht.

Om acht uur begint ze weer te twijfelen: zal ze nou wel gaan? En wat moet ze zeggen, of moet ze juist niéts meer zeggen? Moeilijk hoor!

Eindelijk wordt het dan toch kwart over acht en stapt ze op de fiets.

Als ze aankomt in de Hamerstraat vertrekt er juist weer een andere leerling, een jongen van een jaar of vijftien. Het is dezelfde jongen die wel vaker vóór haar les heeft.

'Succes hè?' zegt hij.

'Ja, bedankt, doei!' Hij moest eens weten hoe hard ze dat nodig heeft: succes.

Langzaam loopt ze de trap op en gaat de kamer binnen.

'Hé, Anne, kom er in en ga zitten.'

Aarzelend gaat ze achter de piano zitten.

'En, is het een beetje gelukt deze week? Ik had je best veel opgegeven geloof ik, hè?' Hij komt naast haar zitten. 'Laat maar eens horen!'

Ze legt haar handen op de toetsen. Dan draait ze zich om naar Jan.

'Jan, moeten we eerst niet praten over vanmiddag?'

'Daar praten we straks wel even over, eerst maar spelen.' Zijn toon is luchtig.

Annemarie heeft de grootste moeite haar hoofd bij de piano te houden. Ze worstelt zich door haar les heen.

Eindelijk zegt Jan: 'Nou, herhaal dit laatste stuk deze week nog een keer en dan kun je misschien de volgende bladzijde erbij pakken, probeer maar hoever je daarmee komt.'

Hij is gaan staan en rekt zich uit. 'Zo, je was de laatste weer voor vandaag, Anne, ga je nog even met me mee een wijntje drinken? Er wacht toch geen man en geen oppas op je?'

Annemarie kijkt hem aan. 'Ik weet het niet... Jan, je doet of er niks gebeurd is, maar ik wil dat eerst uitgepraat hebben voor ik

gewoon beneden wat met je ga zitten drinken.'
'Wat is er dan gebeurd volgens jou? Anne, we hebben het hier wel eens eerder over gehad. Jij hebt het soms best moeilijk, ik ben een beetje jouw praatpaal en vriend. Doen we daar iemand tekort mee? Nee toch? Nou dan! Kom, je ziet dat allemaal echt veel te beladen!'
Ze schudt haar hoofd. 'Zo zie ik het niet, kón ik dat maar.' Er lopen alweer tranen over haar gezicht.
Als ze nog blijft zitten op het pianobankje, loopt hij naar haar toe en pakt haar bij haar schouders. 'Kom nou eens hier, huilebalk!' Hij trekt haar omhoog.
Als ze nog steeds niks zegt, gaat hij zitten en trekt haar op schoot. 'Anna, Anna, hoe moet dat toch met jou?'
Ze zit doodstil tegen hem aangeleund, dan zegt ze: 'Jan, dit is niet goed!'
'Nee, daar heb je gelijk in, waarom gebeurt het dan?' Hij zucht. 'Anne, ik wil je helpen, maar volgens mij help ik je van de wal in de sloot!'
Ze gaat rechtop zitten en draait haar gezicht naar hem toe. 'Wil je me helpen, is het niet méér dan dat?'
Hij kijkt haar even aan en draait daarna zijn hoofd om. 'Ja, ik wil je alleen maar helpen!'
Ze gaat staan. 'Volgens mij ben jij niet helemaal eerlijk! Wat doet dit dan met jou, helemaal niks?'
'Natuurlijk wel! Anne, ik mag je ontzettend graag, bijzonder graag zelfs, dat weet je wel.'
'Meer niet?'
'Meer niet! En zo denk jij ook over mij, dat weet ik zeker.' Hij is ook weer gaan staan en slaat z'n armen om haar heen.
Ze schudt haar hoofd, terwijl ze tegen hem aan leunt. 'Jan, ik moet je iets verschrikkelijks vertellen. Ik hou van je en ik weet dat ik gek ben dat ik het tegen je zeg, maar ik weet niet meer wat ik ermee aan moet.'
Ze huilt nu weer voluit.
Hij drukt haar vaster tegen zich aan, streelt haar rug, haar schouders.
Eindelijk maakt ze zich los. 'Ik moet naar huis. En ik kan hier nooit meer terugkomen. Hoe kan ik ooit Emma nog onder ogen komen!'

'Nee, je gaat nu niét naar huis. Kom, we gaan naar hiernaast en dan drinken we wat.'

Hij trekt haar weer in zijn armen, legt zijn wang op haar haren. 'Anna, het is niet erg dat je dit hebt gezegd. En je weet best dat mijn gevoel voor jou veel meer is dan 'graag mogen'. Het is goed dat het een keer is uitgesproken, dat geeft lucht. Maar je weet net zo goed als ik dat dit niet kan, je weet dat mijn werk en mijn gezin heel belangrijk voor me zijn. Dat zal altijd zo zijn, Anne, maar dat neemt niet weg dat ik er voor jou wil zijn, als jouw vriend. En dit, dit blijft tussen ons, afgesproken?'

Ze knikt en veegt haar ogen af.

'Nou, dan vergeten we deze dag. Kom, we gaan wat drinken!'

'Weet je zéker dat er niemand thuis is bij jou? Ik zie er niet uit met zo'n huilhoofd.'

'Niemand! En anders zeggen we wel dat je straf hebt gehad omdat je je les niet goed kende!'

Annemarie kan er niet om lachen. Hij doet er wel heel luchtig over.

Als hij haar op de bank heeft geïnstalleerd met een glas wijn, zegt hij: 'Zo, kom maar even bij, dan speel ik hier wat op de piano, goed? Nog voorkeur?'

Ze schudt van nee. 'Speel maar wat.'

Ze leunt achterover. Wat is dit mooi!

Opeens gaat de kamerdeur open. 'Nou nou, wat gezellig!' Emma's stem klinkt hard door de muziek heen.

Annemarie schrikt, ze gaat rechtop zitten, ze voelt dat ze een kleur krijgt. Maar voor ze iets kan zeggen, draait Jan zich rustig om voor de piano, speelt met één hand nog een paar korte akkoorden, terwijl hij zegt: 'Hé, Emma, jíj bent lekker vroeg! Kijk, dit is aanschouwelijk piano-onderwijs. Ik laat mijn leerling horen hoe het moet gaan worden!' Daarna draait hij zich helemaal om, springt op en vraagt: 'Glaasje wijn of biertje?'

'Nee, laat maar.' Emma loopt naar de gang.

Annemarie is opgestaan, vlug drinkt ze haar glas leeg. 'Ik ga maar eens naar huis!'

'Waarom zo'n haast? Mijn concert was nog niet afgelopen, hoor! Wil je nog wat wijn?'

'Nee, dank je, ik ga.'

Ze hoort Emma de trap naar boven oplopen. Wat een toestand! Opeens is ze ook een beetje boos op Jan, die zo onverstoorbaar doet. Hij ziet toch ook wel dat Emma ervan baalt dat ze hier zit.

Ze trekt vlug haar spijkerjasje aan en pakt haar tas.

Jan is meegelopen naar de gang. Hij zegt niks meer. Als ze de voordeur uit loopt, legt hij even z'n hand op haar schouder. 'Voorzichtig, hè?'

Daarna fietst ze weg, de donkere avond in. Ze trapt of ze achterna gezeten wordt. Als ze thuis het donkere huis binnenkomt, loopt ze meteen door naar boven. De tranen stromen weer over haar wangen, haar hoofd bonkt. In het donker kleedt ze zich uit en kruipt in bed. Ze duwt haar hoofd in het kussen.

'God, help me toch! Wat ben ik aan het doen?' Ze schokt van het huilen.

Later zit ze rechtop in haar bed. Haar tranen zijn op. Haar hoofd wordt steeds helderder. Denken moet ze, nadenken! Hoe moet dit verder?

In gedachten beleeft ze de avond opnieuw. Wat ze gezegd heeft en hoe Jan reageerde. Hoe meer ze erover denkt, hoe verwarder het lijkt te worden. Wat zei Jan precies en hoe keek hij erbij? Wat bedoelde hij nou precies met z'n woorden? En zijzelf? 'Ik hou van je', heeft ze gezegd. Ach, voor hem kan dat haar eigenlijk niet eens schelen, hij wist het toch wel. Maar het feit dat ze die woorden heeft uitgesproken! O, Erik! Wat heb ik gedaan, waar ben ik mee bezig?

En Jans gevoel voor haar? Ach, veel meer dan z'n woorden leest ze in z'n blikken, z'n gebaren. Is het liefde? Tederheid is het, zeker geen hartstocht of zo. En dat is het ook niet bij haar, zeker geen hartstocht, geen seksueel verlangen. Wat dan? Vriendschap?

Nee, ze kan zichzelf niet voor de gek houden. Ze wil zijn armen om zich heen voelen, dicht bij hem zijn.

Maar hij heeft gelijk, het mag niet en het kan niet!

Aan Emma's reactie vanavond merkte ze heel goed dat het Emma al te ver gaat, die gezelligheid tussen Jan en haar. En Emma heeft gelijk, het mag ook niet en ze wil het ook niet.

Ze vouwt haar handen. 'Here, help me toch alstublieft! Ik wil dit niet!

Emma is toch mijn vriendin? En Erik, ach, Here, ik hoor toch bij Erik? Help me om trouw te zijn, om me hier tegen te verzetten! Vergeef me, God!'

Lang ligt ze nog wakker, maar eindelijk is ze heel rustig geworden. Dit mag nooit meer gebeuren. Jan heeft gelijk: het moet een geheim blijven, maar het mag zich niet meer herhalen. Jan is haar vriend, maar niet meer dan dát! Ze wil Emma eerlijk in de ogen kunnen kijken!

Zo valt ze in slaap.

De volgende morgen is ze toch wel zenuwachtig als ze naar kantoor gaat. Maar als ze binnenkomt, is er niemand. Er liggen wat aantekeningen op haar bureau en een briefje erbij van Emma waarop staat wat er gebeuren moet. Onderaan staat: 'Ik ben tegen halftwaalf op kantoor, wacht je even als ik iets later ben? Groet, Emma'.

Wat betekent dit?

De ochtend gaat langzaam voorbij. Jan laat zich ook niet zien. Des te beter, denkt Annemarie bij zichzelf. Ze kan haar gedachten moeilijk bij haar werk houden. Wat heeft Emma te zeggen? Is ze boos, heeft ze met Jan gepraat en wat heeft die dan gezegd?

Eén ding was gisteravond wel duidelijk: Emma was niet blij met haar aanwezigheid in de kamer bij Jan.

Eindelijk is het bijna halftwaalf. Ze kijkt op als de deur open gaat.

Emma komt binnen met een boeket bloemen in haar hand. Ze loopt naar Annemaries bureau en legt de bloemen voor haar neer. 'Alsjeblieft! Een goedmakertje.'

Annemarie weet niet wat ze zeggen moet. Alles heeft ze verwacht, maar dit niet! Wat ís dit?

Ze kijkt Emma aan. 'Goedmakertje? Hoe bedoel je?'

Emma gaat zitten op de punt van het bureau. Het plekje waar Jan zo dikwijls zit. Niet aan denken nu!

'Ik heb gisteravond behoorlijk van Jan op m'n kop gehad en dat gebeurt niet zo vaak!'

Annemarie zegt nog steeds niks, ze kijkt Emma aan.

'Ja, sorry, Annemarie. Ik zal je eerlijk zeggen: het irriteerde me gisteravond opeens enorm dat jij daar alweer bij Jan zat terwijl ik er niet was. Flauwekul natuurlijk, ik weet het! Maar opeens had ik een gevoel van... nou ja, ik weet het niet, ik vond het niet prettig. Jij met je glaasje wijn en Jan achter de piano...'

'Dan hoef jij geen sorry te zeggen, Emma, je hebt misschien wel gelijk, ik...'

'Nee,' valt Emma haar in de rede, 'Jan was echt nijdig. Hij heeft me verteld dat Erik weer in het buitenland zit en dat jij het daar best moeilijk mee hebt. En dus gisteravond behoorlijk in de put zat. Hij wilde je een beetje afleiden door je wat te drinken aan te bieden en wat gebeurde er? Kom ik binnen en laat je duidelijk merken dat je te veel bent. Nou, dat nam Jan me behoorlijk kwalijk en daar heeft hij gelijk in, dat begreep ik wel toen hij het uitlegde. En daarom: dit zoenoffer!' Ze schuift de bloemen naar Annemarie toe.

Annemarie weet niet wat ze moet zeggen. Ze bijt op haar lip om niet te gaan huilen. Ze schaamt zich! Ze voelt zich zo schuldig over gisteren en nu staat Emma zich nota bene te verontschuldigen.

'Emma, luister naar me, je hebt wel gelijk. Ik zit te vaak bij jullie, bij Jan, ik moet...'

'Nee Annemarie, stop! Ik wil er echt niks meer over horen. Geniet maar van je bloemen, ze zijn je echt van harte gegund.'

O, Emma, je moest eens weten!

'Dankjewel, maar het hoefde echt niet. Ik kan me best voorstellen...'

'Klaar! We praten er niet meer over. Nog iets bijzonders geweest vanmorgen?'

Dat is echt weer Emma: de zaak is uitgepraat, dan is het ook klaar!

'Nee, niet echt, een paar telefoontjes of je contact wilt opnemen. Hier, dit zijn de nummers. Dan ga ik zo maar.'

'Nou, we kunnen onze goede voornemens direct in praktijk brengen: blijf je een broodje eten? Dat doe je toch meestal op woensdag?'

Annemarie aarzelt. Het liefst wil ze naar huis, weg van hier! Hoe kán ze gezellig samen met Jan en Emma een broodje gaan zitten eten?

'Jan komt ook zo, denk ik, hij zal wel tosti's gaan bakken, nou, hoe klinkt dat?'

Nee! Ze kan het niet.

'Klinkt goed, maar eigenlijk wilde ik zo meteen snel naar huis. Ik heb afgesproken vanmiddag te gaan winkelen met Nelleke, een vriendin nog uit IJsselstein. Je hebt haar misschien wel eens ontmoet op een verjaardag bij ons.'

'Nou, dan hou je die tosti's tegoed. Ga maar gauw dan en ik zie je morgen!'

'Ja, tot morgen, en bedankt, Emma.'

Als ze naar huis fietst met het boeket in haar hand, voelt ze zich nog ellendiger dan vanochtend.

Thuis kan ze er niet toe komen de bloemen in een vaas te zetten. Ze voelen als verradersloon. Ze is ook kwaad op Jan. Hoe kan hij het zó vertellen tegen Emma. Of ziet hij het echt zo?

Ze eet een boterham. Wat nu? Ze heeft natuurlijk geen afspraak met Nelleke. Maar de leugen kwam er vlot uit. Moedeloos zakt ze onderuit. Zie je wel? Als je eenmaal begint met liegen en draaien, zak je er steeds verder in. Maar wacht, deze leugen kan ze misschien nog een beetje tot waarheid maken. Ze pakt de telefoon en toetst een nummer in.

'Hé, Nelleke, met Annemarie. Ben je thuis vanmiddag, ja? Is het goed dat ik een poosje langs kom?'

....

'Nee, Nina logeert bij m'n ouders, dus ik heb een vrije middag. Prima, dan zie je me over een klein uurtje.'

Voor ze in de auto stapt, pakt ze de bloemen van het aanrecht. Die zijn voor Nelleke.

Annemarie is blij dat Nina de volgende dag weer thuiskomt. Dat geeft haar tenminste weer wat afleiding.

Donderdagmorgen ziet ze Jan even voor ze naar huis gaat. Hij maakt een praatje en doet niet anders dan vorige week of wanneer dan ook. Aan één kant is dat wel een geruststelling, aan de andere kant wordt ze er ook weer onzeker door. Blaast ze het dan inderdaad allemaal te veel op?

Eigenlijk is ze blij dat Erik er niet is. Maar ze is echt blij als donderdagmiddag de auto van haar ouders voor de deur stopt en Nina naar haar toe komt hollen.

'Nien! Kom hier, een dikke knuffel! Was het gezellig?'

Haar ouders blijven eten en het leidt haar echt even af.

Maar als 's avonds haar ouders zijn weggereden en Nina in haar bed ligt, valt alles weer boven op haar.

Kon ze er maar met iemand over praten! Maar met wie? Ze weet het niet.

Later, in bed, ligt ze te weer te staren in het donker. Ze probeert te bidden, maar dat lukt niet. Ze kan geen woorden vinden. Wat móet ze bidden? 'Here, help me om hem los te laten'?

Maar wil ze dat wel?

Vrijdag heeft ze vrij genomen. Dat geeft even lucht. Ze gaat boodschappen doen met Nina en 's middags gaan ze naar de kinderboerderij.

'Mag Max mee?' heeft Nina gevraagd toen ze voorstelde naar de kinderboerderij te gaan.

'Andere keer, goed? We gaan nu lekker saampjes.'

Even geen contact alsjeblieft.

Aan het eind van de middag komt Erik thuis. Hij heeft cadeautjes meegebracht voor Nina en parfum voor Annemarie.

'Ik dacht: Laat ik mijn twee vrouwen maar eens verwennen!'

Nina is erg druk, daardoor valt het niet zo op dat Annemarie stil is. Erik zelf is moe, het was een drukke week en door het tijdsverschil van negen uur heeft hij de afgelopen nacht nauwelijks geslapen.

'Wij gaan ook maar op tijd naar bed, hè?'

Daarna ligt ze in zijn armen, haar ogen gesloten. In haar gedachten zijn het andere armen die haar omhelzen.

Later, als Erik al in slaap is gevallen, druppen de tranen heel zacht op haar kussen.

Dit is zo erg! Hoe kón ze! Dit is zo slecht. Haar verlangen naar Jan, terwijl ze bij Erik is.

De weken die komen, zijn moeilijk.

Annemarie begint er slecht uit te zien, ze slaapt nog steeds erg slecht en eten kan ze bijna niet door haar keel krijgen. 's Avonds aan tafel roert ze maar een beetje in haar bord en probeert te doen alsof ze eet. Erik lijkt niks in de gaten te hebben. Hij is druk, komt vaak pas thuis als Nina en zij al gegeten hebben en 's avonds gaat ze meestal eerder naar bed dan Erik. Als hij ook eindelijk in bed komt, doet ze alsof ze slaapt. Al snel hoort ze aan zijn ademhaling dat hij echt in slaap gevallen is en dan draait en woelt ze weer verder.

Het kost haar steeds meer moeite om haar werk goed te doen en 's middags hangt ze vaak maar een beetje op de bank, te futloos om iets te ondernemen.

Ze worstelt voortdurend met zichzelf.

Als ze bij Emma is, weet ze heel zeker dat ze Emma's vriendin wil zijn, dat ze eerlijk wil zijn en dat ze echt, écht niks van Jan wil.

Maar als ze met Jan praat, dinsdags tijdens de pianoles of zomaar even op kantoor, dan voelt ze zich zo naar hem toegetrokken dat ze zich gewoon moet beheersen om niet weg te kruipen in zijn armen. En dat mag niet, dat gevoel moet weg!

'Stop dan met die pianolessen', fluistert een stemmetje binnen in haar, 'vermijd het dan zoveel mogelijk met hem alleen te zijn'. Maar dat kan ze niet opbrengen.

Jan heeft de oude, wat speelse toon weer opgenomen tegen haar. Maar soms, als ze samen zijn, is er opeens weer die tedere blik in zijn ogen, die andere buiging in zijn stem.

11

BEGIN JUNI MAAKT ANNEMARIE EEN AFSPRAAK BIJ HAAR HUISARTS. ZE heeft niks tegen Erik gezegd en Nina is naar school.
Ze heeft de arts pas een enkele keer ontmoet sinds ze hier woont, maar het lijkt haar wel een aardige man. Ze schat hem een jaar of vijfenvijftig en hij heeft een vriendelijke uitstraling.
'Mevrouw De Jager, wat kan ik voor u doen?'
Ze zit in de spreekkamer en de arts kijkt haar vragend aan.
Annemarie zit op het puntje van de stoel.
'Ik eh, ik slaap zo slecht. Ik zou graag iets willen om beter te slapen.'
Dokter Molenaar kijkt haar aan. 'U slaapt slecht? Zijn dat uw enige klachten? En sinds wanneer hebt u daar last van?'
Ze wordt zenuwachtig van die onderzoekende blik.
Ze schokschoudert een beetje. 'Het eten smaakt me ook niet zo de laatste tijd.'
'Problemen? In uw huwelijk of op uw werk?'
'Nee! Ik wil alleen iets om te kunnen slapen, ik ben zo moe.'
Dan begint ze zomaar te huilen.
Dokter Molenaar tikt met een pen op z'n bureau en wacht tot ze zich weer wat hersteld heeft. Daarna leunt hij achterover. 'Wilt u me wat meer vertellen?'
Annemarie snuit haar neus. 'Neem me niet kwalijk. Nou, eigenlijk is er niet zoveel te vertellen. Mijn man heeft een erg drukke baan, veel naar het buitenland en soms wordt dat me gewoon allemaal te veel. Nog een week of zes, dan heeft hij vakantie en komt er wel weer wat meer rust in huis. Maar als ik zo doorga, ben ik tegen die tijd helemaal ingestort, dus vandaar mijn vraag om iets om beter te slapen. Als ik 's nachts beter slaap, kan ik het overdag allemaal beter aan.'
De arts kijkt haar nadenkend aan.
'Dus als ik het goed begrijp slaapt u slecht omdat u het te druk hebt? Maar klinkt dat eigenlijk niet erg onlogisch? U zou moeten slapen als een blok, als u het overdag zo druk hebt, toch?'
En als ze geen antwoord geeft, gaat hij verder: 'Kijk, het is gemakkelijk genoeg om u een licht inslaapmiddel te geven. Maar neemt dat

nou echt de oorzaak van uw probleem weg? Dat geloof ik eigenlijk niet.'

'Het komt echt wel weer goed, er zijn inderdaad wel een paar kleine probleempjes, maar daar moet ik zelf uitkomen. En dat gaat ook wel lukken, echt! Maar als ik nou eerst maar kan slapen!'

Dokter Molenaar schudt zachtjes met z'n hoofd. 'Ik schrijf u iets voor waar u wat rustiger van wordt en iets homeopatisch om te slapen. Dat mag u drie weken gebruiken. Als het dan niet beter gaat, komt u terug en zullen we de problemen toch echt wat dieper moeten aanpakken. Afgesproken?'

Annemarie knikt. 'Dank u wel! Het komt echt wel goed!'

Ze voelt zich opgelucht als ze weer buiten loopt. Het gaat vast allemaal goed komen. Maar ondanks de medicijnen voelt ze zich niet beter. Ze valt 's avonds wel wat gemakkelijker in slaap, maar na een paar uur wordt ze wakker en begint het tobben opnieuw.

Op een dinsdagavond, half juni, fietst Annemarie naar de Hamerstraat. Het is heerlijk weer, zelfs nu is het nog warm, terwijl het toch al kwart over acht is.

Pianoles. Elke week weer een moment waar ze naar uit ziet en tegelijk tegen opziet. Maar tot nog toe zijn er geen dingen meer gebeurd die een ander niet zou mogen zien. Toch voelt ze dat de spanning tussen Jan en haar weer toeneemt, hun gesprekken zijn vaak diep en vertrouwd. Maar ook als ze over luchtige dingen praten, voelt ze een stuk spanning tussen hen.

Ze zorgt er voor dat ze Jan niet aanraakt of te dicht bij hem in de buurt komt. Want nog altijd schaamt ze zich een beetje als ze eraan terug denkt dat zij die bewuste dinsdagmiddag het initiatief heeft genomen tot die omhelzing. Zo wil ze zich nooit meer laten gaan! Het is goed dat ze bijna dagelijks contact heeft met Emma, want meer dan wat ook geeft het vertrouwen van Emma haar het gevoel dat ze Jan los zal kunnen laten. Los móet laten.

En ondanks Emma's bloemenexcuus, of misschien juist wel dánkzij dat gebaar dat haar zo beschaamd heeft, is ze niet meer op Jans uitnodiging in gegaan om na haar les nog wat bij hem te drinken.

'Onzin, Anne,' zegt Jan regelmatig. Maar ze kan het niet.

Nu rijdt ze langzaam naar de Hamerstraat. Haar hoofd is vol bange gedachten.

Vanavond onder het eten zei Erik opeens: 'Anne, Van Tuylingen heeft me gevraagd of ik erover na wil denken of ik het kantoor in San Francisco wil gaan leiden.'

Ze heeft hem niet-begrijpend aangekeken. 'Leuk! Maar is het niet handiger als iemand dat gaat doen die daar ook woont?'

Erik gaf geen antwoord, maar keek haar aan.

Haar vork viel uit haar hand, kletterde op haar bord.

'Nee, dat meen je niet!' En toen hij geen antwoord gaf: 'Leuke manier om zoiets te vertellen!'

Nina keek verbaasd van de één naar de ander. 'Moet je weer naar San Francisco, papa? En mogen mama en ik nu wél mee? Dat kan toch, mama, ik heb bijna grote vakantie, hoor!'

Erik aaide Nina over haar bol. 'Misschien Nien, maar dat duurt nog een poosje, hoor! Eet eerst je bord maar eens leeg, het vliegtuig wacht nog wel even.'

Nina moest lachen om zijn grapje, maar Annemarie had hem aangekeken.

'Nou ja,' zei hij een beetje kribbig, 'het was alleen nog maar een vraag van Van Tuylingen, er is nog alle tijd om erover te denken en te beslissen.'

Daarna was hij over iets anders begonnen, had Nina over school gevraagd. Na het eten had hij zich even gedoucht en was toen weer de deur uitgegaan voor een vergadering. 'We praten er nog wel rustig over, maar ik vond dat je het direct moest weten.'

Annemarie had Nina naar bed gebracht, wat voorgelezen en thee gezet voor Maaike, die kwam oppassen.

Nu zit ze op haar fiets en probeert Eriks woorden goed tot zich door te laten dringen. Naar Amerika, stel je voor! Weg van hier, ja, weg van Jan! Ze voelt paniek als ze er alleen maar aan denkt.

Voor ze bij de Hamerstraat is, rijdt ze eerst naar de snackbar, die daar vlakbij is. Ze laat twee softijsjes inpakken en rijdt daarna snel naar het huis van Jan.

Als ze haar fiets heeft neergezet, komt Jan net naar buiten.

'Zo, pianiste! Warm nog, hè, zal ik een vat bier mee naar boven nemen, of zullen we eerst maar serieus gaan spelen en daarna wat drinken?'

'Ik heb wat anders voor je.'

Annemarie loopt achter hem aan naar boven. 'Kijk! Heb je hier trek in? Ik dacht: Jij zit maar te zwoegen achter die piano de hele avond!' Als ze het zakje voorzichtig opendoet en Jan een ijsje geeft, moet hij lachen.

'Heerlijk! Je bent een schat!'

Als het ijs op is, zegt hij: 'Zo, en nu ga je me eerst eens vertellen hoe het allemaal is, want, kind, ik zie je met de dag smaller en stiller worden. Zou jij niet eens naar de dokter gaan? Of misschien zelfs nog eens denken aan wat ik je een hele tijd geleden al eens heb aangeraden?'

'Wat bedoel je?'

'Kiezen voor jezelf! Anne, het ongelukkig-zijn druipt gewoon van je af. Hoe lang denk je dat nog vol te houden?'

Ze is voor de grote foto van Max, die aan de muur hangt, gaan staan met haar rug naar Jan toe. 'Ik ben al bij de dokter geweest.'

'En?'

'Ik heb iets gekregen om te slapen en om een beetje te ontspannen.' Ze haalt haar schouders op. 'Alleen, het helpt niet echt.'

'Ik ben ongerust over je, weet je dat?'

'Dat hoeft niet, ik red me wel.'

'Ja, dat zie ik!'

Even blijft het stil.

'Anne?'

Ze draait zich om. Ze kan er niks aan doen dat er weer tranen over haar wangen lopen.

Dan zijn toch weer zijn armen om haar heen.

'Jan, dit is niet goed, het mag niet!'

'Anna, als niemand dit weet, heeft niemand hier last van!'

Stil leunt ze even tegen hem aan. Ze is moe, zo moe.

'Kom, we gaan spelen.' Zachtjes trekt hij haar mee naar de piano.

Het verbaast haar dat ze zich toch kan concentreren op de muziek.

Om negen uur lopen ze samen de trap af.

'Ga nog even mee, wat drinken.' En als hij haar aarzeling ziet: 'Emma is vanavond thuis, ze vindt het ook gezellig.'

Ze zitten even later met z'n drieën in de tuin.

Emma kijkt haar aan. 'Gaat het wel goed met je, Annemarie? Je bent zo stil.'

Anne kijkt expres niet naar Jan als ze Emma antwoord geeft.

'Erik vertelde vanavond dat hij gevraagd is om weer voor een paar jaar naar Amerika te gaan. Dus daar moeten we nu over gaan denken.'

'Zo, dat is nogal wat, zeker ook voor Nina. Zou jij wel willen?' Emma kijkt haar onderzoekend aan.

Annemarie haalt haar schouders op. 'Ik weet het niet.'

Dan pas kijkt ze voorzichtig naar Jan. Hij heeft nog niks gezegd. Ze schrikt van de intensiteit waarmee hij haar aankijkt.

'Ik schenk nog wat in.' Jan staat op.

Annemarie gaat ook staan. 'Niet meer voor mij, ik ga naar huis, dan kan Maaike ook naar huis. Tot morgen, Emma, bedankt voor het drankje.'

Ze loopt naar binnen.

'Jij nog een wel een biertje, Emma?'

'Ja, doe maar! Welterusten, Annemarie!'

Jan loopt ook naar binnen. Bij de voordeur in de donkere gang is hij opeens achter haar. 'Anne, waarom heb je dat niet eerder gezegd van-avond?'

'Wat maakt het uit?'

Even voelt ze zijn handen om haar schouders. 'We praten er nog over, welterusten!' Dan gaat de deur achter haar dicht.

Thuis is het woord 'San Francisco' die dagen een heet hangijzer!

'Als je het absoluut niet wilt, moet je het zeggen, Anne. Maar we hoe-ven nu nog niet te beslissen. Als het doorgaat, zou het op z'n vroegst per 1 maart volgend jaar zijn. En ik denk dat het ook geen probleem zou zijn als we eerst hier Nina het schooljaar af laten maken en pas in de zomer zouden gaan. Denk er rustig over na. Als ik nee zeg, wordt Mark van Buuren gevraagd. Hij wil zéker! Van Tuylingen heeft geen haast met onze beslissing. Hij wil het graag na de zomer weten.'

'Wil jij het graag?'

'Natuurlijk, voor mij is het een promotie en een uitdaging. Maar Anne, echt, als jij het niet ziet zitten, doen we het niet. Dan blijven we voorlopig hier. Maar je moet er wel rekening mee houden dat de vraag vroeg of laat weer een keer komt. We doen nou eenmaal veel in Amerika.'

'Ik zal erover denken. Bedankt, Erik, dat je de beslissing niet alleen neemt.'

'Dat is toch logisch! Jullie moeten het ook naar je zin hebben, anders begin ik er niet aan.'

Zo heeft Annemarie er weer een probleem bij. Naar Amerika gaan, betekent automatisch: Jan loslaten. Dus eigenlijk wel de meest voor de hand liggende oplossing, toch?

Maar ze kán hem niet loslaten.

Donderdags zegt Jan: 'Anne, zaterdagavond vier ik mijn verjaardag. Komen Erik en jij ook?'

'Graag. Je bent zondag toch echt jarig?'

'Ja, we wilden het eerst het weekend erna vieren, maar dat kwam opeens niet uit bij Emma; een stel dat ze kent van bridgen zijn zoveel jaar getrouwd en geven een feestje. En Emma wil daar eigenlijk wel naar toe, dus vieren wij het aanstaande zaterdag. Wel wat kort dag, maar ik ben blij dat jullie in elk geval kunnen. Met een beetje geluk kunnen we er een tuinfeest van maken.'

Ze heeft met hem niet meer over Amerika gesproken, maar het hangt als een zwaar gewicht tussen hen in. Hij is een beetje kortaf tegen haar, of verbeeldt ze zich dat alleen maar?

Zaterdags is het weer omgeslagen, het regent en het is een stuk koeler geworden.

'Nou, dat wordt niet buiten zitten, dus. Jammer, ze hebben zo'n lekkere tuin,' zegt Annemarie als ze onder de paraplu naar de Hamerstraat lopen.

'Nee, nou ja. Zeg Anne, we maken het niet te laat vanavond, hoor! Ik wil morgen echt op tijd in de kerk zijn. Het is Avondmaal, dan wil ik zeker niet met een slaperig hoofd in de kerk zitten.'

'Nee joh, maar zo laat maken we het toch nooit? Wat loop je nou te zeuren? Je hebt er helemaal geen zin in, hè?'

'Dat is onzin, maar ik wil gewoon een beetje op tijd naar huis.'

Annemarie zegt maar niks meer.

Zwijgend komen ze bij het huis van Jan en Emma. Het is niet echt druk, maar toch zijn er wel wat gasten. Het is gezellig en Annemarie ziet dat ook Erik het naar z'n zin heeft en ontspannen zit te praten. *Zo wil ik het! Zo, gewoon als vrienden met z'n vieren. Niet meer, maar ook niet minder. Dat moet toch kunnen?*

Dan wordt het twaalf uur. 'Hé!' zegt iemand, 'nu ben je pas echt jarig, Jan!' Hij gaat staan, loopt naar Jan toe en feliciteert hem opnieuw. Emma volgt en de anderen blijven niet achter. Er worden handen geschud, de vrouwen kussen Jan opnieuw. 'Nu echt gefeliciteerd, jongen!'

Een moment kruist haar blik die van Jan.

'Anne? Wat is dat, feliciteer jíj me niet?' Het klinkt een beetje uitdagend.

Annemarie zit als verstard op de punt van haar stoel Ze kan het niet. Op de één of andere manier kan ze niet zo tussen al die mensen Jan omhelzen en feliciteren. Ze heeft het idee dat iedereen dan zal zien wat er aan de hand is, dat dat stuk spanning wat tussen hen hangt, opeens voor ieder zichtbaar zal zijn.

Hoe kán Jan dat zo luchtig zeggen! Ze kijkt naar de lege bierflesjes op tafel.

Ze ziet dat Emma haar aankijkt. Of verbeeldt ze zich dat maar?

'Ik héb je al gefeliciteerd toen ik binnenkwam hoor, één keer is genoeg.' Ze probeert erbij te lachen, het moet luchtig klinken. Ze blijft zitten.

Als iedereen weer zit en de gesprekken verder gaan, zegt Erik: 'Zullen wij zo eens gaan?'

Ze knikt en staat meteen op. 'Ja, Maaike wil ook niet zo laat weg.'

Zwijgend lopen ze door de nacht naar huis. Het regent niet meer, maar er staat een flinke wind.

Annemaries hoofd bonkt nog van de spanning. Het is heerlijk om zo buiten in de wind te lopen.

Erik zegt ook niet veel. 'Was wel gezellig, hè? Toch eigenlijk best aardige lui.'

Meer wordt er niet gezegd onderweg.

Later in bed ligt Annemarie nog lang wakker. Erik slaapt al. Ze hoort zijn rustige ademhaling, soms snurkt hij even.

Steeds weer beleeft ze stukken van deze avond. Het moment dat iedereen opstond om Jan nogmaals te feliciteren, het moment dat hij haar aankeek.

Ze draait zich om en om. God! Het kermt diep binnen in haar. Maar ze krijgt geen antwoord. God is ver. En ze weet hoe dat komt. Hoe zou ze kunnen bidden, met dat verkeerde verlangen binnen in, dat ze niet los kán laten.

De volgende ochtend wordt ze wakker als Erik zich al gedoucht heeft en zich aan het aankleden is.

'Het is echt tijd hoor, Anne, Nina is al aangekleed. Als jij nu vlug gaat douchen, dek ik alvast de tafel.'

'Ik heb hoofdpijn, ik blijf liggen.'

'O, vervelend! Nou, slaap dan nog maar even lekker. Ik eet met Nina en daarna gaan we naar de kerk. Misschien ben je straks wel wat opgeknapt.'

Hij geeft haar een kus op haar voorhoofd. 'Tot straks.'

Ze ligt stil te luisteren naar de geluiden van beneden. Eindelijk hoort ze ze weggaan. Ze zit rechtop in bed.

Hoofdpijn? Nou, misschien is dat loodzware gevoel in haar hoofd ook wel een vorm van hoofdpijn. Maar ze kón niet opstaan en meegaan naar de kerk.

Iedere zondag, als ze de woorden van de Wet hoort voorlezen, krimpt ze in elkaar.

'Gij zult niet begeren uws naasten vrouw...' vrouw of man, wat maakt het uit?

En vandaag wordt het Heilig Avondmaal gevierd. Hoe zou ze kúnnen opstaan en aan tafel gaan, met zo'n grote leugen in haar hart? De vorige keer was het ook al moeilijk geweest, maar toen had ze nog het vaste voornemen dat het over moest zijn, dat het over wás. Maar gisteravond heeft ze opeens weer zo heel heftig gevoeld dat het helemáál niet over is, integendeel: het lijkt steeds sterker te worden.

Ze weet ook dat ze afstand moet gaan nemen van Jan. Stoppen met de pianolessen, misschien zelfs haar baan opzeggen. Maar ze mist de kracht, de wil om het ook daadwerkelijk te doen.

Als Erik en Nina thuiskomen, heeft ze zich aangekleed en is ze koffie aan het zetten.

'Gaat het wat beter? Gelukkig, Anne, ik vind eigenlijk dat je er niet goed uitziet. Ben je afgevallen of zo? Je bent toch niet aan het lijnen? Dat heb jij niet nodig hoor. Voel je je wel goed? Anders moet je eens bij de huisarts langs gaan.'

'Nee joh, ik voel me prima. Ik ben inderdaad iets afgevallen, maar dat mag ook wel, binnenkort moet ik m'n bikini weer aan.'

De zondag verloopt rustig, zoals de meeste zondagen tegenwoordig. Erik zit met een stapel kranten op de bank en leest zich door de achterstand heen. Annemarie doet een spelletje met Nina en 's middags gaan ze een eindje fietsen. Nina mag op haar eigen fiets.

'Ga jij ook mee?' vraagt ze Erik. Eigenlijk weet ze het antwoord al.

'Vind je het erg als ik hier blijf? Als ik nú niet door die kranten en tijdschriften heen kom, ligt er volgend weekend helemáál zo'n stapel.'

'Als je dat liever doet... kom, Nina, wel een jas aan, het is echt niet meer zo warm.'

Onbewust kiest ze de richting van de Hamerstraat. 'Waar gaan we heen, mama?'

'Nergens, zomaar een rondje.'

'We zijn vlak bij Max z'n huis, gaan we daar koffiedrinken?'

Dan pas merkt ze dat ze inderdaad vlak bij de Hamerstraat rijden.

'Nee joh, hier gaan we rechtsaf, kijken of er nog eendjes in de vijver zijn verderop.'

Als ze terugkomen, is Erik in slaap gevallen, de kranten zijn van de bank gegleden.

'Laat papa maar even, hij is vast moe! Weet je wat, wij gaan samen koken in de keuken. Wil je dat?'

Als het eten bijna klaar is, komt Erik de keuken in. 'Zo, keukenprinsessen, samen aan het koken? Dat zal dubbel lekker worden! Anne, wil jij straks naar de kerk? Dan blijf ik bij Nina.'

'Nee, ga jij maar. Ik voel me nog niet echt toppie!'

'Weet je het zeker? Wil je niet graag naar het Avondmaal?'

'Ik zeg toch dat ik me niet echt lekker voel! Ik ga na het eten lekker op de bank liggen.'

Erik haalt z'n schouders op. 'Zo je wilt, dan ga ík. Over hoe lang eten we?'

'Zo! Dek de tafel maar als je wilt, dan kunnen we zo beginnen.'

Na het eten gaat Erik naar de kerk. Annemarie ruimt de tafel af en zet de afwas in de vaatwasser. 'Kom, Nien, we gaan naar boven.'

Als ook Nina naar bed is, zit ze weer op de bank. Ze had nu in de kerk kunnen zitten, het Avondmaal mogen vieren. Nee, dat is niet voor haar, zó niet!

Zomaar stil voor zich heen, bidt ze: 'Here God, wijs me toch de weg!' Het blijft donker in haar hart. Ze wéét de weg immers wel?

De wanhoop binnen in haar groeit. Ze weet de weg, ja, maar sterker dan alles binnen in haar is het verlangen naar Jan. Ach, Jan!

Dan hoort ze de sleutel in het slot. Erik komt thuis. Ze loopt naar de keuken en gaat koffiezetten.

Maandagochtend meldt ze zich ziek bij Jan.

Haar hart bonkt als de telefoon overgaat.

'Jan Veltkamp.'

'Jan, met Annemarie. Ik voel me heel beroerd, ik kom vandaag niet werken.'

'Vervelend voor je! Griepje of zo?'

'Nee... ik heb erge hoofdpijn.'

Even blijft het stil.

'Oké, ik begrijp het. Kruip maar lekker onder de wol, Anne. Ik hoop dat je gauw opknapt.'

'Zeg maar tegen Emma dat ik waarschijnlijk morgen wel weer kom. Dan kan ze haar afspraken gewoon door laten gaan.'

'Ik begrijp het,' zegt hij weer, 'tot morgen dan, Anne.'

Als ze de telefoon heeft neergelegd, voelt ze zich niet echt opgelucht. Maar ze weet ook geen betere oplossing. Ze kán vandaag niet bij Jan op kantoor zitten en met hem praten over de gewone dingen.

12

'MOET JIJ VANAVOND NIET BLOED GEVEN?'

'O ja, goed dat je het zegt, Em, ik was het bijna vergeten.'

'We kunnen wel een beetje vroeger eten, als we pas eten als je terug bent, wordt het zo laat.'

Direct na het eten gaat Jan weg.

'Mag ik mee, papa?'

'Nee, doe dat maar niet Max. Het duurt meestal een hele poos voor ik aan de beurt ben, dan wordt het echt te laat voor jou, dan zit je morgen te slapen in de klas.'

Hij tilt Max hoog op. 'Hier kerel, een dikke knuffel en straks lekker slapen. Tot morgen.'

En terwijl hij naar de deur loopt: 'Tot straks, hè?'

Emma heeft nog maar net de vaat in de vaatwasmachine gezet en de keuken opgeruimd, als Jan alweer binnenkomt.

'Hé, jij bent snel terug, hoe krijg je dat voor elkaar? Was het zo rustig?'

Jan schudt zijn hoofd. 'Ik mocht geen bloed geven.'

'Waarom niet?'

'Bij de controle vooraf werd ik er uitgehaald, m'n bloeddruk was te hoog.'

'Je bloeddruk te hoog? Wat raar! Dat heb je toch nog nooit gehad, hoe hoog dan?'

'Ik weet het niet precies, in elk geval te hoog om bloed te mogen geven.'

'En nu?'

'Ze raadden me aan langs de huisarts te gaan en hem nog eens te laten controleren.'

'Nou, dat moet je morgen meteen maar doen dan. Ik zou er niet te lang mee blijven lopen. Hoe zou zoiets komen, je hebt toch geen stress of zo?'

'Welnee!' Een beetje korzelig gaat hij verder: 'Dat kan iedereen toch krijgen, er lopen hopen mensen met een te hoge bloeddruk rond, hoor.'

Hij loopt de keuken uit en gaat in de kamer voor de tv zitten.

Emma komt even later ook de kamer in. 'Koffie, Jan?'

'Goed.' Hij hangt onderuit op de bank en zapt wat tussen de zenders heen en weer.

Emma kijkt nog eens naar hem voor ze de kamer uit loopt. Ze voelt zich ongerust. Jan is de laatste tijd zichzelf niet. Opeens ziet ze dat heel duidelijk. Hij is, helemaal tegen zijn normale doen in, soms heel stil of opeens kortaf tegen Sophie en Max.

Is hij ziek? Of loopt hij ergens over te tobben? Ze weet het niet.

Terwijl ze de bekers koffie inschenkt, blijft ze erover nadenken.

Jan is eigenlijk helemaal niet zo'n tobber, hij heeft een rustig en open karakter. Niet zo nuchter als zijzelf, maar toch ook niet bepaald iemand die lang over dingen loopt te prakkiseren. Of wel? Kent ze hem eigenlijk wel zo goed als ze denkt?

'Alsjeblieft, hier is je koffie. Loop je over iets te tobben, Jan? Iets met je werk of zo?'

'Welnee, hoe kom je daar bij? Joh, die bloeddruk is niet zo bijzonder hoor. Het is ook maar een momentopname bij die bloedafname. Ik ga morgen wel even langs Molenaar, even laten opmeten, misschien is-tie dan wel weer helemaal normaal.'

Emma zegt niks meer. Het is niet alleen die bloeddruk, er is meer aan de hand. Maar wat?

Annemarie?

Nee, dat wíl ze niet denken! Ze heeft het er toch al eens met hem over gehad? Als Jan zegt dat er niets aan de hand is, dan wil ze dat ook geloven.

Maar toch...

'Ik ben benieuwd of Annemarie morgen weer beter is, ik hoop het wel.'

'Vast wel! Ze zei dat ze dacht dat het maar één dagje zou duren.'

'Gemakkelijk als je dat van tevoren weet.'

'Doe niet zo onaardig zeg. Ze was niet doodziek, maar had erge hoofdpijn. Dan weet je toch dat dat meestal na een dag wel weer over is.' Jan staat op en loopt de kamer uit.

Emma fronst haar wenkbrauwen, maar ze zegt niks meer. Ze hoort de deur van het andere pand dichtslaan. Jan gaat pianospelen.

De volgende ochtend gaat Jan, voor hij zijn eerste afspraak heeft, langs de huisartsenpraktijk.

Emma heeft Max naar school gebracht en ze komt bijna tegelijk met Annemarie weer aan bij kantoor.

'Goeiemorgen, Annemarie, weer opgeknapt?' Ze kijkt haar aan, nou, ze ziet er inderdaad maar bleekjes uit. 'Weet je zeker dat het weer gaat?'

Annemarie knikt. 'Ja hoor, ik ben weer prima. Ik heb veel last van hoofdpijn de laatste tijd, en gisteren ging het echt even niet, maar nu gaat het wel weer.'

Als ze samen wat werk hebben doorgenomen, steekt Jan z'n hoofd om de hoek van de deur. 'Ik ben er weer, hoor!' En tegen Annemarie: 'Zo, Anne, gaat het weer? Rustig aan maar, hè?' En weg is hij weer.

'Hé Jan, wacht even! Hoe was het?' Emma loopt naar de deur.

'Eind van de week weer terugkomen. Ik ga gauw, want ik heb een afspraak. Doei!'

De voordeur klapt weer dicht en ze horen hoe hij de auto start en wegrijdt.

'Nou, die heeft haast!' Annemarie buigt zich weer over haar werk.

'Hij is bij de dokter geweest, z'n bloeddruk is veel te hoog.'

'Oh? Heeft hij daar al lang last van?'

'Nee, hij moest gisteren eigenlijk bloed geven, maar dat ging niet door vanwege die bloeddruk. Ik begrijp het niet, hij heeft er nooit eerder last van gehad. En zóveel stress heeft hij toch niet, dacht ik.'

Annemarie haalt haar schouders op. 'Misschien eet hij teveel drop? Veel zout is volgens mij ook slecht voor je bloeddruk.'

'We hebben nooit drop in huis en erg zout eten we ook niet. Trouwens, dat is volgens mij alweer een beetje achterhaald: dat je van zout een hoge bloeddruk krijgt.'

'Ik weet het niet, hoor. Maar het is goed om het nu even in de gaten te houden. Maak je je ongerust?'

'Over die bloeddruk? Nee, daarover niet!' Meer zegt ze niet.

Annemarie gaat niet op haar laatste woorden in.

Emma houdt het vervelende gevoel dat er iets is waar ze net de hand niet op kan leggen.

Om halftwaalf fietst Annemarie vlug naar school. Als ze dichtbij komt, ziet ze Jan al staan bij het hek. Ze gaat naast hem staan om te wachten.

'Alles goed, Anne?'

'Dat kan ik beter aan jou vragen.'

'Hoezo? Die bloeddruk? Stelt niks voor, joh!'

'Ik hoop het.'

Er staan meer ouders te wachten, er is geen ruimte voor een meer persoonlijk gesprek. Als Nina en Max naar buiten komen, zegt Jan alleen nog: 'Tot vanavond?'

Annemarie knikt. Daarna draait ze zich om naar Nina. 'Hallo, Nina, hoe was het? Gezellig?'

Ze zwaaien naar Jan en Max, dan fietst ze snel naar huis.

Dinsdagavond, kwart over acht. Annemarie heeft ernaar uitgekeken en er tegelijk tegen opgezien. Maar nu is het zover, ze stapt op de fiets en rijdt richting Hamerstraat.

Ze voelt zich meer gespannen dan ooit.

Jan is stil, zonder op- of aanmerkingen laat hij haar de geoefende stukken spelen. Het gaat niet goed, ze maakt veel fouten, maar dat is geen wonder; ze heeft de grootste moeite om haar vingers niet te laten trillen.

Als ze alles gespeeld heeft, blijft het stil. Annemarie zit ook stil, haar handen in haar schoot, ze kijkt naar de toetsen. Tenslotte kijkt ze voorzichtig opzij: 'Dat ging niet zo goed, hè?' Ze probeert er een beetje bij te lachen.

Maar het lijkt of Jan het helemaal niet gehoord heeft. Hij staat naast de piano.

'Anne, hoe zit het met Amerika?'

Ze haalt haar schouders op. 'Erik hoeft pas na de zomer te beslissen.'

'Wat denk je?'

'Hij wil het graag, het is voor hem een promotie.'

'En jij?'

'En ik?' Ze kijkt weer naar haar handen.

'Anne?'

Dan slaat ze haar handen voor haar gezicht. Gesmoord zegt ze:

'Natuurlijk wil ik niet weg, maar misschien zou het wel beter zijn. Hoe zou jij het vinden als ik wegga?'

'Anne.'

Ze gaat staan en pakt het boek van de piano. 'Ik kan maar beter gaan.'

Hij neemt het boek uit haar handen, legt het neer. Dan zijn opeens zijn armen weer om haar heen. 'Anna!'

Ze slaat haar armen om zijn nek en even staan ze heel dicht tegen elkaar aan.

Er wordt niks gezegd, minutenlang staan ze zo.

Daarna draait Jan langzaam zijn hoofd om, laat zijn lippen zacht langs haar gezicht gaan.

Annemarie voelt haar knieën slap worden, ze trilt helemaal.

Dan kust hij haar en zij beantwoordt die kus met een heftigheid waar ze zelf van schrikt.

Nu gaan we echt een grens over!

Alsof iemand het zegt, zo duidelijk hoort ze een stem in haar hoofd. Maar ze kán niet anders.

Daarna denkt ze niet meer. Ze voelt alleen haar verlangen.

Na een paar seconden is de kus voorbij, ze kijken elkaar heel even aan, maar daarna zijn hun monden weer op elkaar.

Annemarie verliest alle besef van tijd. Hebben ze tien minuten zo gestaan, of waren het er maar twee? Ze weet maar één ding: ze houdt van hem, o, wat houdt ze van hem. De rest lijkt volkomen onbelangrijk.

'Jan,' fluistert ze, 'ik wil álles!'

'Dat mag niet. Dít is alles voor ons.'

Opeens maakt ze zich los. 'Oh, wat zeg ik! Ik schaam me rot, Jan!'

Hij lacht zachtjes. 'Dat hoeft niet, dat weet je.'

'Wat nu?'

'Nu niks, Anne. Dit had niet mogen gebeuren, hè?'

Annemarie huilt. 'Maar het is wél gebeurd! Jan, hoe moet dit nou verder?'

'Kom eens hier,' hij pakt z'n zakdoek en veegt haar tranen weg. 'Luister, Anne, dit had echt niet mogen gebeuren, maar het is wél gebeurd, ook omdat ik daarmee jou wilde laten zien wat ik voor je voel. Maar het is niet verstandig, dat niet, nee...'

Even blijft het stil, daarna gaat hij verder: 'Anne, we moeten heel goed afspreken dat dit niet meer gebeurt én dat dit tussen ons blijft. Dit mag echt nooit iemand weten.'

Ze knikt, ze is in de war, kan nog steeds niet denken.

'Maar wat moet ik dán met mijn gevoel, ik kan toch niet een knop om zetten? O, Jan, waar zijn we mee bezig, wat ben ik aan het doen?' Wanhopig kijkt ze naar hem.

'Annemarie, we moeten nu ons verstand gebruiken.'

'Hoe kun jij er toch steeds zo rationeel over praten, hoe kún jij nou gewoon verder met je leven, dat begrijp ik echt niet.'

Hij lacht, maar het is geen vrolijke lach. 'Vergis je niet, natuurlijk kan ik niet gewoon verder! Wat denk je, Emma heeft echt wel iets in de gaten, hoor!'

Hij pakt haar zacht bij de schouder. 'Je moet nu gaan, Anne. En denk aan onze afspraak: hier mag niemand iets van weten.'

Dan slaat ze toch weer haar armen om zijn nek. 'Nog één zoen!'

Als ze elkaar wat later loslaten en zij een stap naar achteren doet, ziet ze dat ook zijn ogen vochtig zijn.

'Jan...'

'Ga nu weg, Anne.' Hij draait zich om.

Als ze, voordat ze de deur achter zich dicht trekt, nog een keer naar hem kijkt, ziet ze hem nog steeds zo staan, midden in de kamer met zijn rug naar haar toe.

Later weet ze niet meer hoe ze thuisgekomen is. Ze heeft eerst een hele poos zomaar rondgefietst om een beetje tot zichzelf te komen. Eindelijk is ze toen toch de weg naar huis in geslagen.

Ze haalt diep adem voor ze naar binnen stapt. Erik zit nog boven, achter z'n bureau, gelukkig!

Ze steekt haar hoofd even om de hoek van de deur. 'Ik ben er weer hoor, ik neem een douche en ga daarna meteen naar bed, ik heb weer hoofdpijn.'

Erik kijkt nauwelijks op. 'Prima, meisje! Misschien had je beter niet naar pianoles kunnen gaan.'

Ze mompelt wat en trekt de deur weer dicht.

Ze kleedt zich uit en stapt onder de douche. Heel lang laat ze het water over zich heen stromen en zonder geluid huilt ze.

Daarna ligt ze in bed, ze ligt op haar rug, haar ogen open. 'God, wat heb ik gedaan? Vergeef me, help me toch!' Maar er komt geen rust in haar hart.

Als Erik al lang naast haar ligt en in slaap is gevallen, staart ze nog steeds in het donker.

Als ze wakker wordt, heeft ze echt hoofdpijn. Haar hoofd bonkt en klopt. Wat moet ze doen? Naar kantoor gaan, gewoon praten met Emma? Wellicht ook met Jan, alsof er niks gebeurd is?

Hoe kan ze dat? Maar wat dan? Thuisblijven, zich weer ziek melden? Zal Emma dan niet veel eerder argwaan krijgen?

'God! Wat moet ik toch doen! Ik schaam me zo, hoe moet ik toch verder?'

Als ze op de rand van het bed gaat zitten, ziet ze bij de deur Nina staan. Die zegt niks, maar kijkt met bange ogen naar haar.

'Tegen wie praat je, mama, ben je ziek?'

Ze probeert te glimlachen. 'Nee hoor, Nien, ik praat zomaar een beetje in mezelf, doe jij dat nooit?'

Nina schudt haar hoofd en zegt niks. Ze blijft haar moeder onderzoekend aankijken.

'Ga je me wel naar school brengen?'

'Ja, natuurlijk! Wat dacht jij dan? Kom, we gaan gauw douchen. Zullen we straks eens bellen of tante Roos vanmiddag thuis is? Dat is zo'n poos geleden, dan gaan we daar weer eens naar toe, goed?'

Ze is intussen uit bed gestapt en gaat naar de badkamer.

Later fietst ze langzaam van school naar de Hamerstraat. Ze is een beetje laat, ze hoopt dat Emma al weg is. Maar dat is niet zo, Emma zit rustig op kantoor als ze binnenkomt.

'Goeiemorgen, Annemarie. Kind, wat zie jij eruit! Voel je je wel goed?'

'Ja hoor, beetje moe, misschien wat onder de leden...'

'Hier!' Emma zet een mok koffie voor haar neer en kijkt haar oplettend aan. 'Anne, als je je niet goed voelt, moet je echt naar huis gaan, ik red me wel, hoor.'

Bij de hartelijke toon van Emma moet ze bijna huilen.

O Emma, als je eens wist...

'Nee, laat me maar, het gaat wel.'

Stil begint ze aan haar werk. Ze is blij als Emma tegen tien uur wat spullen bij elkaar pakt en weggaat voor een afspraak.

Bij de deur zegt Emma: 'Annemarie, ik heb eens zitten nadenken. Ik heb het idee dat het je op het ogenblik allemaal wat te veel is. Over een week of wat begint de zomervakantie. Als je, behalve de geplande vrije weken, de overige weken vrij wilt nemen, moet je dat zéker doen. Neem gewoon onbetaald verlof, dan heeft niemand er last van. Het is toch een rustige periode, dat beetje werk lukt mij gemakkelijk zelf. Dus denk er maar eens over.'

Ze pakt haar tas. 'Ik ben tot eind van de middag weg. O ja, 't is woensdag, blijven jij en Nina straks nog bij Jan eten?'

Annemarie voelt het bloed naar haar gezicht stromen. Waarom vraagt Emma dat? Ze zegt zo rustig mogelijk: 'Nee, ik ga vanmiddag met Nina naar Woerden. En wat die vakantie betreft, ik zal erover denken. Bedankt voor het aanbod in elk geval.'

Ze buigt zich weer over haar toetsenbord.

Als ze om halftwaalf naar school fietst, komt Jan naast haar rijden. Ze heeft hem vanmorgen nog niet gezien.

'Zo, we gaan de kindertjes weer halen! Komen jullie nog een broodje bij ons eten?'

Annemarie kijkt hem van opzij aan. Hoe kan hij zo'n luchtige toon aan slaan?

'Nee, Nina en ik gaan zo naar Woerden, naar m'n vriendin.'

Zwijgend rijden ze door tot ze bij school komen. Heel even legt Jan z'n hand op de hare op het stuur. 'Hou je taai, hè?'

Daarna gaan ze tussen de andere ouders staan.

Als ze bij Roos binnenkomt en ze elkaar begroeten, zegt Roos: 'Gaat niet goed, hè?'

Meteen springen de tranen alweer in haar ogen.

Ze schudt haar hoofd.

'Hoi, Nina,' gaat Roos verder, 'wat leuk jou ook weer eens te zien! Kom gauw binnen en loop maar meteen door naar de tuin. Tom is een tent aan het bouwen, misschien kun je hem helpen.'

Maar Nina blijft eerst een poosje bij haar moeder in de buurt, ze kijkt altijd graag eerst de kat uit de boom. En zó vaak ziet ze Tom nou ook niet.

Maar eindelijk gaat ze dan toch meehelpen.

Roos heeft inmiddels thee ingeschonken. 'Zullen we maar binnen blijven zitten, dan kunnen we waarschijnlijk wat rustiger praten.'

Ze heeft Frank in de box gezet, brengt buiten bij Tom en Nina wat te drinken en gaat daarna naast Annemarie zitten.

'Vertel!'

'O, Roos, het is zo erg, ik weet niet meer wat ik doen moet. Ik durf het eigenlijk niet eens te vertellen, maar ik moet het toch ook kwijt, ik stik er zowat in!'

'Joh, rustig nou eerst eens. Erover praten helpt vaak al een heel stuk.'

'Ik weet niet waar ik moet beginnen... het gaat om Jan, ik...'

'Mama, heb je knijpers. De tent stort steeds in.'

'Boven, Tom, naast de wasmachine, pak het mandje met knijpers maar.'

Nina drentelt ook weer naar binnen, ze gaat voor de box zitten en praat tegen Frank.

Daar komt Tom alweer de trap af. 'Kom je, Nina?'

Als ze weer naar buiten lopen, zet Frank het op een krijsen. Hij vond de aandacht van Nina wel leuk, maar accepteert het niet dat ze nu weer weg loopt.

'Hier!' Roos geeft hem een soepstengel.

'Ga verder!'

Maar voor Annemarie twee zinnen heeft gezegd, komt Nina weer binnen. 'Tom vraagt of je een touw hebt,' zegt ze tegen Roos.

Roos zucht. 'Een touw, wat moet hij daar nou mee? Nee, ik heb zo gauw geen touw, Nina.'

Zo gaat het een hele poos door. Telkens als Annemarie iets zegt, komt er weer een kind binnen of gaat de telefoon.

'Laat maar, Roos. Het gaat zo niet en misschien maar goed ook. Ik ga vast weer zitten janken en Nina bekijkt me toch al wantrouwig de laatste dagen.' Ze zucht diep.

'Ik kom volgende week een avond naar je toe, als Erik er niet is. Dan kunnen we rustig praten. Hou je het zo lang nog even vol? En geen domme dingen doen, hè?'

Annemarie zucht weer. 'Dat heb ik al gedaan!' Ze bijt op haar lip om niet te gaan huilen.

Het is goed dat de kinderen weer binnenkomen en de aandacht opeisen, dat brengt even wat afleiding. Maar Annemarie zit er toch maar een beetje stilletjes bij. Om halfvijf zegt ze: 'Kom, Nina, we gaan zo weer eens naar huis. Hopelijk staat er niet al teveel file op de A12!' En dat valt gelukkig mee, om halfzes zijn ze thuis.

Annemarie begint direct aan het eten, dan heeft ze tenminste wat te doen. Als ze stil zit, wordt ze helemaal gek van haar eigen gedachten. Erik is om kwart over zes thuis.

Tijdens het eten zegt hij opeens: 'Anne, je eet helemaal niks. Voel je je niet goed? Ik vind echt dat je eens naar de dokter moet gaan, kind, je ziet er niét uit!'

'O, dankjewel! Aardige opmerking, daar knap ik echt van op.' Ze schuift haar stoel hard achteruit en begint de borden op elkaar te stapelen. Nina kijkt verschrikt van de een naar de ander.

Beheers je, Anne, denk aan Nina.

Ze haalt diep adem. 'Sorry,' mompelt ze. 'Wie wil er een toetje, Nina, jij? Erik, jij ook?'

Erik komt er niet meer op terug. Voor hij de deur uit gaat voor de zoveelste vergadering, vraagt hij alleen: 'Gaat het wel goed, Anne?'

Annemarie veegt het aanrecht droog met de vaatdoek. Ze keert zich niet om. 'Ja hoor, prima!' zegt ze zo opgewekt mogelijk.

'Oké, ik ga ervandoor. Tot vanavond. Ben je nog wakker als ik thuiskom?'

'Ik zie wel. Goeie avond en tot straks.'

Als Erik de deur uit gaat, veegt ze met de vaatdoek haar tranen af.

'Kom, Nina, je had er eigenlijk al in moeten liggen! Vlug even douchen en naar bed.'

Donderdagochtend komt Nina uit bed met oorpijn. Ze voelt zich ook niet echt lekker en Annemarie staat in dubio wat ze moet doen. Wel naar school brengen of niet? Tenslotte besluit ze de huisartsenpraktijk te bellen om te vragen of ze vanmorgen even langs kan komen met

Nina om in het oor te laten kijken. Ze treft het, om tien over negen kan ze al terecht. Ze belt Emma dat ze een uurtje later komt en legt uit wat er aan de hand is.

'Haast je maar niet. En als ze niet naar school kan, blijf jij ook lekker thuis. Geen probleem.'

Soepel van Emma! Ja, of zit er meer achter, ziet ze Annemarie liever niet dan wel komen? Vermoedt ze iets?

Om goed negen uur zitten ze in de wachtkamer en keurig op tijd zijn ze aan de beurt.

'Dat is een lelijk oortje!' zegt dokter Molenaar. 'Ik geef je een kuurtje, dan zal het wel snel beter gaan. Heeft ze al eerder last van oorontsteking gehad?' Hij kijkt op het scherm voor zich. 'Zolang jullie hier wonen niet, hè?' Nu kijkt hij Annemarie aan.

'Toen ze twee was heeft ze het een keer gehad, verder gelukkig nooit.'

Hij heeft het recept al geschreven en Annemarie gaat staan.

De arts geeft eerst Nina een hand en daarna Annemarie. Hij houdt haar hand even iets langer vast en kijkt haar onderzoekend aan. 'Gaat het goed? Anders zie ik je hier terug, hè?'

Annemarie knikt.

Als ze bij de apotheek zijn geweest, vraagt ze: 'Wat doen we, Nien, wil je naar school, denk je dat dat gaat, of wil je liever naar huis?'

'Naar huis, m'n oor doet pijn. Ik wil lekker op de bank liggen met m'n dekbed, mag dat?'

'Tuurlijk!'

Als ze Nina wat later op de bank geïnstalleerd heeft, belt ze opnieuw naar Emma.

'Nina heeft oorontsteking, ze is thuis. Ik kijk morgen wel even, anders vraag ik wel of mijn ouders morgen hier kunnen komen.'

Maar Emma zegt dat het echt niet nodig is. Ze redt het uitstekend alleen!

Waarom werk ik daar dan eigenlijk?

Annemarie krijgt steeds sterker het onbehaaglijke gevoel dat Emma haar liever kwijt is. Eerst al het voorstel om de hele zomervakantie vrij te nemen en nu weer het gemak waarmee ze accepteert, ja bijna aandringt, dat Annemarie deze dagen thuisblijft.

Maar zelf is ze toch ook blij met de situatie, hoe naar ook voor Nina.

Even afstand nemen, geen Emma en zeker geen Jan onder ogen komen!

Ook de vrijdag blijft ze nog thuis. Nina ligt met rode wangen op de bank en valt af en toe in slaap. Ze is er echt ziek van.

Annemarie is blij dat ze niet naar kantoor hoeft, maar toch heeft dit thuiszitten ook nadelen. Ze heeft te veel tijd om na te denken! Steeds beleeft ze in gedachten opnieuw wat er tussen Jan en haar gebeurd is. Ze keert en draait alles wat hij heeft gezegd, hoe hij keek, en als ze haar ogen dichtdoet, voelt ze zijn mond weer op de hare.

Maar tegelijk voelt ze de schuld, de wanhoop. Ze kan niet stil blijven zitten. Als ze Nina wat heeft voorgelezen en deze weer in slaap is gevallen, loopt ze maar doelloos rond door het huis.

Soms valt ze op haar knieën voor haar bed neer. Ze verbergt haar gezicht in haar handen. Ze wil bidden, maar ze kan het niet. Want kan ze om vergeving vragen voor iets wat ze niet los kan laten?

'God, help me toch, geef me toch de wil om los te laten! Maar ik hou zo van hem en ik weet niet hoe!'

Maar hij is de man van iemand anders! En jij bent de vrouw van Erik! Laat hem los, dit is verkeerd, dit is zonde!

'Maar ik kán het niet!'

Je wílt het niet...

Ze loopt weer naar beneden. Schenkt wat te drinken in voor Nina en probeert een poosje rustig bij haar te gaan zitten.

Vrijdagmiddag belt Roos.

'Hoe gaat-ie Anne?'

'Nina is ziek, oorontsteking, ik ben al twee dagen thuis met haar.'

'Misschien wel goed. Ik bedoel, voor jou!'

'Misschien wel.'

'Anne, ik wil maandagavond komen, is dat goed? Of is Erik dan thuis? Ik bedoel, als we willen praten, kan dat beter op een avond dat hij er niet is, toch?'

Annemarie lacht een beetje bitter. 'Geen probleem. Hij is er nooit! Als er niet een vergadering is van z'n werk of een kerkenraadsvergadering, dan is hij wel op huisbezoek hier of daar.'

'Is het écht zo erg, of overdrijf je nou een beetje?'

'Overdríjven? Was het maar waar! Maar ik vind het fijn als je komt, Roos, ik kom er niet meer uit, ik stik er bijna in!'

'Hoort Nina dit nu? Let een beetje op haar, hoor Anne, kinderen hebben vaak meer in de gaten dan je denkt. En zeker zo'n pientere tante als Nina.'

'Ze slaapt. Ik sta in de keuken.'

'Goed. Hé, je ziet me maandag. Beterschap voor Nina. En probeer het en beetje voor jezelf op een rijtje te krijgen, Anne! Sterkte ermee!'

'Dankjewel. Tot maandag.'

Zaterdag is Nina al een heel stuk opgeknapt. Het dekbed mag naar boven, haar oor doet geen pijn meer en ze is weer lekker aan het spelen.

Erik heeft dat weekend eindelijk weer eens alle tijd voor zijn gezin. Maar Annemarie ervaart dat nu meer als een last dan een plezier. Het is veel gemakkelijker om boosheid te voelen op al die dagen dat hij nauwelijks tijd voor hen heeft. Nu voelt ze zich extra schuldig als Erik lief voor haar en Nina is.

Ze probeert zich zo gewoon mogelijk te gedragen. Hoewel ze Erik vaak verwijt dat hij zo weinig aandacht voor haar heeft en het nooit in de gaten heeft als haar iets dwarszit, vindt ze dat nu eigenlijk wel heel gemakkelijk. Maar tegelijk geeft het ook weer een stuk wrok naar Erik toe. Zie je wel, als zij maar redelijk opgewekt is, valt hem niet eens op dat ze er beroerd uitziet en stiller is dan anders. Waarom ziet Jan dat wel?

Ho! Nou is ze wéér verkeerd bezig. Niet aan Jan denken! Jan is van Emma en Emma is haar vriendin. Toch?

Kijkt ze wel met eerlijke ogen naar Erik? En kijkt ze eigenlijk wel met eerlijke ogen naar Jan?

Ach nee, misschien niet. Maar het is ook zo moeilijk, en ze is zo moe!

Zaterdagmiddag zegt Erik: 'Anne, zullen we Ron en Mirjam bellen of ze zin hebben vanavond wat te komen drinken?'

'Nee, alsjeblieft niet! Daar heb ik echt geen zin in, Erik.'

'Dan niet. Maar waaróm eigenlijk niet? We hebben ze al een tijd niet gezien.'

'We zien ze bijna elke zondag in de kerk.'

'Zien ja, maar we spreken ze niet vaak meer. Ik dacht dat jij wel goed met Mirjam kon opschieten?'

'Jawel, maar ik heb er vandaag geen zin in.'

'Dan vragen we ze niet, maar, Anne, je moet niet boos worden, maar ik maak me wel eens een beetje zorgen...'

'Wat bedoel je?'

'We wonen hier nou twee jaar en in het begin hadden we al snel allerlei leuke contacten met mensen, vooral vanuit de kerk en zo. Maar ik heb het gevoel dat jij alles laat verwateren en alleen maar bij Jan en Emma zit. Soms denk ik: Heb jij nog wel een leven, een sociaal leven bedoel ik, buiten die twee? Begrijp me niet verkeerd, het zijn best aardige mensen, hoor, maar of dat nou je beste, en bijna enige vrienden moeten zijn?'

'Nou ja, wat een onzin! Ja, inderdaad, ik kom het meest bij Emma en Jan. Maar hoe zou dat komen, denk je? Jij bent er nooit, dus de contacten dié we hebben, zal ík vooral moeten onderhouden. Maar voor elke afspraak moet ik oppas regelen, ook al omdat jij er nooit eens bent! Bij Jan en Emma kom ik elke dag vanwege m'n werk, dus het lijkt me vrij logisch dat ik met hen ook het meeste contact heb. Trouwens, ik ben erg op Emma gesteld, ik vind haar hartstikke aardig!'

'Is dat zo?'

'Wat is dat nou voor een stomme reactie! Waarom zou ik met haar omgaan als ik haar niet aardig zou vinden?'

'Dat vraag ik me soms af. Het is een aardig mens, maar, en daar hebben we het al vaker overgehad, niet direct iemand die ik als jouw beste vriendin zie.'

'Nou, dat zie je dan anders dan ik!'

'Dat zal dan wel.'

Wat later vraagt Erik opeens: 'Anne, kijk je eigenlijk nog wel eens naar advertenties waar tandartsassistentes gevraagd worden? Of is dat helemaal van de baan?'

'Hoe kom je daar nou bij, ik héb toch werk?'

'Jawel, maar ik dacht dat je toch liever je oude 'vak' weer wilde uitoefenen?'

Ze haalt haar schouders op. 'Dat heeft weinig zin, hè, als we vroeg of

laat toch weer naar Amerika verhuizen. En zo gemakkelijk als ik hier dingen kan regelen wat betreft vakanties of vrije dagen, nou, dat krijg ik nergens anders. Emma stelde me van de week nog voor om de hele periode van de zomervakantie vrij te nemen als ik dat wil.'
'Zo? Heb je zoveel vakantiedagen dan?'
'Nee, als onbetaald verlof.'
'En, doe je dat?'
'Ik denk het wel. Dan hoef ik niet allerlei toestanden voor Nina te regelen.'
'Goed idee. Nou, dat is inderdaad soepel van Emma. Maar is het daar dan zo stil in die periode?'
'Rondom de bouwvakvakantie is het altijd vrij rustig in de makelaardij. Alles is toch een beetje op elkaar ingesteld. En veel mensen zijn natuurlijk ook met vakantie, dan loop je niet zo hard achter een ander huis aan.'

Zondagochtend heeft Annemarie oppasdienst in de kerk. Ze is er blij om. Ze kán de woorden 'Gij zult niet begeren...' niet meer horen. Ze vindt het sowieso moeilijk om in de kerk te zitten en heeft het gevoel of ze zich thuis nog kan verbergen voor God, door druk te zijn met andere dingen. Maar in de kerk kan ze dat niet. Ook moet ze daar steeds denken aan Emma's woorden van een tijd geleden, toen ze elkaar net kenden: '...ik kan nou eenmaal niet tegen mensen die zondags braaf in de kerk zitten, maar ondertussen de zaak neppen.'
Als ze daar aan denkt, weet ze zich dubbel schuldig. Want als Emma dit ooit te weten zou komen, zal ze haar woorden weer bevestigd zien. Ach, en zij had zich toen nog zo voorgenomen om Emma te laten zien dat het ook anders kan. En wat heeft ze ervan terechtgebracht?
Niks! Integendeel!
Nee, dit is niet alleen een smet op haarzelf, maar ook op de kerk en op de Heer van haar kerk.
Schuldig voelt ze zich. Zó schuldig!
Vergeving? Ja, dat is er, dat gelooft ze. Maar ze weet ook dat ze pas dán om vergeving kan vragen aan God als ze eerst afstand heeft genomen van Jan en haar verkeerde verlangen.
En kan ze dat?

Zondagmiddag begint Erik over de vakantie.

'Wat doen we nou, Anne? We hebben nog steeds niks gereserveerd. Wat denk jij, gewoon maar in Frankrijk op zoek gaan naar een plekje op een camping?'

'Maakt mij niet uit, hoor! We kunnen ook niks reserveren als jij nog steeds niet weet wanneer je vrij kunt nemen. Trouwens, wel een beetje belachelijk! Ik neem toch aan dat de meesten van je collega's wel een vakantie geboekt hebben?'

'Ja, dat zal wel. Maar, Anne, het komt toch prachtig uit als jij de hele periode van de schoolvakantie vrij bent, dan kunnen we altijd nog kijken wanneer het op de zaak het beste uitkomt. Ik heb de eerste weken van augustus in principe vrij, maar er zijn nog wat onduidelijkheden in San Francisco, misschien moet ik daar nog een paar dagen naartoe in die periode.'

'Natuurlijk! De Jager offert zijn vakantiedagen wel op!'

'Die dagen krijg ik natuurlijk terug.'

'Dus?'

'Wat bedoel je nou met "dus"?'

'Niks! Laat maar.'

Maandagochtend gaat ze weer naar kantoor. Nina is weer helemaal beter en gaat weer naar school. Ze moet nog een paar dagen het drankje innemen, dan is de kuur afgelopen.

Annemarie heeft de laatste dagen veel nagedacht. Ze gaat Emma's aanbod om zes weken vakantie te houden, aannemen. Verder gaat ze morgenavond voor het laatst naar pianoles. Ze heeft gelukkig het goede excuus dat de vakantie er aan komt. Dan heeft ze in elk geval zes weken om afstand te nemen. Misschien moet ze nu al stoppen met die pianoles, morgen al niet meer gaan, maar dat kan ze niet opbrengen. Ze wil morgen nog één keer rustig praten met Jan. Dat móet.

Voor ze achter haar bureau op Jans kantoor gaat zitten, loopt ze naar Emma.

Als ze Emma haar besluit, wat betreft de vrije weken, meedeelt, reageert deze er bijna enthousiast op.

'Heel verstandig, Annemarie! Je ziet er echt vermoeid uit. Neem maar eens lekker je rust, dan kun je er na de vakantie weer tegen aan.'

Annemarie weet niet goed wat ze aan Emma heeft. Voelt ze nou echt zo met haar mee, of is ze gewoon blij, als zij, Annemarie, een poos uit beeld is?

Ach, ze kan ook niet meer objectief naar de dingen kijken. Steeds is haar slechte geweten op de achtergrond aanwezig, bij elk woord, elke blik van Emma.

Jan heeft ze de hele ochtend niet gezien

Als ze aan het eind van de ochtend weg wil gaan, komt ze hem tegen bij de deur.

'Hoi, Anne! Lekker gewerkt? Kon je een beetje uit m'n rommelige aantekeningen komen?'

'Ja hoor, dat ging best. Nou, ik ga ervandoor, hoor. Doei!'

'Annemarie, Jan!' Emma komt haar kantoor uit. 'Eén momentje! Jan, ik had het er eigenlijk nog niet met jou over gehad, bedenk ik nu, maar ik heb Annemarie vorige week voorgesteld om straks zes weken, dus de hele schoolvakantie, vrij te nemen. En dat gaat ze ook doen. Ik neem aan dat dat voor jou ook geen probleem is?'

Stomverbaasd kijkt Jan Emma aan. 'Wat zeg je nou? Misschien had je dat van te voren even kunnen overleggen met me!'

'Is het een probleem voor je? Ik bedoel, voor je werk?'

'Daar gaat het niet om! Maar ik zou het wel normaal vinden als je daar van te voren met mij over gesproken had.'

Hij keert zich naar Annemarie. 'Of zie ik dat verkeerd, wat vind jij, Anne?'

Annemarie heeft haar hand al op de deurknop.

'Ik bemoei me niet met jullie zaken. Maar als jij het niet ziet zitten, kom ik gewoon wel op de maandagmorgen.'

'Dat is het punt niet, ik wil alleen dat Emma...'

'Ik ga! Ik hoor het nog wel!' Annemarie gaat naar buiten en trekt de deur achter zich dicht.

Ook dat nog! Gaan ze staan kibbelen waar zij bij staat. Over háár nota bene!

Ziet Jan dan niet dat Emma op deze manier steeds meer aversie tegen haar krijgt?

Ze fietst snel naar school om Nina te halen.

Om zes uur zit ze samen met Nina aan tafel. Erik heeft vanochtend al gezegd dat hij niet thuis eet en dat het waarschijnlijk wel een latertje gaat worden vanavond.

Des te beter! Dan kan ze rustig met Roos praten.

Als Nina om halfacht op bed ligt, gaat ze koffiezetten. Roos heeft beloofd vroeg te komen.

Ze is nu toch wel weer erg gespannen. Hoe kan ze alles uitleggen, onder woorden brengen?

Ze heeft het koffiezetapparaat net aangeknipt, als er gebeld wordt en Roos al voor de deur staat.

'Roos! Wat fijn dat je er bent, kom gauw binnen.'

Daarna zitten ze samen in de kamer. Roos zit op de bank en Annemarie zit op de grond en ze vertelt. Eerst vindt ze het moeilijk, maar als ze eenmaal op gang is, praat en praat ze maar door.

Eindelijk is ze klaar, het wordt stil. Ze zit met haar hoofd in haar handen. Langzaam tilt ze haar hoofd op en kijkt haar vriendin aan. 'Wat een puinhoop, hè?' Er glijden een paar tranen langs haar gezicht. 'Ik schaam me zo, Roos! Het is net of het over iemand anders gaat. En, weet je, dan zou ik het vreselijk veroordelen. Ik zou zeggen dat je zoiets niet kunt laten gebeuren, dat je er zelf bij bent. Ik wist het altijd allemaal zo goed. En nu... wat moet ik toch doen?'

'Ach, Anne, dat weet je zelf wel, wat je moet doen. En je hoeft je voor mij niet te schamen, het had mij net zo goed kunnen overkomen, toch?'

Het blijft weer even stil, daarna vervolgt Roos: 'Ik denk dat je in elk geval een goede beslissing hebt genomen om met die pianolessen te stoppen en binnenkort zes weken vrij te nemen. En ik denk dat je zowel Emma als Jan in die periode ook helemaal niet moet zien. Probeer een beetje afstand te nemen.'

'Maar ik kan ze toch wel een keer zien, ik bedoel, op neutraal gebied, dus niet alleen met Jan, maar op visite of zo?'

'Waarom zou je?'

'Ik... ik kan het denk ik niet volhouden hem helemaal niet te zien. En gewoon als vriend, dus samen met Emma of zelfs met Erik erbij, dat kan toch wel?'

'Annemarie! Je houdt jezelf voor de gek. Natuurlijk kan dat niet, zo kom je nooit los van die man. Eigenlijk, hè, eigenlijk moet je alles tegen Erik vertellen. Hij heeft hier net zo goed schuld aan, hij heeft je, gevoelsmatig dan, in de kou laten staan. Als je tegen hem open kaart speelt, hoe moeilijk dat ook zal zijn, pas dan kan hij je echt helpen. En breek dan helemaal met die mensen, Anne! Anders kom je er nooit los van en zal die leugen steeds tussen Erik en jou in blijven staan.'

Het blijft even stil, dan zegt Annemarie gesmoord: 'Ik kán het niet, Roos! Ik kan het niet tegen Erik vertellen. Ik moet hier zelf uit komen. Misschien dat ik het hem dan ooit, later, kan vertellen.'

'Ik weet het niet, hoor, ik ben bang dat je er zo niet uit komt. Want ná die zes weken vakantie, wat ben je dan van plan? Gewoon weer bij ze aan het werk en gezellig naar pianoles? Anne, denk toch na, dan begint het weer van voren af aan! Wees toch eerlijk tegen jezelf!'

Annemarie lijkt het niet te horen. 'Weet je wat misschien nog wel het ergste is, Roos? Emma praat al zo negatief over de kerk, en over mensen die elke zondag naar de kerk gaan, maar ondertussen de boel beduvelen, zoals zij dat noemt. Nou, wat denk je, als ze hier ooit achterkomt! Ik maak flinke anti-reclame voor de kerk en voor God.'

'Gelukkig is God niet afhankelijk van ons, wat Zijn reclame betreft. En ja, helaas, kerkmensen zijn ook mensen met al hun fouten en gebreken. Dat zegt iets over die mensen en gelukkig niet over God.'

'Mooi gezegd, maar leg jij dat maar eens uit aan Emma.'

'Ik begrijp je wel. En het is ook waar, dit soort dingen zou eigenlijk niet mogen gebeuren als je christen bent. Maar helaas...'

Roos kijkt nadenkend voor zich uit. 'Anne, nog één vraag: 'Hou je eigenlijk nog van Erik?'

'Ik weet het niet, ja, toch wel. Dat is het gekke juist! Ik weet dat Erik een hartstikke lieve man is, hij is gek op Nina en mij. Hij zou nooit naar een ander kijken, dat weet ik zeker. Alleen, hij is er nooit! Maar verder... ik denk dat er geen betere man voor mij is dan hij. Maar toch... Kun je van twee mannen tegelijk houden, denk jij?'

'Ik denk dat je nu twee dingen door elkaar haalt. Je praat rationeel over Erik, maar je bent verliefd op Jan.'

'Het is meer dan verliefd zijn.'

'Ik weet het niet. Probeer weer eens terug te halen hoe het was toen Erik en jij elkaar net kenden, waarom was je verliefd op hem, wat trok je toen zo in hem aan? Het helpt soms, Anne, om daaraan terug te denken.'

Ze zitten nog een poosje zwijgend bij elkaar, dan zegt Roos: 'Ik moet zo gaan.'

'Ja. Ik ben zo blij dat ik het je allemaal vertellen kon, Roos, ik stikte er bijna in. Het is net of het nu ietsje minder zwaar is. Ik ga echt mijn best doen om afstand te nemen, los te laten, echt, ik beloof het je!'

'Je hoeft mij niks te beloven. En je mag me altijd bellen of langskomen, dat weet je. Ook als het niet zo goed lukt als jij je nu voorneemt. Maar echt, Anne, denk er eens over na om eerlijk met Erik te praten, hoe moeilijk dat ook zal zijn.'

Roos is gaan staan. Anne loopt met haar mee naar de gang. Daar geeft Roos haar een stevige knuffel. 'Sterkte, meid! Ik zal voor je bidden! En bel me gauw weer.'

Daarna loopt ze naar buiten, stapt in de auto en rijdt weg.

In gedachten verzonken gaat Annemarie terug naar de kamer, ruimt de koffiebekers op en gaat naar boven. Ze kleedt zich uit en gaat onder de douche staan. Heel lang laat ze het water over zich heen stromen. Eindelijk droogt ze zich af en gaat ze naar de slaapkamer. Erik is nog steeds niet thuis. Ze knielt neer voor haar bed. 'Here, help me om sterk te zijn!'

Als ze in bed ligt, voelt ze zich rustiger dan in tijden het geval was. Morgenavond gaat ze met Jan praten. Ze zal hem vertellen dat ze afstand wil nemen. Maar met Erik praten? Nee, dat doet ze niet, dat is te moeilijk. Ze zal hier zelf uit moeten komen. En dat gaat vast lukken! Het moet!

Ze is eigenlijk heel rustig als ze dinsdagavond tegen halfnegen de trap op loopt in de Hamerstraat. Maar als ze Jan ziet, begint haar hart toch weer onrustig te kloppen.

Stop! Ze wil het niet! Ze is toch geen onzekere puber meer?!

'Hoi!'

'Hallo, Anne, zo meid, flink geoefend?'

'Jan! Ik wil met je praten.' Ze legt het lesboek achteloos op de piano.

'Dat kan. Kom zitten.' Hij is nu ook serieus. Afwachtend kijkt hij haar aan.

Ze haalt diep adem. 'Om te beginnen, Jan, moet dit mijn laatste pianoles zijn.' En als hij zijn wenkbrauwen optrekt, gaat ze vlug verder: 'Voorlopig.'

Hij knikt, maar zegt niks.

'En verder denk ik echt dat het een goed idee is als ik binnenkort die zes weken niet op kantoor kom. We moeten afstand nemen. Als we elkaar zien, dan moet het alleen zijn met Erik en Emma erbij.'

'Vertrouw je me niet?'

'Ik vertrouw mezélf niet...'

Zachtjes schudt hij z'n hoofd. 'Anna, Anna, je maakt het wel heel moeilijk voor jezelf, hè?'

'Doe ik dat? Ik denk eerder dat ik erg verstandig bezig ben. Jan, we zijn voor mijn gevoel een grens over gegaan vorige week en dat mag niet.'

'Je kunt dingen niet ongedaan maken, Anne, je kunt ze wél gewoon vergeten.'

'Dat kan ik nou juist niét! Kun jij dat wel dan?'

'Misschien.'

Ze zitten stil, zij op het pianobankje met haar rug naar de toetsen, hij op een krukje tegenover haar.

'Jan... hoe moet het nou? Moet ik er eerlijk met Erik over praten, of met Emma?' Ze veegt de tranen weg die alweer in haar ogen komen. Hij buigt zich naar haar toe en pakt haar handen. 'Luister, maak het niet zo moeilijk voor jezelf. Je moet aan wat er gebeurd is, niet zo vreselijk zwaar tillen. Het is nou eenmaal gebeurd. Maar hoe willen we verder? Gewoon, als vrienden! Misschien is het wel een goed idee deze vakantie even wat afstand te nemen. Daarna is alles een beetje gezakt en kunnen we gewoon weer als vrienden, met z'n vieren, verder. Wat zou er gebeuren als je Emma of Erik hiermee gaat belasten? Hou toch op, Anne! Dan breekt de hel los, tenminste, hier in huis zéker! En ik denk bij jou ook. Wat schieten wij, en wat schieten zij daar mee op? Niks! Een hoop ellende! We zijn elkaar dan helemaal kwijt. En dat wil ik niet. En jij?'

Ze schudt van nee. 'Jan, mag ik nog één keer op je schoot?'

Hij lacht zacht. 'Is dat verstandig?' Maar tegelijk trekt hij haar al naar zich toe.

Ze zit heel stil dicht tegen hem aan, zijn armen om haar heen.

'Ik kan je niet missen, Jan.'

'Dat hoeft ook niet.'

Na een poosje staat ze op. 'Ik moet naar huis. Ik heb nog nooit mijn lessen betaald. Hoeveel krijg je van me?'

'Niks! Ik heb al genoeg van je gekregen. Ach, Anne!'

Hij trekt haar naar zich toe, ze slaat haar armen om zijn nek. Even kijken ze elkaar aan. Ze ziet zoveel warmte en tederheid in zijn ogen, dat ze haar ogen neerslaat. Dan kussen ze elkaar weer, ondanks al haar goede voornemens.

Daarna doet ze een stap naar achteren. Ze zucht diep. 'Kijk ons nou!'

'Sssst! Dit was een afscheid!'

Hij loopt achter haar de trap af. 'Volgende week werk je dus voorlopig voor het laatst?' Zijn stem klinkt weer gewoon.

'Ja.' Beneden in de gang blijft ze staan. Ze huilt.

Zacht veegt hij de tranen van haar wangen. 'Ga nou maar! En denk aan onze afspraak, Anne, dit moet altijd tussen ons blijven, ja?'

Ze knikt, daarna draait ze zich om en loopt de deur uit.

Voor ze op de fiets stapt, pakt ze haar zonnebril uit haar zak en zet die op, zodat niemand kan zien hoe de tranen uit haar ogen stromen. Ze fietst de straat uit, niet richting huis, maar zo snel mogelijk de wijk uit, naar de rand van de stad. Pas als ze op een stille buitenweg is gekomen, gaat ze langzamer fietsen en doet ze haar zonnebril af. Heel lang fietst ze door, tot het schemerig begint te worden. Dan komt ze met een schok tot zichzelf. Ze moet naar huis! Het is bijna halfelf, Maaike zal wel denken! En misschien is Erik zelfs al thuis. Ze rijdt snel de kortste weg terug naar de stad.

De volgende dagen weet ze bijna niet door te komen. Op kantoor probeert ze zowel Jan als Emma zoveel mogelijk te ontlopen. Emma, omdat ze zich zo vreselijk schuldig voelt en Jan, omdat ze het zo moeilijk vindt hem te zien en gewoon te doen.

Emma is ook stil. Ze is nooit zo praterig, maar deze dagen is ze echt kortaf.

Wat vermoedt ze?

Jan daarentegen is juist druk. Hij maakt grapjes tegen Emma, en dat irriteert Annemarie soms. Waarom doet hij zo en hoe kan hij dat opbrengen? Probeert hij te laten zien dat er echt niks aan de hand is? Ze is blij als de laatste schoolweek en dus ook de laatste werkweek aangebroken is. Dit kan ze echt niet veel langer volhouden.

Thuis gaat alles gewoon door. Erik is drukker dan ooit, hij vliegt regelmatig voor een aantal dagen naar Amerika en lijkt niks te merken van Annemaries sombere stemming.

Over een eventuele verhuizing naar San Francisco wordt niet meer gesproken. Maar Annemarie denkt er wel heel vaak aan.

Op zondagavond zegt Erik: 'Toch wel hartstikke aardig van Emma en Jan dat je zes weken vrij kunt nemen. 't Zijn toch eigenlijk wel geschikte lui. Weet je wat, Anne, laten we ze vragen om een keertje te komen barbecuen. Op een vrijdagavond bijvoorbeeld, dan kunnen Max en Nina ook mee-eten. En Sophie natuurlijk, als ze dat leuk vindt. Lijkt je dat wat?'

Annemarie doet haar best om enthousiast te reageren. 'Prima! Ja, dat is een goed idee. Ik zal het morgen meteen voorstellen.'

Dit is toch wat ze wil? Vrienden zijn met z'n vieren?

Maar ze ziet er als een berg tegen op. Een hele avond met Jan, maar met Emma en Erik erbij?

'Vraag ze maar voor aanstaande vrijdag. Voorlopig ziet het weer er voor deze week goed uit.'

Maandagochtend gaat ze naar kantoor. Haar laatste maandagochtend bij Jan. Het begin van de ochtend is hij weg, maar om elf uur komt hij binnen. Hij doet heel gewoon, een beetje luchtig en plagend. Dat maakt het wel gemakkelijker, maar ze snapt niet hoe hij het kan. Alsof er nooit iets gebeurd is tussen hen.

Tegen halftwaalf zegt ze: 'Erik stelde voor om jullie uit te nodigen voor een barbecue vrijdagavond.'

'Zo? Nou, dat lijkt me een goed plan. Maar weet je, Anne, bespreek het maar met Emma. Anders lijkt het net of wij dit weer samen bekokstoofd hebben en dat valt niet goed, denk ik.'

Dus zo soepel gaat het in huize Veltkamp ook niet...

Ze haalt haar schouders op. 'Mij best!'

De barbecue wordt een grote flop. Annemarie is te gespannen om over koetjes en kalfjes te praten en is daarom erg stil. Emma zegt ook niet veel en Jan praat juist té veel. Alleen Erik lijkt zichzelf te zijn.

Gelukkig zorgen Max en Nina voor de nodige afleiding. Sophie is niet meegekomen, ze had een klassenavond op school.

Om negen uur worden Max en Nina duidelijk moe. 'Ze moeten nodig gaan slapen, die twee. Wat doen jullie, stoppen jullie Max even bij ons in bed?' vraagt Erik.

'Nee, laten we dat maar niet doen. Voor ze dan eens slapen is het misschien helemáál laat. Ik denk dat we zo zoetjes aan maar eens naar huis gaan, hè Jan? Over een goed uur moet Sophie toch ook opgehaald worden.'

Emma drinkt haar glas leeg en gaat staan. 'Hartelijk bedankt voor alles. Max, ga je zo mee?'

Jan gaat ook staan. 'Nou, mensen, je hoort het! We gaan! Maar hartstikke bedankt, het was gezellig, jullie komen het maar gauw weer eens terug halen!'

'Dat doen we,' zegt Erik, 'maar eerst maar eens vakantie houden, hè?'

Ze lopen met z'n allen door de schuifpui naar binnen en dan de gang in naar de voordeur.

'Wij gaan pas over drie weken weg, dus voor die tijd zullen de kinderen nog wel een keertje afspreken en zien we elkaar nog, hè? En zo niet, dan alvast een fijne vakantie.'

Annemarie moet even slikken bij die woorden van Emma. Het lijkt nu pas echt tot haar door te dringen dat ze elkaar voorlopig niet gaan zien. 'Ja, tot ziens hoor, jullie ook een goeie vakantie.'

Dan fietsen ze weg, Max achterop bij Jan. En Emma ernaast.

Ze kijkt ze na tot ze de hoek om gaan.

'Ziezo! Als jij Nina naar bed brengt, ruim ik de tuin op, goed? Dan kunnen we daarna nog een poosje buiten zitten, het is nog steeds lekker!'

Annemarie knikt. 'Kom, Nien, gauw naar boven. Je moet morgen maar een beetje uitslapen, het is al zo laat!'

Ze voelt zich een soort robot als ze Nina snel helpt met douchen en tanden poetsen. 'Zo, vlug je bed in!'

Als ze later samen in de tuin zitten, moet ze weer denken aan de vraag van Roos: 'Hou je eigenlijk nog van Erik?' Ze weet het niet meer, ze is in de war. Het is goed dat ze Jan voorlopig niet zal zien.

Maandagochtend vliegt Erik alweer vroeg naar Amerika.
'Jullie zouden nu mee kunnen gaan, Nina en jij hebben allebei vakantie,' heeft hij vorige week voorgesteld.
'Ach nee, wat moet ik met Nina gaan doen als jij je besprekingen hebt? Dan blijven waarschijnlijk alleen de avonden over, maar dan moet Nina alweer naar bed. Nee, laat ons maar hier.'
'Je zou ook alleen mee kunnen gaan en Nina bij je ouders laten.'
'Mmmm, ik kijk nog wel.' Maar ze was er niet meer op teruggekomen en Erik ook niet.
Het geeft haar bijna een opgelucht gevoel als Erik vertrokken is. En tegelijk schaamt ze zich daar weer voor.
Nina kan zich slecht alleen vermaken en veel kinderen uit de buurt zijn al met vakantie.
'Mag ik naar Max?' vraagt ze 's maandagsmiddags al.
'Vandaag maar niet. Weet je wat, we gaan naar het zwembad.'
'Mag Max dan ook mee?'
'Andere keer, goed? We gaan nu lekker met z'n tweetjes.'
's Avonds, als Nina in bed ligt, belt ze Roos op. Maar ze merkt al snel dat Roos niet alleen is.
'Heb je visite?'
'Ja, maar dat geeft niet. Hoe gaat het?'
'Niet! Ik bel je morgenavond of zo wel, goed?'
Als ze heeft neergelegd, denkt ze: Ach, wat heeft het voor nut om Roos te bellen. Zij kan me toch ook niet helpen.
Ze zit op de bank en zapt een beetje heen en weer langs de televisiezenders. Ten slotte doet ze de tv uit en staart voor zich uit, tot het helemaal donker is geworden in de kamer.
Half elf bijna, ze gaat maar naar bed. Maar ook in bed ligt ze nog lang naar het plafond te staren, terwijl er allerlei gedachten door haar hoofd cirkelen.
Gedachten van verlangen en van schuld.

Dinsdagochtend vraagt Nina alweer om met Max te mogen spelen. 'Bel hem dan maar op!'

Nina toetst het nummer in. 'Mag ik bij Max of Max bij mij?'

'Maakt niet uit, maar misschien is het het handigst als hij hier komt. Jan en Emma zullen wel moeten werken.'

En zo wordt afgesproken. 'Sophie komt Max straks brengen,' zegt Nina als ze het gesprek beëindigd heeft.

Annemarie voelt een steek van teleurstelling. Stiekem had ze gehoopt dat Jan hem zou komen brengen. Maar dit is natuurlijk veel beter!

Even later staan Sophie en Max al voor de deur.

'Hoe laat zal ik hem komen halen? moest ik van m'n moeder vragen.'

'Kijk maar, dat maakt ons niet uit. Wat mij betreft eind van de middag en als ze het eerder zat zijn, bel ik wel, is dat goed?'

De kinderen spelen de hele dag en halverwege de middag hebben ze bedacht dat Max wel kan blijven logeren. 'Mag dat, mama?'

'Welja, van mij wel. Maar dan zullen we zo even bellen en vragen of Max z'n vader en moeder dat ook goed vinden.'

'Dat mag wel, hoor!' roept Max.

'Ja, maar toch eerst even bellen. En misschien moeten we dan ook even je pyjama en je tandenborstel halen.'

Ze toetst Emma's nummer in, maar ze krijgt het antwoordapparaat. Dan legt ze neer en met kloppend hart kiest ze daarna het nummer van Jan. Ook daar de telefoonbeantwoorder. Tenslotte het privénummer. Sophie neemt op. Haar ouders zijn er niet, maar ze zal het vragen.

Een halfuurtje later belt Emma zelf terug. 'Vind je het niet te druk?'

'Nee hoor, gezellig. Ze houden elkaar bezig, moet je maar denken.'

'Nou, prima dan! Ik vraag wel of Sophie straks even z'n spullen brengt, maar dat wordt wel na het eten, is dat goed? En dan moeten we morgen maar even kijken hoe laat hij gehaald wordt. Ik ben aan het werk, maar Jan is morgen vrij, hij wil wat met Max gaan doen, fietsen of zo, dus ik denk dat hij hem dan wel een beetje op tijd komt halen, is dat goed?'

'Ja hoor. Ik zie het wel. Tot ziens.'

Na het eten heeft ze de sproeier in de tuin aangezet. Het is buiten nog steeds erg warm.

'Mogen wij onder de sproeier, mam?'

'Nou, vooruit, dan kunnen jullie daarna direct douchen.'

Vanuit de keuken kijkt ze toe hoe die twee gillend onder de stralen door lopen.

Dan wordt er gebeld. Dat zal Sophie zijn. Ze loopt naar de voordeur.

Daar staat niet Sophie, maar Jan.

Ze voelt het bloed naar haar wangen schieten. 'Hoi, kom binnen.'

Vanuit de kamer kijken ze even samen naar Max en Nina die nog steeds groot plezier hebben in de tuin.

Jan kijkt rond. 'Erik niet thuis?'

'Naar Amerika tot woensdag.'

Hij knikt. 'Gaat het een beetje, Anne?'

'Jawel.' Ze kijkt hem niet aan.

Op dat moment heeft Max z'n vader in de gaten. 'Papa! Kijk eens, het is heel koud water, hoor!'

Jan lacht. 'Stoer hoor! Max, ik heb je pyjama meegebracht. Zul je lief zijn voor Nina en Annemarie?'

'Ja, papa, een kus!' Bij de schuifpui geeft hij Jan snel een knuffel en holt daarna weer naar Nina op het grasveld.

Jan loopt weer terug naar binnen. 'Nou, ik ga maar weer.'

'Je komt hem morgen al bijtijds halen, hoorde ik van Emma?'

'Ja, ik zou wat leuks met hem gaan doen. Ik denk dat het wel het zwembad wordt. Wat gaan jullie morgen doen?'

Ze kijken elkaar even aan. 'Je bedoelt: of ik mee ga?'

'Ik bedoel niks. Maar ik ga naar het zwembad met Max. We zitten meestal op het veld vlak naast het ondiepe bad.'

'Ik denk dat ik morgen ook met Nina ga zwemmen, als het weer zo blijft.'

Hij is naar de deur gelopen. 'Ik kom hem om een uur of halftien halen, goed?'

Dan is hij weg.

Als Nina en Max eindelijk slapen, gaat de telefoon. Het is Roos.

'Hoe is het op je eerste afkickdagen gegaan?'

'Wel goed. Max logeert hier, dus er is afleiding genoeg.'

'Erik zit toch weer in Amerika? Heb je soms zin om morgen een dagje hiernaartoe te komen?'

'Morgen wordt niks. Voordat Max naar huis is, is de dag misschien al half om. Ik bel je nog wel, goed?'

'Wat ga je dan doen morgen, al plannen?'

'Misschien naar het zwembad, ik zie nog wel.'

'Oké, Anne, maar bel even als je zin hebt om te komen, hè? Echt doen hoor, afleiding is goed voor je.'

Als ze het gesprek beëindigd heeft, blijft ze stil op de bank zitten. Alweer een leugen...

De volgende ochtend om precies halftien staat Jan weer voor de deur.

'Ga je mee, Max, dan gaan we eerst even langs huis en daarna gaan we samen wat leuks doen. Is dat een goed idee?'

'Wat gaan we doen dan? En mag Nina niet mee?'

'Nee, een andere keer. Nu gaan we samen. Zeg Nina maar gedag en bedank Annemarie, dan gaan we.'

Even later zijn ze weg. Hij heeft geen enkele toespeling gemaakt over het zwembad, maar Annemarie heeft gezien hoe hij haar aankeek voor hij met Max de deur uit ging.

'Wij gaan koffiedrinken en daarna gaan we naar het zwembad, vind je dat leuk?'

Nina holt meteen naar boven om haar badpak en de grote opblaaskrokodil op te zoeken.

Als ze een uurtje later een plekje zoeken op de grote zonneweide, vlak naast het ondiepe bad, slaakt Nina opeens een gil. 'Mama, kijk! Daar is Max!' Ze holt al naar Max en Jan toe. Annemarie volgt haar langzaam.

'Hé, wat een verrassing!' lacht Jan. 'Gezellig, Nina, komen jullie bij ons zitten?'

Als Annemarie even later op haar handdoek naast hem ligt, voelt ze zich toch niet echt prettig.

'Jan,' zegt ze, 'dit klopt wéér niet, hè?'

Hij kijkt haar van opzij aan. 'Maak nou niet altijd zoveel problemen! Je hebt niks verkeerds gedaan. We komen elkaar zomaar tegen in het zwembad. Nou en? Moeten we dan langs elkaar heen lopen en tien meter van elkaar gaan zitten? Dát zou pas raar zijn. Zeker voor die kinders. Nee, hier kan zelfs Emma niets op aan te merken hebben.'

De dag vliegt voorbij. Max en Nina spelen samen en met z'n vieren zijn ze een poos in het water. Jan tilt Nina en Max om de beurt hoog op en gooit ze met een plons terug in het water. Ze krijgen er geen genoeg van. Later halen ze een ijsje en daarna spelen Nina en Max in het ondiepe bad met de krokodil.

Jan en Annemarie zitten naast elkaar en ze praten. Is er iemand anders in de wereld waar ze zo gemakkelijk tegen praat over alles wat haar bezighoudt?

Als ze eindelijk aanstalten maken om naar huis te gaan, zegt Annemarie: 'Gewoon zo lekker met jou praten over alles, dat ga ik nog het meest missen, Jan, deze weken.'

'Tja, ik kan niet elke dag naar het zwembad. Er moet ook gewerkt worden!' Jan lacht even, maar zegt dan serieus: 'Anne, je hebt toch mijn e-mailadres? Niemand anders dan ik leest mijn mails.' Heel even voelt ze zijn hand in haar nek, een klein kneepje. 'Je stort je hart maar uit, zo kunnen we toch nog praten, goed?'

Ze knikt. 'Bedankt. Ik zou je wel willen zoenen!'

Hij lacht voluit. 'Ja, ja, dat durf je hier wel te zeggen, hè, in zo'n druk zwembad.'

Daar komen Max en Nina erbij. 'Moeten we echt al naar huis? En waarom lach je, papa?'

'We moeten écht naar huis. En ik lach omdat ik het zo grappig vind dat we Annemarie en Nina zomaar tegenkwamen.'

Dat is een bedekte instructie voor thuis, Max.

Dat geeft haar toch weer een beetje een vervelend gevoel, het lijkt of er opeens een wolk voor de zon trekt.

Waar zijn we mee bezig?

Daarna nemen ze afscheid en fietsen elk naar hun eigen huis.

Nina zit achterop en kwebbelt maar door. 'Leuk hè, mama, dat Jan en Max er ook waren?'

Annemarie zegt niet veel terug. De leuke dag heeft toch een bittere nasmaak.

In de weken die volgen, blijft het moeilijk. Ze slaapt slecht en de dagen duren lang. Af en toe stuurt ze een mailtje naar Jan. Soms zijn het luchtige mailtjes, maar vaak stort ze haar hart voor hem uit.

Meestal krijgt ze dezelfde dag nog een reactie.

De derde week van de vakantie kan ze hem vrijdags nog één keer mailen, want zaterdagochtend vroeg gaan ze met vakantie. Erik heeft twee weken vrij en ze hebben besloten naar Luxemburg te gaan. Ze hebben op het laatste moment een huisje gehuurd in de buurt van Vianden. Het weer is alleen niet zo goed, het regent al meer dan een week. 'Alles wat nu valt, krijgen we volgende week niet, moet je maar denken,' zegt Erik optimistisch.

Hij komt boven de kamer binnen, waar Annemarie net de computer af sluit.

13

EMMA IS KOFFERS AAN HET PAKKEN. MORGEN HEEL VROEG GAAN ZE rijden. Noorwegen wordt het dit keer.

Ze zal blij zijn als ze weg zijn. Ze hoopt dat de vakantie een andere stemming zal brengen. Want er is iets goed mis, maar wat? Jan is stil en in zichzelf gekeerd. Er zijn voortdurend kleine irritaties tussen hen. Eerst heeft ze gedacht dat het iets met Annemarie te maken had, maar daar is ze zo langzamerhand van teruggekomen. Ze hebben haar en Erik deze vakantie nauwelijks gezien. Af en toe spelen Max en Nina met elkaar, maar meestal haalt en brengt Sophie Max; een enkele keer heeft ze Annemarie heel even aan de deur gesproken als zij Nina kwam halen of brengen. De laatste week heeft Max bij Mieke en Ruben gelogeerd en is er helemaal geen contact geweest. Nee, dat is het dus niet. Maar wat dan wél?

Jan ziet er slecht uit en zijn bloeddruk laat nog steeds te wensen over. Hij heeft medicijnen gekregen en moet zich regelmatig laten controleren.

Emma zucht, terwijl ze een paar warme truien van Max in de koffer legt.

Eerst die vakantie maar, wie weet hoe Jan daarvan opknapt! Misschien heeft hij het gewoon te druk gehad.

Dan wordt er beneden gebeld.

'Jan?' Geen antwoord. 'Ja-an!'

Hè! Vlug loopt ze de trap af, de bel gaat opnieuw.

Als ze opendoet, ziet ze een jongen voor de deur staan.

'Is uw man thuis? Ik zou een muziekboek bij hem ophalen.'

'Ik weet niet waar hij is, maar ik denk hiernaast, heb je daar al aangebeld?'

'Nee, sorry, maar hij zei dat hij het thuis had, vandaar dat ik eerst hier aanbelde.'

'Dat geeft niet, ik zal wel even kijken.'

Emma loopt naar binnen, naar Jans kantoor.

'Jan? O, je bent hier? Er is iemand voor je om een muziekboek, weet je daarvan?'

'Ja, ik kom.'

Ze loopt weer naar buiten. 'Hij komt er aan, hoor!'

Ze loopt het woonhuis weer in en gaat terug naar boven. Even kijken, de rubberboot moet nog opgezocht worden. Dat moet Jan zo maar doen, zij gaat verder met de kleding.

Beneden hoort ze Jan tegen de jongen praten. Dan hoort ze hem een groet roepen en de voordeur valt weer dicht.

'Jan? Ben je daar nog?'

Jan komt de trap op. 'Ja?'

'Ach, wil jij even kijken waar die rubberboot van de kinderen ligt. Volgens mij ligt-ie achter de schuifdeuren op zolder.'

'Ik zal even kijken.'

Juist als Jan met de boot de zoldertrap af loopt, horen ze beneden een vreselijk gegil.

'Mama! Kom vlug!'

Achter elkaar rennen ze de trap af. Beneden staat een verschrikte, witte Sophie die haar luid huilende broertje vasthoudt. Max z'n gezicht zit onder het bloed.

'Kom gauw hier, wat is er gebeurd?'

Sophie staat helemaal te bibberen. 'Hij viel van de schommel in de speeltuin hierachter.'

Jan bekijkt de wond op Max z'n voorhoofd.

'Ssst, rustig maar, kerel. Dat doet pijn, hè? Kom, we zullen het eerst een beetje schoonmaken.'

Emma heeft al een schone theedoek uit de kast gehaald en nat gemaakt onder de kraan. Voorzichtig veegt ze het bloed van z'n wang en z'n neus. Nu lijkt het meteen minder erg, maar op z'n voorhoofd heeft Max toch een flinke wond.

'Dat gaan we even laten zien bij de huisartsenpraktijk,' zegt Jan. 'Ik denk dat het gehecht moet worden. Kom maar, Max, dan gaan we daar samen even naar toe. Hou die doek er maar tegen aan.'

'Zal ik meegaan?' vraagt Emma.

'Nee joh, ik ga wel even alleen. Kijk, het bloedt al niet zo erg meer. Ik ga even met de auto, we zijn zo terug. Troost jij Sophie maar even, die is aardig geschrokken, geloof ik.'

Emma kijkt naar Sophie. Inderdaad, die staat krijtwit tegen de muur geleund en tranen stromen over haar wangen.

'Kom op, Sophie, daar kun jij niks aan doen. En zo erg is het niet, hoor! Het lijkt altijd meteen vreselijk als het zo bloedt, maar het valt wel mee. Kom, ik schenk wat drinken in voor je, papa en Max zijn zo weer terug.'

Het duurt inderdaad niet zo heel lang voor Jan en Max weer thuis zijn. De wond viel mee; het hoefde niet gehecht te worden, maar de dokter heeft het keurig aan elkaar 'geplakt'. Max is best trots op de mooie pleister die nu op z'n voorhoofd zit.

'Even in de gaten houden of hij geen hoofdpijn krijgt en hem van-nacht een paar keer wakker maken om te controleren. Misschien moeten we morgen maar wat later vertrekken, vind je niet?'

Emma knikt. 'Best, die ene dag maakt ook niks uit. Dan rijden we overmorgen maar wat langer. Ik ga zo aan het eten beginnen, dan pak ik vanavond de rest wel in.'

'Weet je wat? We halen straks lekker patatjes. Voor de schrik, Max, en omdat je zo'n grote kerel bent geweest bij de dokter. Of komt dat niet uit met jouw plannen, Em? Jij had misschien al wat klaarstaan voor het eten?'

'Nee hoor, ik vind het best. 'k Had spinazie uit de vriezer willen halen, maar die laten we lekker zitten tot na de vakantie. Dan ga ik nog even naar boven, blijf jij bij Max? Dan kom ik over een halfuurtje beneden en, dan halen we patat en kunnen we op tijd eten.'

Jan gaat met Max op de bank zitten en leest hem voor, terwijl Emma en Sophie naar boven gaan om de laatste spullen bij elkaar te zoeken. Na een halfuurtje gaat Emma naar beneden. Max is op de bank in slaap gevallen en Jan zit ernaast met het voorleesboek nog op schoot. 'Zal ik patat gaan halen?' vraagt hij zachtjes. 'Dan ga ik meteen even tanken, kunnen we morgen een flink eind doorrijden.'

Als Jan de deur uit gaat, zegt Emma: 'Ach, Sophie, blijf jij even hier bij Max? Als je dan ondertussen de tafel vast dekt, loop ik even naar hier-naast. Volgens mij brandt daar nog licht en staat alles nog open. Ik sluit even af en als papa dan terugkomt, kunnen we direct eten.'

Sophie knikt en Emma loopt naar het kantoorpand.

Ja, als ze het niet dacht! Bij Jan op kantoor is de lamp nog aan. En z'n computer staat ook nog aan. Ze ziet het donkere scherm, het beeld is weggevallen, maar hij is nog niet uit. Meteen maar even afsluiten. Ze drukt op de spatiebalk, het scherm is gevuld met tekst.

Emma heeft haar hand al op de muis om het kruisje rechtsboven in beeld aan te klikken, als haar hand opeens stil blijft liggen. Ze voelt het bloed uit haar hoofd wegtrekken, terwijl haar ogen over het scherm vliegen. Wat is dit? Maar ze weet heel goed wat dit is...

Hoi!

Dit wordt voorlopig dus de laatste mail. Wat zal ik dit missen!!
Ik hoop dat jullie een fijne vakantie hebben. Ik merk dat het goed is elkaar niet te zien, eindelijk heb ik het gevoel een beetje los van je te komen en dat moet!!!!
Ik wil nog even terugkomen op wat je zei over vriendschap: dat liefde de hoogste vorm van vriendschap is. Geldt dat ook andersom? Is vriendschap ook de hoogste vorm van liefde?
Als liefde en vriendschap zo dicht bij elkaar liggen, zijn we dan wel zo fout bezig geweest?
Het verwart me nog steeds, maar toch krijg ik ook meer en meer het gevoel dat ik het op een rijtje begin te krijgen.
Het is dan ook niet het belangrijkste om je te zien (!), maar gewoon het weten dat je er bent; en dat je die speciale vriend wilt zijn, is dan al genoeg.
Ik wil je nog eens heel erg bedanken voor alles!
Nogmaals: geniet van je vakantie, ontspan je, zorg dat die bloeddruk van je zakt! (daar maak ik me best een beetje bezorgd over) en kom vooral gezond weer terug!

XXX

Emma is neergezakt op de stoel achter het bureau. Ze staart naar het scherm. Ze hoeft niet te kijken wie de afzender is van deze mail, dat is haar wel duidelijk.

Even blijft ze als verstard zitten. Dan print ze de pagina uit en sluit de computer af. Ze pakt het papier uit de printer, vouwt het op en stopt het in haar zak. Als een slaapwandelaar doet ze het licht uit en verlaat het pand.

Ze is net weer in de keuken als ze Jan hoort binnenkomen.

'Mam, kom je?' Sophie kijkt om de hoek van de keukendeur.

'Ja, ik kom.' Ze gaat de kamer in. Max is wakker, hij zit al bij de tafel. Jan pakt de zakken patat uit de plastic tas. 'Zo! En een kroketje erbij!'

Dan kijkt hij naar Emma. 'Hé, wat zie jij wit! Ook al zo geschrokken? Nou, het gaat alweer helemaal goed, hè Maxeman?'

Emma reageert niet. Zwijgend gaat ze aan tafel zitten. Sophie is ook nog een beetje stil, maar Max krijgt alweer praatjes.

'Nou,' zegt Jan als ze klaar zijn met eten, 'volgens mij zijn de vrouwen meer van slag dan het slachtoffer zelf.'

'Het ligt er maar aan wie het slachtoffer is,' zegt Emma, terwijl ze de borden op elkaar stapelt.

'Hoe bedoel je?'

Maar Jan krijgt geen antwoord.

Als Max later op bed ligt en Sophie naar een vriendinnetje is gereden om afscheid te nemen voor de vakantie, zegt Jan: 'Ik ga nog even naar kantoor, Em, even wat laatste dingetjes afhandelen en afsluiten. Volgens mij staat zelfs m'n pc nog aan.'

'Die heb ik al voor je uitgezet.' Meer zegt ze niet. Ze kijkt naar z'n reactie, schrikt hij?

Maar hij kijkt haar alleen maar even aan, zegt niks en loopt naar buiten.

Even later komt Sophie thuis. 'Ga er ook op tijd in, Sophie, morgen willen we toch niet al te laat vertrekken. Heb je alles al ingepakt wat mee moet?'

'Bijna. Ik maak het even af en daarna ga ik naar bed. Welterusten, mam!'

Nu zit Emma alleen in de kamer. Ze haalt het uitgeprinte briefje uit haar zak, leest het opnieuw.

'Jij schoft!' zegt ze zacht voor zich heen. 'En jij, schijnheilige, vrome trut die je bent!'

Ze legt het briefje voor zich neer op tafel. Ze wacht.

Het duurt een poos, maar eindelijk hoort ze Jan weer binnenkomen.

'Zo, daar is alles klaar en opgeruimd. Wat mij betreft kunnen we met vakantie. Is Sophie ook al naar boven?'

Emma geeft geen antwoord. Ze pakt het briefje op en houdt het hem voor. 'Hier, misschien moet je nog antwoorden, *vriend*!

Jan pakt het aan en ziet onmiddellijk wat het is. Even lijkt hij sprakeloos, daarna schudt hij z'n hoofd.

'Emma, dit is niet wat het lijkt.'

Ze begint te lachen. 'Dat is echt een zin uit een boek! Uit een foute film! *Dit is niet wat het lijkt!* Ik lach me ziek, Jan! Zonder overgang begint ze te huilen. 'Je bent een schoft, een grote schoft! En zij? Dat zielige, eenzame vriendinnetje, dat het zo moeilijk heeft? Een schijnheilige trut is het!' Ze schreeuwt nu.

'Emma! Hou op!' Hij pakt haar bij haar schouders, het briefje kraakt in zijn hand.

'Hier! Wat lees je nou eigenlijk? Je hebt gelijk, ik heb me te diep in haar problemen laten meeslepen, maar jij doet nu net of ik een verhouding met haar heb! Waar leid je zulke dingen uit af?' En als ze geen antwoord geeft: 'Emma?'

Ze is gaan zitten, beheerst zich nu weer. Ze kijkt hem minachtend aan. 'Ach Jan, ik ben niet gek, hoor! De hele toon, de dingen die net niet gezegd worden! Wat bedoelt ze met "los van je komen" en wat is dat voor vorm van vriendschap, die liefde? Wees dan nu tenminste eerlijk en draai er niet langer omheen.'

Jan is tegenover haar gaan zitten. Een hele poos wordt er niks gezegd. Dan staat Jan op. 'Emma, je hebt gelijk als je zegt dat mijn vriendschap voor Anne te ver gaat, maar wat jij nu insinueert, dat is niet waar. Ze heeft zich aan me vastgeklampt en ik heb dat laten gebeuren. Dat is vast niet goed, maar nogmaals: er is niks gebeurd dat jij niet weten mag. Dus kom een beetje tot jezelf en maak niet zo'n drama.' Hij staat op en loopt de kamer uit. Even later hoort Emma de voordeur achter hem dicht vallen. De geprinte brief ligt op de grond. Ze raapt hem op, strijkt hem glad en leest hem opnieuw. En weer, en weer. Tot ze de tekst zo ongeveer uit haar hoofd kent.

Ze blijft zitten met haar hand onder haar hoofd. Heeft Jan gelijk, overdrijft ze door te denken dat er van alles fout zit met die vriendschap tussen Jan en Annemarie? Ziet ze dingen die er niet zijn? Ze leest de tekst opnieuw. Ja, je kunt er alle kanten mee uit. Maar één ding is heel duidelijk: Annemarie wil dingen van Jan die niet kunnen.

Komt dan inderdaad alles van één kant, kan Jan hier niks aan doen? Klampt Annemarie zich aan hem vast en wil hij alleen maar helpen? Emma zucht. Ze weet het niet. Ze weet gewoon niet wat ze moet geloven.

Liegt Jan? Dat heeft hij nog nooit eerder gedaan. Tenminste, niet dat zij weet.

En nu? Hoe nu verder? Toen ze de mail las, vanmiddag op kantoor, stortte haar hele wereld in, zag ze zich al met de kinderen ergens in een huis zitten. Gescheiden, alleen.

En nu? Heeft ze Jan beledigd? Tekort gedaan door hem zo aan te vallen? 'Schoft' heeft ze hem genoemd. Onterecht? Is er echt niks aan de hand? Ze zucht weer. Dan staat ze op, vouwt de brief op en steekt hem weer in de zak van haar spijkerbroek.

Daarna gaat ze naar boven, maakt Max wakker, en als hij normaal reageert, stopt ze hem weer onder. Ze kijkt bij Sophie om de hoek van de deur. Ze slaapt ook al.

Daarna gaat ze verder met inpakken, de laatste vakantiedingetjes. Alsof er niks aan de hand is.

Het is halfelf als Jan thuiskomt.

'Waar was je?'

'Ik ben een eind wezen lopen, om na te denken. Emma, er is niks aan de hand! Geloof je me?'

Ze aarzelt even. 'Ja.'

'Goed, dan wil ik er vanaf nu niks meer over horen. We gaan morgen met vakantie en als we terugkomen, is alles wel gezakt.' Hij loopt naar de koelkast en pakt een pilsje. 'Jij ook?'

Ze schudt haar hoofd. 'Ik kijk nog even bij Max en daarna ga ik naar bed. Alles is ingepakt.'

Ze loopt langzaam naar boven.

Niks aan de hand? Alles wel gezakt?

Wat bedoelt hij met dat laatste?

Ach, ze is nou eenmaal geen type als Annemarie, die zich snikkend in haar man z'n armen zou gooien. Ze komt hier zelf wel uit. Maar er niet meer over praten, betekent niet hetzelfde als er niet meer aan denken!

Veel later, als Jan al lang naast haar slaapt, gaat ze zacht uit bed.

Beneden gekomen pakt ze de sleutel van kantoor en gaat daar naar binnen. Ze gaat achter haar computer zitten en tikt een brief-je aan Annemarie, waarin ze haar ontslag aanzegt per 15 augustus a.s..

Onderaan zet ze: 'Mocht je problemen met dit ontslag hebben, of met de korte termijn van opzeggen, dan zal ik je dat graag mondeling toe-lichten. En anders zal Jan je dat wel PER EMAIL uitleggen!'

Ziezo, als dat nog niet duidelijk is! Ze drukt op 'verzenden' en sluit de computer af.

Daarna gaat ze weer naar bed.

De volgende dag zitten ze zwijgend in de auto. Sophie en Max zijn al-weer in slaap gevallen op de achterbank.

Gezellige vakantie zal dit worden! denkt Emma.

Maar overdag valt dat nog wel mee. Jan is druk met de kinderen. Ze ondernemen lange wandelingen, waarbij zelfs Max met plezier mee-gaat.

Emma blijft meestal op de camping en soms blijft Sophie daar ook. Ze heeft al snel wat vriendinnen en vrienden gevonden, waar ze veel mee optrekt. Dan gaan Jan en Max samen op pad.

'Ga je niet mee, mama?' vraagt Max soms. Maar meestal wordt ze niet gemist.

's Avonds zitten Jan en zij samen voor de tent, als Max slaapt en Sophie elders op de camping met een groepje jongelui zit.

Een paar keer is Emma over Annemarie begonnen. Jan geeft nauwe-lijks een reactie. 'Je weet wat ik gezegd heb, Emma. Laat de vakantie er maar over heen gaan, daarna is alles weer tot normale proporties terug gezakt.'

'Dat zal niet gebeuren!' zegt Emma op een avond, als hij weer zo rea-geert, 'ik heb haar ontslagen.' Ze kijkt naar zijn gezicht, benieuwd naar – en eigenlijk ook bang voor – zijn reactie.

'Je hebt wát?'

'Ik heb haar ontslagen, per 15 augustus.'

Jan reageert niet. Hij kijkt haar alleen aan. 'Zo!' Dat is het enige wat hij zegt.

Daarna pakt hij z'n boek en gaat lezen.

Emma voelt zich steeds ellendiger met de situatie. 'Zo', wat is dat nou voor een reactie? Is hij het ermee eens, of juist helemaal niet? Vanaf dat moment praat ook zij niet meer over Annemarie.

Ze is blij als ze weer richting huis rijden en de vakantie erop zit.

14

OOK ERIK EN ANNEMARIE RIJDEN RICHTING HUIS. NINA ZIT ACHTERIN en luistert naar een cd met kinderliedjes.

Erik rijdt en Annemarie heeft een tijdschrift op schoot, maar ze leest niet. Ze zit een beetje voor zich uit te suffen. Ze zit te denken aan de twee weken die achter haar liggen.

Met stromende regen waren ze vertrokken, maar gelukkig was het weer na drie dagen helemaal opgeklaard. De laatste week was het zelfs warm. Nina heeft zich eindeloos geamuseerd. Er waren in het bunga-lowpark veel jonge kinderen en ze sluit zich altijd gemakkelijk aan bij andere kinderen. De laatste week hebben ze veel in het zwembad gezeten. Nina heeft pas haar eerste zwemdiploma gehaald, dat was nu een rustig idee, ze konden haar lekker haar gang laten gaan in het zwembad zonder bang te hoeven zijn dat ze in het diepe bad terecht zou komen.

Nee, aan het weer heeft het niet gelegen, maar verder...

De eerste dagen was Erik erg moe; als ze in het huisje waren, lag hij vaak op de bank te slapen en ook 's avonds gingen ze vroeg naar bed. Toen het weer beter werd en ze veel bij het zwembad zaten, haalde hij weer allerlei lectuur tevoorschijn en las veel.

In tegenstelling tot vorig jaar heeft Annemarie er geen op- of aan-merkingen over gemaakt. Ze had zelf ook een aantal boeken bij zich en ging ook maar lezen. Maar ze kon slecht haar gedachten erbij hou-den. Ze dwaalden telkens af. Maar dat was niet erg, er wás ook veel waar ze over moest nadenken.

Jan, Emma, haar pianolessen, haar baan. En niet te vergeten: San Francisco!

Ja, San Francisco. Gisteravond was Erik er opeens over begonnen.

'Anne, we moeten daar langzamerhand toch een beetje over gaan na-denken. Maar dat heb je waarschijnlijk al gedaan?'

'Natuurlijk. Maar ik moet er eerlijk gezegd niet aan dénken om weer naar Amerika te gaan.'

'Waarom dan niet? In Chicago heb je het toch best naar je zin gehad? En het is weer voor hoogstens een paar jaar. Als de zaak daar eenmaal goed draait, zit mijn taak er weer op.'

'Ik weet het niet, ik heb gewoon geen zin om weer ergens helemaal opnieuw te moeten wennen. En voor Nina lijkt het me ook niet zo geweldig. Ze begint straks in groep drie en dan zou ze aan het eind van dat jaar weer moeten overschakelen op het Engels.'

'Tja, dat is wel een nadeel. Hoewel je er altijd versteld van staat hoe soepel kinderen een taal weer oppakken. Maar goed, we hebben nog even de tijd, misschien verander je nog van gedachten. En zo niet, nou, dan blijven we hier, Anne. Ik wil je niet tegen je zin meeslepen hoor.' Verder is er niets meer over gezegd. Maar het geeft haar wel een stukje rust dat Erik er al rekening mee houdt dat het niet door zal gaan. Want voor haar is dat zeker: ze wil echt niet weg hier! En dan komt ze vanzelf weer op haar andere probleem waar haar gedachten bijna constant mee bezig zijn: Jan.

Het blijft moeilijk. Enerzijds merkt ze dat het goed is, even afstand te nemen, geen contact te hebben. Ze heeft hem nu ruim vier weken niet gezien. De laatste keer was die woensdag aan het begin van de vakantie in het zwembad. Daarna heeft ze hem nog af en toe via de mail gesproken en dat is goed zo. Want zo moet het worden: een vriend waarmee ze fijn kan praten, meer niet, maar ook niet minder. Dit zijn haar rationele gedachten.

Aan de andere kant verlangt ze ze er ontzettend naar om hem te zien. Droomt ze van hun omhelzingen en roept ze in haar gedachten weer terug wat hij zei en hoe hij haar aankeek. Maar telkens als ze zover is, roept ze zichzelf weer een halt toe. Het mag niet, dat moet voorbij zijn! Jan hoort bij Emma en zijzelf bij Erik. Erik, die toch maar zijn eigen wens om naar San Francisco te gaan, opzij wil zetten als zij niet wil. Ze zucht.

Ze worstelt deze weken met haar gevoelens, soms wint de ratio het, maar soms haar hart.

Ze probeert steeds weer te bidden om kracht. Kracht om sterk te zijn, om 'nee' te zeggen tegen haar verlangen. Want ach, wist ze alles maar zo zeker als dit: God wil dit niet, het is zonde, het is zo verkeerd.

Eén ding heeft ze zich heel vast voorgenomen: ze gaat stoppen met de pianolessen, nu definitief. Want ze weet maar al te goed dat als ze weer met Jan alleen zal zijn, haar verlangen het weer zal winnen van haar goede voornemens.

Als ze elkaar op kantoor zien, zal het anders zijn. Dat is een ruimte waar altijd iemand kan binnenlopen.

Ze vraagt zich af hoe Jan op haar beslissing zal reageren. Dat is trouwens toch een grote vraag voor haar: hoe staat hij hier zelf in?

Hij kan zo nuchter praten over hun omhelzingen, alsof het hem helemaal niks doet. Maar als ze denkt aan zijn ogen, hoe hij haar soms aankijkt, weet ze dat zijn woorden niet kloppen met zijn gedachten. Maar of het voor hem hetzelfde is als voor haar, dat betwijfelt ze.

Nog een uurtje, dan zijn ze thuis. Zouden Jan en Emma al thuis zijn? Als het goed is, wel. De bedoeling was om vrijdagavond thuis te komen, een dag eerder dan Erik en zij.

Zou er al een antwoord zijn op haar laatste mailtje?

Ho! Ze wil er niet meer aan denken. Ze zoekt een pen en gaat de puzzel maken die achterin het tijdschrift staat.

Als ze thuiskomen, laden ze eerst samen de auto uit.

Nina heeft haar fiets uit de schuur gepakt en rijdt wat rond in de buurt.

Als de koffers boven staan, nemen ze samen de post door. Het zijn vooral reclamefolders en huis-aan-huisbladen, verder is er niet veel bijzonders. Een paar kaarten van vakantievierende familie en vrienden en een enkel bankafschrift.

'Als jij nou eens met Nina wat boodschappen gaat doen, dan zet ik alvast een wasmachine aan en ruim het één en ander op, goed?'

'Best, maak maar een lijstje, dan gaan Nina en ik naar de winkel, hè Nien?'

'Mag ik dan op m'n eigen fiets?'

'Ja hoor, ik vind het goed. Kom maar op met je lijst, Anne!'

Even later fietsen ze samen weg. Snel stopt Annemarie de eerste was in de machine, loopt daarna naar de studeerkamer en gaat achter de computer zitten. Vlug even kijken of er een mailtje van Jan bij is.

Zo, dat is nogal wat: dertien nieuwe mails. Snel gaat haar blik naar de afzenders. Er is er in elk geval één van Jan bij en ook één van Emma. Hé, van Emma, daar krijgt ze nooit bericht van via de computer. Emma vindt het onzin om voor de gezelligheid te mailen en als ze wat te zeggen heeft, belt ze wel even. Maar nu zal het wel iets te maken hebben met het weer beginnen met werken na de vakantie. Maar eerst gaat ze lezen wat Jan haar schrijft! Ze klikt het mailtje open, het is maar een kort berichtje, ziet ze direct.

Anne, Emma heeft helaas je laatste mail gelezen, het spijt me dat dat kon gebeuren.
Je hebt haar mail aan jou inmiddels gelezen, neem ik aan. Ik weet niet precies wat er in staat, maar in heb van haar begrepen dat ze de arbeidsovereenkomst wil beëindigen.
Of dat wettelijk gezien zomaar kan, betwijfel ik, maar gezien de omstandigheden denk ik dat het nu wel even het beste is. Het komt wel goed! Ik neem weer snel contact op met je.
Sterkte!

Doodstil zit ze achter de computer. Nee! Dit kan niet waar zijn! Koortsachtig probeert ze te bedenken wat ze precies geschreven heeft in die laatste mail, maar ze weet het niet meer. Het is te lang geleden en ze heeft de tekst niet opgeslagen.
Met trillende vingers sluit ze Jans bericht en opent dat van Emma.
Een paar korte regels, waarin Emma zegt dat er per 15 augustus geen werk meer voor haar is en dat ze dus per die datum ontslagen is.
Natuurlijk kan dat niet op deze manier, maar ze leest ook heel duidelijk wat er onderaan staat: dat Jan het haar wel 'per email' uit zal willen leggen.
Voor haar is het duidelijk genoeg, ze zou niet eens meer binnen dúrven stappen.
Ze zit daar stil tot ze beneden de deuren hoort. Erik en Nina zijn thuis. Ze sluit de computer snel af en loopt naar de overloop.
'Ik kom zo hoor, ik ruim nog even wat weg.'
Ze gaat haar slaapkamer binnen en valt op haar knieën voor haar bed. Ze heeft geen woorden, ze duwt haar hoofd in het dekbed. Ze kreunt.
'God, wat moet ik nu, hoe moet ik nu verder?'
'Anne? Zal ik thee zetten?' roept Erik vanaf beneden.
'Is goed, ik kom zo!' Ze staat op, loopt naar de badkamer en plenst wat koud water in haar gezicht. Ze haalt diep adem. *Gewoon doen! Heel gewoon doen, later zal ze nadenken!*

Ze loopt langzaam de trap af, probeert zo gewoon mogelijk te vragen: 'En, was het druk in de winkel, alles kunnen vinden?'

Hoe ze het weekend is doorgekomen, weet ze later niet meer. Maar eindelijk is het maandagochtend. Erik is al vroeg naar kantoor gegaan en Nina is bij Annemarie in bed gekropen. 'Hoef ik nog steeds niet naar school?'
'Nee, volgende week, als het weer maandag is. Dit is de laatste vakantieweek.'
'Mag Max bij me spelen? Ik heb hem zo lang niet gezien.'
'Vandaag maar niet. Weet je wat? We gaan zo naar tante Roos bellen, eens kijken of die zin hebben om te komen, dan kun jij lekker met Frank en Tom spelen, goed?'
'Maar ik wil liever met Max spelen, mag hij dan ook komen?'
'Vandaag niet!' Ze zegt het een beetje kortaf. Nina kijkt verbaasd naar haar moeder, maar ze zegt niks meer.
Zodra ze ontbeten hebben en Nina zich boven aan het aankleden is, pakt Annemarie de telefoon en belt Roos. Als ze er nu maar is, ze móet met iemand praten!
Gelukkig pakt Roos de telefoon op.
'Roos, met Annemarie, ik...' Ze begint te huilen.
'Hé! Anne, wat is er? Jullie zijn weer thuis? Is er wat gebeurd?'
Annemarie slikt, haalt diep adem. 'Sorry, Roos, ja, we zijn er weer en ik moet je echt spreken, zo gauw mogelijk, het is zo vreselijk!'
'Wat dan? Is er wat met Erik of Nina? Of heeft het met Jan te maken? Anne?'
'Nee nee, met Erik en Nina is alles goed. Maar dat andere niet. Emma... Roos, Nina komt zo naar beneden, kunnen we wat afspreken, kun je hiernaartoe komen of ik naar jou?'
'Kom dan hiernaartoe, ik heb nu geen auto. Alleen, de jongens zijn er niet, die zijn aan het logeren. Dat is niet zo leuk voor Nina natuurlijk. En dan wordt praten ook een beetje moeilijk misschien. Maar goed, daar bedenken we wel wat op. Ik ben thuis, dus kom maar zo gauw mogelijk. En rij voorzichtig!'
Annemarie legt de telefoon neer. Nee, dat wordt niks! Als Tom er niet is, blijft Nina waarschijnlijk als een klitje aan haar hangen. Maar dan

krijgt ze een idee, ze pakt de telefoon weer en toetst een nummer.
'Mam? Met Annemarie. Alles goed bij jullie?

....

Ja, hier ook, hoor! Alleen, Nina wilde nog een keertje bij jullie loge-ren en nu wil ik vandaag naar Roos gaan. Is het goed als ik dan eerst bij jullie koffiedrink en dat Nina dan blijft, één of twee nachtjes? Tenslotte is dit haar laatste vakantieweek alweer, volgende week maandag moet ze weer naar school.'

....

'Afgesproken, dan zie je ons straks. Dag mam.'

Ze loopt naar boven. 'Luister eens, Nina, ik heb een verrassing voor je. Je mag nog een paar dagen bij opa en oma in Woerden logeren. Hoe vind je dat?'
'Leuk! Wanneer ga ik dan?'
'Zo meteen! We zullen wat kleren voor je inpakken en daarna gaan we weg. Het is maar goed dat ik zaterdag meteen de wasmachine heb aangezet, anders had je nu niet eens schone kleren, dan had je nog een pyjama van opa aan gemoeten.'
Nina lacht. Dan vraagt ze: 'Gaan we dan niet naar Tom en Frank?'
'Tom en Frank zijn ook al aan het logeren, dus dan is het niet zo leuk voor jou om mee daarnaartoe te gaan. Tante Roos en ik zitten toch maar te kletsen. Dan gaan we een andere keer wel weer als de jongens er ook weer zijn.'
Voor ze weggaan, belt Annemarie nog even naar Roos om te zeggen dat het iets later wordt, en dat ze alleen komt.
Een halfuurtje later rijden ze al weg. Het is niet druk op de weg, je kunt merken dat het nog vakantie is.
Drie kwartier later stopt Annemarie bij haar ouders voor de deur.
'Wat een verrassing! En wat zijn jullie lekker bruin geworden. Ik hoef niet te vragen of de vakantie leuk was,' zegt oma. Ze krijgt een dikke knuffel van Nina.
Maar dan kijkt ze Annemarie nog eens goed aan. 'Hoewel...? Gaat het wel goed?'
Annemarie doet haar best om er ontspannen en vrolijk uit te zien als ze zegt: 'Prima! We hebben inderdaad een heerlijke vakantie gehad.

Eerst was het weer niet zo geweldig, maar later wel en zeker de tweede week was het schitterend. We hebben veel gezwommen, hè Nina?'

'Met Erik ook alles goed? Die moest vandaag alweer beginnen? Wat heeft die jongen het toch druk! Was hij niet een beetje jaloers dat jullie tweetjes nog een week vrij hebben?'

Nog een week? Ik heb voorgoed vrij...

'Nee hoor, hij had er wel weer zin in. Hij vindt het volgens mij lekkerder om te werken dan om vakantie te hebben.'

Als ze aan de koffie zitten en Nina de tuin in is gelopen, zegt Annemarie zo terloops mogelijk: 'Misschien dat ik binnenkort wel stop met werken. Die kantoorbaan is toch niet helemaal wat ik zocht. Nu ik zes weken vakantie heb gehouden, merk ik dat ik dat stukje rust toch ook wel lekker vind. En dan kan ik altijd weer eens uitkijken naar een baan als tandartsassistente.'

'Oh? Ik dacht juist dat je het zo goed naar je zin had daar. Maar je hebt gelijk, als het je te druk wordt, kun je beter stoppen.'

Als ze haar koffie op heeft, gaat ze staan. 'Ik ga maar weer, ik wil nog even bij Roos langs gaan.'

Ze vindt Nina in de tuin met een dikke kater op schoot. 'Krijg ik nog een kus, dan ga ik, Nien! Veel plezier en lief zijn, hè?'

'Hoe lang mag ik blijven?'

'Dat moet ik nog even met opa en oma afspreken, je hoort het wel. Of wil je morgen alweer naar huis?'

'Nee! Ik vind het leuk hier bij Smousie.' Ze aait de kat over z'n kop. 'Alleen, ik wil ook nog wel met Max spelen als ik thuis ben.'

'Daar is nog tijd genoeg voor. Blijf eerst maar lekker een paar dagen hier. We bellen elkaar, afgesproken?'

Ze neemt afscheid van haar moeder en stapt daarna in de auto. Nu snel naar Roos!

Wat een geluk voor haar dat Roos geen baan heeft, maar voorlopig thuis wil zijn bij haar kinderen. Want ze stelt de mening van Roos niet alleen als vriendin, maar ook als deskundige op prijs.

Het is een opluchting dat ze zich bij Roos niet goed hoeft te houden en niet opgewekt hoeft te praten.

Ze is nauwelijks binnen of ze begint al te vertellen. Roos luistert zonder haar te onderbreken.

Als ze tenslotte klaar is, zegt Roos niet zoveel.

'Meid!' Meer zegt ze niet.

Annemarie huilt. Eindelijk kan ze haar tranen, die al twee dagen zo hoog zaten, laten gaan.

'O, Roos, wat moet ik nou toch! Wat moet ik tegen Erik zeggen? Hoe leg ik hem uit dat ik geen baan meer heb en om welke reden? En wat als ik Emma ergens tegenkom? Straks bij school of zo? Ik schaam me zo vreselijk voor haar. En Jan, hoe zal hij het hebben? Emma is natuurlijk ook vreselijk kwaad op hem. En Jan ben ik nu echt kwijt, zelfs mijn vriend kan hij niet meer zijn, denk ik. En God? Hoe kan ik ooit nog bidden? En Emma kan weer zeggen dat de kerkmensen allemaal oplichters zijn, ze heeft nog gelijk ook.'

Roos staat op en haalt koffie. Ze laat Annemarie huilen en praten.

Ten slotte zegt ze: 'Luister nou eens naar mij, Anne. Het is hartstikke rot dat het zo afgelopen is, maar eigenlijk is het ook wel goed, hoe raar dat ook klinkt. Als dit niet was gebeurd, was je waarschijnlijk nog heel lang zo doorgegaan met stiekeme ontmoetingen en mailtjes met Jan. En je was steeds dieper in de put gekomen, want je wist al die tijd dat je verkeerd bezig was. Ik denk, nee, ik weet wel zeker, dat je eerlijk met Erik moet gaan praten, hoe moeilijk dat ook zal zijn. En als ik eerlijk zeg, dan bedoel ik ook eerlijk. Je moet hem vertellen dat je verliefd bent geworden op Jan. Door de aandacht die je van Jan wel krijgt en van Erik niet. Dat is niet leuk voor hem om te horen, maar het is wel nodig, ook voor hem. Want jij bent niet alleen schuldig, dat is Erik ook. Hij gaat veel te veel op in z'n baan en dat is niet goed. Jullie hebben er allebei schuld aan dat het zover is gekomen en jullie zullen er ook allebei keihard aan moeten werken om het weer goed te krijgen.'

Ze kijkt Annemarie aan. 'Of wil je dat niet?'

Annemarie knikt. 'Ik wil het wel, maar het is zo moeilijk. Jan...'

'Jan, ja die zul je los moeten laten. En dat zal best pijn doen, maar je weet toch, Anne, dat het nooit op iets zou kunnen uitlopen met Jan. Zou je ooit bij Erik weg kunnen gaan en gelukkig worden met Jan, ten koste van Emma, Erik en alle kinderen? Zou je dat ooit kunnen, vooropgesteld dat Jan dat ook zou willen?'

Annemarie schudt haar hoofd. 'Nee, trouwens, Jan heeft me door alles heen steeds heel duidelijk verteld dat zijn werk en zijn gezin vóór alles gaan. Daar is-tie in elk geval wel eerlijk in geweest.' Het klinkt bitter. 'Verder niet, bedoel je? Ach, wat heet eerlijk, Anne. Ik denk dat het voor hem ook uit de hand gelopen is. Ik ken hem en zijn vrouw natuurlijk niet goed, maar wat ik van ze gezien heb bij jullie op verjaardagen, dat geeft toch wel een bepaalde indruk. Ik denk dat jij naast zijn vrouw ook afsteekt als verrassend spontaan en vrolijk. Dat is, denk ik, zijn valkuil geweest.

Maar, weet je, en nu probeer ik zo objectief mogelijk te praten, ik denk dat jij je niet in de eerste plaats druk moet maken over hoe het tussen Jan en Emma zit. Dat is hun probleem, letterlijk! Jij hebt je handen vol aan je eigen relatie. En nu spreek ik weer als je vriendin, en niet als psycholoog, Annemarie, ga er voor!'

Annemarie geeft geen antwoord. Ze zit met haar handen voor haar gezicht.

'Anne?'

'Roos, ik hou zo van hem!' Het klinkt wanhopig.

Roos gaat naast haar zitten. 'Dat begrijp ik wel, maar het kan niet anders, Anne. Je hebt geen keus.'

Roos slaat haar arm om haar schouder. 'Anne, je zei net ook dat je je zo schuldig voelt voor God. Maar je weet toch dat je om vergeving mag vragen en het ook zal krijgen als jij echt wilt stoppen met Jan. En zelfs met dat "willen" wil Hij je helpen.'

Annemarie knikt. 'En Emma, wat moet ik met Emma?'

'Niks! Wacht eerst maar eens af. Ik denk dat zij nu ook geen behoefte heeft aan een gesprek met jou. En als dat er wel van komt, dan kun je haar zeggen dat het je spijt, je kunt haar om vergeving vragen, en meer kun je niet. Meer hoef je ook niet, dat ligt op Jan z'n bordje. Jij bent vooral verantwoordelijk voor joúw huwelijk, híj voor het zijne. Want vergeet niet, Anne, hij is minstens even schuldig als jij.'

'Misschien, maar ik ben degene die de problemen met hem wilde bespreken, hulp zocht.'

'Dus? Anne, ik heb een aantal jaren als psycholoog gewerkt. Stel je voor dat ik iets was begonnen met iedereen die eenzaam was en z'n problemen met me wilde bespreken.'

'Dat is niet hetzelfde, hij was niet mijn psycholoog, maar een vriend.'

'Dan nog! Stel dat ik problemen krijg en er met jouw Erik over praat. Moet hij me dan meteen gaan zoenen?'

Annemarie schiet in een zenuwachtige lach. 'Nee, doe maar niet!'

Ze praten nog een hele tijd door.

Eindelijk zegt Roos: 'Anne, ik ga een broodje voor ons maken. Als jij je gezicht een beetje gaat oppoetsen, eten we daarna. En dan ga jij vanmiddag op tijd naar huis. Je belt Erik en je zegt dat hij op tijd thuis moet zijn, omdat je met hem moet praten. Je eist gewoon dat hij voor het eten thuis is en thuis blíjft! En dan praten, Anne! Echt alles vertellen, dat is de enige manier om hier uit te komen.'

Wat later zet Roos een bordje met brood voor haar neer.

'Ik heb echt geen trek!'

'Je móet wat eten, anders kun je straks niet naar huis rijden.'

Om drie uur rijdt ze richting Delft.

Bij het afscheid zei Roos: 'Ik weet dat het niet gemakkelijk zal zijn allemaal, het praten met Erik en zeker ook het loslaten van Jan. Het zal heel moeilijk zijn, maar het móet! Je hebt geen andere keus, je bent het ook aan je dochter verplicht, denk daar aan.'

Nu rijdt ze over de A12. De woorden van Roos cirkelen rond in haar hoofd.

Als ze thuis is, gaat ze eerst Erik bellen.

'Toch niks ernstigs? Iets met Nina of zo?' vraagt hij, als ze hem nadrukkelijk vraagt om te zorgen dat hij vanavond op tijd thuis is.

'Nee, we zijn allebei gezond, Nina logeert bij m'n ouders, maar het is wel heel belangrijk.' Meer zegt ze niet en Erik belooft uiterlijk om zes uur thuis te zijn.

Wat nu? Het is pas kwart over vier. Nog bijna twee uur voordat Erik thuiskomt.

Ze loopt naar boven en zet de computer aan. Is er bericht van Jan? Ja, hij heeft haar een mailtje gestuurd. Ze klikt het open.

Anne, ik heb Emma alles verteld. Het lijkt me beter dat we elkaar voorlopig niet spreken, ook niet per e-mail. Dit heeft even tijd nodig, daarna komt het vast wel weer goed.

Kun je akkoord gaan met het ontslag? Ik denk dat het voor nu even beter zo is, hè?
Groet, Jan

Ze leest het wel vier keer over. Ze zoekt tevergeefs naar iets warms, iets hartelijks, maar ze kan het niet vinden.

Dan huilt ze weer. Nu om iets wat verdwenen is voordat het er werkelijk was.

Om halfzes hoort ze de sleutel in het slot. Ze loopt vlug de trap af.

'Ben je daar al?'

'Ik was een beetje ongerust. Je klonk zo bezorgd. Wat is er?'

'Zo meteen.' In de keuken draait ze vlug een blik soep open en gooit het leeg in een pan. Ze warmt de soep en schept het daarna in twee borden. Nog even uitstel.

Als ze de soep zwijgend hebben opgegeten, zegt Erik: 'Nou vooruit, Anne, wat is er?'

Ze slikt. Hoe moet ze beginnen, hoe kan ze het zeggen?

'Gaat het om Jan?'

Ze haalt diep adem, en dan stort ze opeens het hele verhaal over hem heen. Maar ze vertelt alleen de feiten, haar gevoelens voor Jan, de dingen die gezegd zijn door hem en haar, die ze wel aan Roos kon vertellen, die verzwijgt ze.

Maar dat hoeft ook niet, dit is al genoeg voor Erik.

Als ze klaar is met vertellen, durft ze hem niet aan te kijken. Is hij boos, gekwetst? Of allebei?

Het blijft even stil, dan zegt Erik: 'Ach, Anne, natuurlijk had ik wel wat in de gaten, maar ik wílde het niet zien. Ik dacht dat het vanzelf over zou gaan. Nou, niet dus! Maar het is ook míjn schuld. Ik heb je zo vreselijk in de kou laten staan.'

Ze praten nog heel lang. Het wordt al donker, als Erik koffie gaat zetten.

Wat later zit hij weer tegenover haar. 'Het gaat allemaal goed komen, Anne. We gaan er samen aan werken. Het is goed dat je baan daar nu ook gestopt is. Je gaat gewoon rustig uitkijken naar iets anders. En San Francisco, daar bedank ik ook voor. Ik ga tijd maken voor jou en

Nina! En als jij wilt dat we in de medische molen gaan voor nog een kindje, dan doen we dat! Daarin heb ik ook te veel aan mezelf gedacht.'

Annemarie voelt zich opgelucht omdat Erik het nu weet en dat hij zo positief reageert. Maar verder? Verder durft ze nog niet te denken. Want vóór haar ligt een weg zonder Jan. En dát is goed, dat moet zo, maar het doet zo verschrikkelijk zeer! En dat kan ze niet tegen Erik zeggen. En hoe zal het gaan als ze Emma vandaag of morgen tegenkomt?

Maar als ze naar bed gaat, is ze slaperiger dan tijden het geval is geweest. Ze is ook zo vreselijk moe!

Erik ligt naast haar, zijn arm om haar heen.

Maar in haar hart huilt ze. Zo simpel als Erik het nu ziet, zo simpel is het lang niet!

15

EMMA ZIT OP KANTOOR. ZE HEEFT HET DRUK, HET IS GOED TE MERKEN dat ze er weer alleen voor staat.

Maar dat is goed, hoe drukker, hoe beter. Des te minder tijd heeft ze om te denken.

Wat werk betreft gaat het zo niet, dat beseft ze wel. Al is het alleen al de telefoon, die veel te vaak op het antwoordapparaat staat. Maar daarvoor heeft ze al een oplossing bedacht. Volgende week beginnen alle scholen en opleidingen weer, dan gaat ze direct bellen voor een stagiaire. Die zijn genoeg te krijgen. Het hoeft niet per se iemand te zijn die de makelaardij in wil, een stagiair van een administratieve opleiding is ook prima.

En Jan? Die gaat zijn rapporten en rekeningen zelf maar weer verzorgen!

Jan... Emma's gedachten dwalen af. Jan praat niet meer over Annemarie en de hele situatie. Het is voorbij, zegt hij, en hij wil er niets meer over horen. Het stelde volgens hem niks voor.

Dat is aan de ene kant gemakkelijk, zo gauw mogelijk vergeten. Maar aan de andere kant merkt Emma dat dat voor haar toch niet zo werkt. Ze blijft er vanbinnen voortdurend mee bezig. Ze houdt haar vragen: stelde het echt niks voor? Waarom is Jan dan zo stil?

Volgende week begint de school weer. Max en Nina komen weer bij elkaar in groep drie. Onderhand kan Max wel zelf naar school, hij hoeft in elk geval niet meer tot in de klas gebracht te worden, maar toch zal ze Annemarie daar regelmatig tegen gaan komen.

Ze moet er niet aan denken! Ze wil dat schijnheilige mens nooit meer zien! Onder het voorwendsel van vriendschap proberen haar man in te pikken! Want daar komt het toch op neer. Als het is zoals Jan zegt, en daar wil ze aan vasthouden, dan is er van zijn kant niks aan de hand. Maar van de kant van Annemarie? Ook al waren het alleen gesprekken, ze heeft gevoeld dat er veel meer achter zat bij Annemarie.

Soms voelt ze twijfel of het wel echt zo is zoals Jan het zegt. Is er echt niks meer geweest dan goede gesprekken? Maar die gedachten stopt ze ver weg. Als ze aan Jans woorden moet gaan twijfelen, waar blijft ze dan?

Die school, dat is nu haar grootste probleem. Had ze Max maar nooit naar die christelijke school gestuurd! Sophie was hier in Delft naar de montessorischool gegaan, waarom hebben ze Max daar ook niet meteen op gedaan! Ze heeft er nu spijt van, het zou een stuk simpeler zijn geweest nu.

En dat christelijke? Nou, je ziet het weer! Nijdig smijt ze een dossier op haar bureau. Al die brave, vrome, christelijke mensen, nou daar heb je wat aan!

Allereerst haar eigen vader! Nooit kon ze het goed doen, nooit eens een aai over haar bol. Vervolgens haar broertje, ook zo'n vrome, christelijke jongen. Trouwt met een vrouw en komt dan later met z'n verhaal dat hij homoseksueel is. Ook al zo fijn! En nu weer Annemarie. Een gesprek dat ze eens met haar had toen ze hier net op kantoor werkte, schiet haar weer te binnen.

Annemarie zei toen dat er genoeg mensen zijn die naar de kerk gaan die zéker betrouwbaar zijn. Nou, zij moet er nog steeds één tegenkomen!

Eigenlijk ook absurd dat Max wel op een christelijke school zit... Hoe meer ze er over nadenkt, hoe meer vorm het plan krijgt dat ze in haar hoofd heeft.

's Avonds, als Max in bed ligt, begint ze er over tegen Jan.

'Jan, ik wil ergens met je over praten.'

Jan kijkt op, ze ziet de onwil op z'n gezicht verschijnen.

'Nee, niet over onze vriendin Annemarie.'

'Wat dan?'

'Over Max. Hij gaat nu naar groep drie. Eigenlijk een goed moment om nog van school te veranderen.'

'Wat zeg jíj nou? Van school veranderen, waarom zou hij? Hij heeft het toch prima naar z'n zin?'

'Hij wel, ja, maar ik niet. Ik wil hem ook naar de montessorischool hebben.'

'Waarom?' Meer vraagt hij niet.

'Ik heb m'n buik een beetje vol van alles wat christelijk is. En buiten dat: ik vind het montessorionderwijs heel goed. Tenslotte hebben de meiden er ook alledrie op gezeten.'

'Maar dat is niet de échte reden, hè, waarom je nu zo plotseling wil veranderen.' Het is meer een constatering dan een vraag.

Even blijft het stil, dan zegt ze: 'Nee, daar heb je gelijk in. Ik heb geen zin om steeds weer met Nina en dus ook met Annemarie geconfronteerd te worden. Als ze niet meer bij elkaar op school zitten, is dat bij elkaar spelen ook snel genoeg afgelopen. Want ik wil dat niet meer, Jan!'

Jan geeft niet direct antwoord. Emma zegt ook niks meer.

Eindelijk zegt hij: 'Realiseer je je wel wat je Max daarmee aandoet? Weg uit zijn vertrouwde omgeving, de school waar hij helemaal gewend is, waar hij het naar z'n zin heeft. Weg ook van z'n vriendinnetje waar hij zo dol op is. En dat alles voor een gril van zijn moeder?'

'Een gril van zijn moeder? Een fout van zijn vader zul je bedoelen!' Emma is heel bleek geworden. 'Want laten we de feiten nou niet gaan omkeren; door jouw zogenaamde vriendschap zitten we nu met dit probleem.' Haar stem is scherp en bitter.

Jan staat op. 'Gaan we zo beginnen? Je weet wat ik daarover gezegd heb. En ik wil daar niet opnieuw over praten. Maar goed, Emma, als jij dit zo nodig wilt, moet je het maar regelen. En je gaat het ook zelf maar aan Max vertellen. Ik denk dat hij er niet blij van wordt.'

Daarna loopt hij de kamer uit, de deur nadrukkelijk achter zich dicht trekkend.

Emma blijft alleen zitten; nog heel lang denkt ze er over na. Tenslotte neemt ze een besluit. Het moet gewoon gebeuren! Het zal even jammer zijn voor Max, maar daar is hij snel genoeg overheen. Nu ze groter worden, heb je toch kans dat hij meer met z'n vriendjes gaat optrekken dan met Nina. Na de kleuterjaren zoeken jongens meestal jongens en meisjes de meisjes op om mee te spelen.

De volgende dag vertelt ze Max dat hij na de vakantie naar een andere school zal gaan, de school van Sophie. Dus niet helemáál onbekend voor hem.

'Gaat Nina daar dan ook naartoe?'

'Nee, Nina niet, maar wel Rick van Hans en Joke, weet je wel, waar je ook wel eens gespeeld hebt.'

'Maar dat vind ik niet leuk, waarom moet dat dan?'

'Je gaat nu naar groep drie en papa en ik vinden de montessorischool een betere school om goed te leren lezen en rekenen. Daarom hebben Marieke, Ellen en Sophie ook op zo'n school gezeten, begrijp je?'

'Maar ik ken die juf helemaal niet.'

'Ik ga deze week al opbellen en dan gaan we maandag samen kijken in je nieuwe klas, goed?'

Max kijkt haar aan, hij snapt er niks van, dat merkt ze wel.

'Kan ik dan nog wel eens met Nina spelen?'

'Tuurlijk! Maar je krijgt dan ook vast veel nieuwe vriendjes en vriendinnetjes.'

'Mag ik vandaag met Nina spelen?'

'Nee, vandaag kan het niet.'

'Waarom niet? Is Nina nou nog steeds met vakantie?'

'Ik denk het wel. Een andere keer weer.'

Max loopt naar buiten. Even later ziet Emma hem op z'n schommel zitten. Hij schommelt zachtjes heen en weer. Hij kijkt niet blij.

Even voelt ze een beetje wroeging. Moest dit nou zo?

Ja! Zo moet dit. Bedank je vader maar, Max!

Jan komt er niet meer op terug. Aam het eind van de week belt Emma de directeur van de Montessorischool. Het is een beetje lastig, het is natuurlijk nog vakantie. Maar ze weet van Mieke, haar schoonzusje die ook voor de klas staat, dat de meeste juffen en meesters toch zeker aan het eind van de laatste vakantieweek wel op school bezig zijn.

Als ze die donderdagochtend belt, krijgt ze ook meteen iemand aan de lijn.

Ze legt uit dat ze hun zoon toch graag naar dezelfde school willen hebben als waar zijn zusje geweest is. Het is wel een beetje op het laatste moment, maar als de directeur dat al vreemd vindt, laat hij het niet merken. Hij kent de familie en Max wordt zonder meer als nieuwe leerling geaccepteerd. Er is nog wel een plaatsje voor hem in groep drie. Ziezo! Dat is een opluchting. Emma legt de telefoon neer. Geregeld! Max is vast gauw genoeg gewend. Hopelijk kan dit hoofdstuk snel afgesloten worden.

Als ze 's middags aan tafel aan Max vertelt dat de nieuwe juf hem maandag verwacht, reageert hij nauwelijks. Jan, die er ook bij zit, reageert helemaal niet.

16

OP DONDERDAG GAAT ANNEMARIE WEER NAAR WOERDEN. ZE GAAT NU eerst koffiedrinken bij Roos en daarna naar haar ouders om Nina op te halen.

'En?' vraagt Roos, als ze met de koffie in de tuin zitten. 'Heb je met Erik gepraat?'

Annemarie knikt. 'Ja, hij reageerde eigenlijk heel lief, trok de schuld voor een groot gedeelte naar zichzelf toe.' Ze vertelt hoe het gesprek is gegaan. 'Eigenlijk voel ik me nu nog veel schuldiger, nu hij zo begrijpend reageert.'

'Waarom dan?'

'Het is wel uitgesproken, we gaan er ons best voor doen, maar...'

'Maar?'

'Ik durf het bijna niet te zeggen, Roos, maar Jan zit nog helemaal in mijn hart en in mijn hoofd. Erg hè, ik schaam me zo.'

'Nou, dat lijkt me vrij logisch, Anne, je hebt een besluit met je hoofd genomen, daar gaat je hart niet automatisch direct in mee. Wás het maar zo simpel.'

'Maar ik geloof dat Erik dat zo niet ziet. Die heeft zoiets van: we hebben fouten gemaakt, we zijn tot inkeer gekomen en nu is alles weer goed. En daar kan ik het helemáál benauwd van krijgen, want zo voelt het voor mij niet.'

'Zoals ik al zei, dat is heel normaal. Voor Erik is het toch heel anders dan voor jou? Zijn gevoel voor jou was nog steeds intact, dat moest alleen een nieuwe impuls krijgen. En ja, ik denk ook dat mannen heel anders met dit soort dingen omgaan, veel rationeler.'

'Ik wou dat ik een knop kon omzetten, zodat Jan uit m'n hoofd was. Het geeft me zo'n schuldig gevoel dat ik nog steeds aan hem denk.'

'Daar kun je niks aan doen. Maar je kunt natuurlijk wel steeds, als het in je op komt, bewust er voor kiezen om aan iets anders te gaan denken. Dat is iets anders dan de gedachten aan hem te koesteren, daar heb je wél zelf de keus in. Heb je trouwens nog wat van Jan gehoord?'

'Alleen een heel kort mailtje waarin hij zei dat hij met Emma had gepraat en dat we elkaar voorlopig maar niet moeten zien of spreken. En dat het wel weer goed komt.'

'Nou, de wens is de vader van de gedachte! Ik denk niet dat Emma ooit weer de vriendschapsband aan wil halen en Erik ook niet. Dat lijkt me ook niet gezond. Het is hard voor je, maar het is echt beter zo.'

Langzaam druppen de tranen weer bij Annemarie. 'Het is zo moeilijk, Roos! En ik wil het niet laten merken aan Erik, want hij... nou ja, dat zei ik al, voor hem is het klaar, over en uit. En hij doet ook echt z'n best. Deze week was hij steeds om zes uur thuis en ook de meeste avonden hoefde hij niet meer weg. O, en dat heb ik je nog niet verteld: San Francisco laat hij ook gaan, we blijven hier.'

'Mmmm.'

'Wat: mmm?'

'Misschien was dat zo gek nog niet, dat Amerika.'

'Maar ik vind het vreselijk!'

'Waaróm eigenlijk? Omdat het dan definitief over is met Jan? Wees nou eens heel eerlijk tegen jezelf?'

'Misschien heb je wel gelijk, Roos, ik weet het allemaal niet meer, ik kan het gewoon niet loslaten!'

'Je kunt het wél! Je móét, Annemarie, je hebt geen keus.'

'Het is zo moeilijk.'

'Je hoeft het niet alleen te doen, kun je er niet om bidden, Anne? Ik weet zeker dat God je dan de kracht zal geven die je nodig hebt. Ook al zal het heus niet meteen over zijn.'

Annemarie knikt. 'Ja, dat ervaar ik ook wel. Ik kan eindelijk weer dicht bij God komen voor mijn gevoel. Hij was zover, maar nu heb ik het gevoel dat mijn gebed weer verder komt dan het plafond van m'n slaapkamer. Maar het blijft een strijd, steeds weer opnieuw. Weet je, ik kom nog steeds niet verder dan de vraag of God me de wil om te stoppen wil geven. De wil om Jan los te laten.'

'Ach meid, het zit wel diep, hè? Maar dat is voorlopig ook genoeg, denk ik.'

Als Annemarie later naar haar ouders rijdt om Nina op te halen, voelt ze zich toch wat gesterkt door het gesprek met Roos.

De laatste paar dagen van de vakantie zijn snel voorbij.

'Moet jij maandag ook weer naar Emma's kantoor?' vraagt Nina zaterdags.

'Nee, ik blijf thuis, ik hoef niet meer bij Emma te werken, mijn werk is klaar.'

'O, wat ga je dán doen?'

'Boodschappen, wassen en ik kom jou uit school halen, natuurlijk.'

Nina neemt genoegen met dit antwoord.

'Maandag als ik naar school ga, zie ik eindelijk Max weer,' verzucht ze dan, 'dat is lang geleden! Mag Max dan na schooltijd bij me spelen?'

'Dat zien we maandag wel.'

Annemaries hart klopt onrustig als ze aan maandag denkt. Wie zal ze tegenkomen bij school, Emma of Jan? Nu de kinderen naar groep drie gaan, hoeven ze niet meer in de klas gebracht te worden, ze mogen spelen op het grote plein tot de bel gaat. Maar zowel Max als Nina zal toch nog niet alleen naar school gaan, wellicht komen ze elkaar tegen bij het hek, met halen en brengen.

Als het zover is, fietsen ze al bijtijds naar school. 'Mama, nú breng je me toch nog wel binnen? Ik weet niet precies waar ik moet zitten, hoor.'

'Natuurlijk breng ik je in de klas. En dan weet je het vanmiddag zelf, dan mag je op het plein spelen. Leuk hoor, Nien, je wordt echt groot.'

Hoe dichter ze bij school komen, hoe stiller ze beiden worden.

Maar als Annemarie wat later naar het lokaal van groep drie loopt en wat zenuwachtig om zich heen kijkt, ziet ze Jan noch Emma.

Nina vindt haar stoeltje in de kring al snel en praat druk met het meisje naast haar.

'Een knuffel, Nina, dan ga ik.'

'Max is er nog niet, mama.'

'Die komt zo wel. Ik ga, tot straks. Veel plezier, hè?' Vlug loopt ze de klas uit. Pfff, ze is blij als ze weer op de fiets zit. Dit heeft ze alvast gehad. Maar straks, om kwart voor twaalf... dan zal ze Jan of Emma niet kunnen ontlopen.

Maar als ze om kwart voor twaalf bij school aan komt en wat verder-op blijft staan, ziet ze geen spoor van Emma of Jan. Zou Max ziek zijn?

Even later komt Nina naar buiten.

'Was het gezellig?'

'Ja, juf Harma is lief, maar we hebben nog niet echt gewerkt. Ik heb wel een heel mooie tekening gemaakt over de vakantie. Maar, mama, Max was er niet. Ik heb het aan juf Harma gevraagd en die zei dat Max niet komt, hoe kan dat nou?'

'Dan zal hij wel ziek zijn, over een paar dagen is hij er vast wel weer.'

Maar als na een paar dagen Max er nog steeds niet is en Nina er voortdurend over begint, besluit Annemarie het zelf aan de juf te vragen.

'Hij is naar een andere school,' vertelt juf Harma. 'Ja, vrij onverwacht eigenlijk. Z'n stoeltje stond al klaar, maar z'n ouders vonden het toch prettiger hem naar dezelfde school te laten gaan als die waarop zijn zusje gezeten heeft. Ook wel te begrijpen, hè, als je voor montessorionderwijs kiest en het bevalt goed, laat je daar je andere kinderen ook naartoe gaan. Nina mist hem echt, ze vraagt steeds naar hem, ik heb het wel uitgelegd, maar volgens mij begrijpt ze het niet helemaal. Maar misschien kunnen ze nog wel eens bij elkaar spelen? Het waren dikke maatjes, begreep ik van mijn collega van groep twee.'

Annemarie knikt maar wat. Ze maakt zo snel mogelijk een eind aan het gesprek.

Naar een andere school! Nou, dit bewijst wel dat het echt niet 'allemaal zo over is' zoals Jan denkt of haar wil laten geloven.

Arme Nina! En vooral ook: arme Max! Voor hem zal het ook niet leuk zijn om zo opeens van school te veranderen.

Later probeert ze uit te leggen aan Nina dat de papa en mama van Max toch liever wilden dat Max naar dezelfde school gaat als waar Sophie op heeft gezeten. Maar Nina snapt er niks van, ze is boos en verdrietig.

Elke dag zeurt ze om bij Max te mogen spelen. Annemarie vindt het erg moeilijk om steeds weer een smoesje te bedenken. Tenslotte zegt ze eerlijk: 'Luister, Nina, mama en Emma hebben een beetje ruzie gemaakt, dat gaat wel weer over, maar nu is het even niet zo leuk om elkaar te zien. Daarom kunnen Max en jij even niet bij elkaar spelen, begrijp je dat?'

'Dan kunnen jullie het toch weer goedmaken?' Nina begrijpt het echt niet.

'Dat gaat niet, Nien, als grote mensen ruzie hebben, duurt dat vaak een beetje langer dan bij kinderen.'

Nina zegt niks meer. Ze vraagt ook minder vaak naar Max. Annemarie stimuleert haar om met vriendinnetjes af te spreken.

'Hopelijk vergeet ze Max snel,' verzucht ze tegen Erik.

En ik z'n vader! denkt ze er stilletjes achteraan. Maar dat is moeilijker.

Het geeft een stukje rust, het idee dat ze Emma niet onverwacht tegen het lijf kan lopen op school.

Maar twee weken later, op een woensdagochtend, staan ze toch opeens tegenover elkaar, bij de ingang van de supermarkt. Annemarie wil juist de winkel inlopen, als Emma naar buiten komt met haar boodschappen. Ze kijken elkaar even aan, dan draait Emma zonder iets te zeggen haar hoofd om en loopt verder naar buiten.

Een ogenblik aarzelt Annemarie, daarna draait ze zich om en loopt achter Emma aan.

'Emma?' Emma wil juist haar fietssleuteltje in het slot steken.

'Ja?'

'Kunnen we praten?'

'Waarover?' Haar stem klinkt kil. 'Over hoe je probeerde om mijn man te versieren?'

'Dat is niet waar, dat probeerde ik niet.'

'O nee, wat dan wel? Hij wilde jou helpen en als dank probeer jij hem in te pikken? Hij heeft het me precies verteld, hoor! Weet je wat jíj bent? Een schijnheilige bedriegster.'

'Emma, het spijt me echt vreselijk. Ik weet dat het voor een groot deel mijn fout is geweest en daarvoor wil ik je ook om vergeving vragen. Ik snap dat jij er geen begrip voor zult hebben, en het is ook geen excuus, maar echt, ik heb het er heel moeilijk mee gehad. Het spijt me echt heel erg.'

'Dat had je eerder moeten bedenken. En wat bedoel je met: voor een groot deel jouw fout? Het is alléén jouw fout en van niemand anders.'

'Dat is niet waar! Je zegt net dat Jan je alles heeft verteld? Dan weet je ook dat hij vaak genoeg het initiatief heeft genomen.'

'Initiatief? Voor wat? Je liegt!'

'Ik lieg niet! Nogmaals, ik ben heel erg fout geweest, Emma, maar ik niet alleen. Vraag maar eens aan Jan wie er begon met zoenen!'

Ze ziet het bloed wegtrekken uit Emma's gezicht. En tegelijk dringt het tot haar door dat zowel Jan als Emma iets anders hebben bedoeld toen ze zeiden dat 'alles' verteld was. Wát heeft Jan dan verteld? Dit in elk geval niet.

'Emma...'

'Jij liegt voortdurend! Dat heeft Jan nóóit gedaan, ik weet het zeker. Als dat wel zo was, ging ik vandaag nog bij hem weg! Ik wil jou nooit meer zien!' Ze kijkt Annemarie aan met een blik vol woede en afkeer. Emma heeft haar fiets van slot gehaald en loopt weg met de fiets aan haar hand.

Annemarie blijft als aan de grond genageld staan. Tranen stromen over haar wangen.

Dit is niet eerlijk...

Ze weet nauwelijks meer hoe ze thuisgekomen is. Daar pakt ze meteen de telefoon en belt Roos. Overstuur probeert ze te vertellen wat er gebeurd is.

'Rustig nou even, Anne, en begin nog eens opnieuw.'

Als ze klaar is met haar verhaal, begint ze weer te huilen: 'O, Roos, ze was zo kwaad! Ze keek zo... zo kil en vol haat naar me. En ik, sukkel, ik dacht dat ze echt alles wist. Nu heb ik het voor Jan ook nog veel erger gemaakt. Die zal nu ook wel kwaad op me zijn. Maar ik wist het niet, ik wist écht niet dat hij het anders verteld heeft.'

'Hou nou eens op om je verantwoordelijk voor hém te voelen. Als hij niet eerlijk is geweest, heeft hij dit aan zichzelf te danken, hoor! Hoe kun jij nou weten dat hij onder "alles vertellen" heel iets anders verstaat dan je kon aannemen. Kom op, Anne! Maak je niet helemaal overstuur. Luister, probeer een beetje tot jezelf te komen. Het is woensdag, als je tijd hebt, rij dan om twaalf uur, als je Nina hebt opgehaald, meteen door naar Woerden. Dan kunnen we in elk geval even rustig praten. Ik bedenk wel wat om Nina en de jongens een poosje af te leiden. Gaat dat lukken, denk je?'

Annemarie knikt met de hoorn in haar hand. 'Annemarie?'

'Ja graag! Roos, je bent echt een schat. Wat zou ik zonder jou moeten beginnen?' Ze huilt nog steeds.

'Stop dan met huilen. Vanmiddag praten we er over. Dingen zijn nooit zo erg als ze eerst lijken te zijn!'

'Dit wel!'

'We praten vanmiddag, Anne! Gaat het verder goed met Nina en Erik?'

'Ja, dat gelukkig wel.'

'Nou, neem een bakkie koffie, kom een beetje bij en dan zie ik jullie rond één uur, oké?'

'Ja, bedankt Roos, en tot straks.'

Als ze de telefoon heeft neergelegd, loopt ze langzaam naar boven. Ze wast haar gezicht in de badkamer. Ze kijkt naar zichzelf in de spiegel. 'Wat heb ik toch gedaan, wat heb ik toch allemaal overhoop gehaald?' Ze kan zichzelf niet langer aankijken, ze gaat naar haar slaapkamer en laat zich neervallen op het bed.

Om twaalf uur staat ze bij school op Nina te wachten. Ze heeft een paar krentenbollen meegenomen voor onderweg. Daar komt Nina al naar buiten.

'Hoi Nien, ik heb een verrassing voor je, weet je waar we naartoe gaan?'

'Naar Max?'

'Nee, naar Tom en Frank, ook leuk?'

'Nu meteen?'

'Ja. Ik heb een broodje bij me voor zo meteen in de auto en dan eten we straks echt nog bij tante Roos.'

Even later rijden ze Delft uit, richting Woerden.

Bij Roos worden ze enthousiast begroet. Tom is blij dat Nina er is. 'Frank slaapt al,' vertelt hij haar, 'en wij mogen samen in de tent in de tuin picknicken!'

Roos heeft in de tuin een tentje op gezet en een picknickmand klaar gemaakt.

'Ziezo, jullie mogen daar eten en drinken, dan blijven de mama's wel binnen,' zegt ze met een knipoog naar Annemarie.

Tom heeft ook een hele bak speelgoed naar de tuin gesleept, dus voorlopig hebben ze wat te doen samen.

'Zo, dan kunnen wij mooi even praten terwijl we eten.'

Opnieuw, en wat rustiger nu, vertelt Annemarie over de ontmoeting met Emma deze ochtend.

'Tja!' Peinzend kijkt Roos haar aan als ze uitverteld is. 'Ik weet het natuurlijk niet precies, maar ik denk dat Jan en Emma een wat andere opvatting hebben over de term "uitpraten" dan jullie. Oftewel: hij heeft dus duidelijk een heel ander verhaal opgehangen dan dat wat er echt gebeurd is. Als er al over gepraat is, zelfs dat vraag je je af. Maar hoe dan ook, daar heb jij geen boodschap aan. Dat zul je echt los moeten laten. Je kunt boos zijn, of gekwetst, maar het is zíjn beslissing om daar zo mee om te gaan en dat zul je moeten respecteren, of in elk geval moeten áccepteren. Je kunt niet in hun hart kijken, Anne. Je weet niet waarom hij ervoor kiest om het zo op te lossen, maar nogmaals, dat is zíjn zaak en niet de jouwe.'

'Maar het is niet eerlijk! Nu krijg ík alle schuld naar me toe geschoven.'

'Dat ís ook niet eerlijk. Maar wat is er wél eerlijk in dit geheel? Misschien stapt Emma echt op als ze zou horen dat Jan niet zo onschuldig is. Misschien is hij daar wel bang voor geweest en besloot hij dus om niks te vertellen.'

'Maar dat kan ze toch niet echt geloven? Zeker niet na mijn opmerking van vanochtend.'

'Misschien niet. Misschien is dit voor hen wel een aanleiding om nog eens, en nu écht, te praten met elkaar. Maar het kan ook zijn dat ze gewoon niet wíl geloven dat Jan ook fout is geweest. Wellicht kan ze daar niet mee omgaan en dan is de enige oplossing je kop in het zand te steken en zeggen dat de schuld alleen bij die ander ligt.'

'Dat hou je toch op de duur niet vol?'

'Ik weet het niet. Als je lang genoeg tegen jezelf zegt dat het zo is, ga je het misschien wel geloven. Maar nogmaals, het is maar een beetje gissen, ik weet het ook niet. Maar onthou vooral, Anne, dit is jouw zaak niet! Jij hebt je handen vol aan je eigen huwelijk.'

Annemarie knikt. 'Ja, dat is al moeilijk genoeg! Erik doet zó zijn best, daar word ik soms gewoon zenuwachtig van.'

'Zenuwachtig? Waarom?'

'Ik voel me dan zo schuldig! Want in mijn gedachten ben ik nog zo vaak bij Jan. Ik wíl dat niet, maar het gebeurt gewoon. Ik doe echt wel mijn best, maar het is zo moeilijk! Ik kan soms zo naar hem verlangen, erg, hè?'

'Ik denk dat je niet echt alleen maar naar Jan verlangt, maar vooral ook naar de aandacht, de tederheid die je van hem kreeg. Dat was heerlijk, en dat mis je nu. Erik wil je dat ook weer geven, dat zul je wel gaan merken. Maar dat kost tijd, verwacht niet dat dat er zomaar weer is. Ik heb het je al eerder gevraagd, Anne, hou je nog wel van Erik?'

'Ja, en ik wil ook echt dat het beter gaat worden. Maar dat verlangen... Het is vaak zo dubbel.'

'Volhouden! Je bent in elk geval op de goede weg. En het is moeilijk dat er zo abrupt een eind is gekomen aan jullie vriendschap, zoals ik het maar zal noemen, maar het is wel de beste weg. Het mes er in, zeg maar.'

Op de terugweg naar huis denkt Annemarie nog na over wat Roos allemaal gezegd heeft. Automatisch geeft ze Nina, die vanaf de achterbank tegen haar zit te praten, antwoord.

Het was goed om met Roos te praten, elke keer heeft ze toch het gevoel een klein stapje vooruit te komen. Maar o, wat is het moeilijk!

Emma is op de fiets gestapt en naar huis gereden. Om tien uur heeft ze een afspraak met iemand om een huis te gaan bekijken. Ze pakt op kantoor haar spullen en rijdt daarna met de auto naar het afgesproken adres. Het kost haar ontzettend veel moeite om gewoon door te gaan. Steeds hoort ze de stem van Annemarie weer: *'Vraag maar eens aan Jan wie er begon met zoenen.'*

Is het waar? Ze heeft Annemarie een leugenaar genoemd, maar loog ze wel?

Eindelijk is ze klaar met de bezichtiging. Ze rijdt naar huis. Jan zit op kantoor, hij kijkt op als ze binnenkomt.

'Jan, wat is er precies gebeurd tussen Annemarie en jou?' Ze probeert rustig te praten, maar ze hoort zelf dat haar stem trilt.

'Emma! Er is níks gebeurd dat jij moet weten.'

'Ik sprak haar vanochtend, Jan, hebben jullie...'

Hij steekt een hand op. 'Emma, ik heb je al eerder gezegd: ik wil hier niet meer over praten, het stelde niks voor. Geloof me nou maar en hou er over op!' Zijn stem is koel. Hij buigt zich weer over zijn toetsenbord. 'Haal jij straks Max op, of zal ik het doen?'

'Doe jij het maar. En, Jan, één ding wil ik je nog zeggen: als ik ooit merk dat je nog één mail verstuurt naar haar, of haar ook maar één keer belt, dan ben ik hier weg, mét Sophie en Max.'

Daarna loopt ze weg, haar eigen kantoor binnen. Daar gaat ze zitten. Ze moet verder, verder met Jan, met haar gezin, met haar werk. Ja, dat werk, als ze dat toch niet had!

Even blijft ze zitten met haar handen voor haar gezicht. Dan herstelt ze zich. Wérken zal ze, tot ze 's avonds doodmoe in bed valt. Over Annemarie wil ze niet meer denken, die liegt! Jan is haar altijd trouw geweest, dat moet! Ze wil er niet meer aan twijfelen.

Maar vanbinnen voelt ze zich eenzamer dan ze ooit geweest is.

Zo gaan de weken voorbij. Max is gewend op zijn nieuwe school en heeft het goed naar zijn zin. Naar Nina vraagt hij bijna nooit meer. Hij heeft nieuwe vriendjes gevonden en met de meisjes in zijn klas speelt hij zelden.

Hij wordt groot! denkt Emma, echt een stoer jongetje.

Tussen haar en Jan gaat het redelijk. De naam van Annemarie is niet meer gevallen, na die bewuste woensdag. Maar ze is argwanend, ze kan er niets aan doen. Als ze door de gang loopt en hoort dat Jan aan de telefoon is, blijft ze staan en luistert aan de deur. Ze is weer gaan bridgen op dinsdagavond, maar de tweede avond na de vakantie is ze al om negen uur weggegaan van de bridgeclub en stond ze onverwacht thuis in de kamer. Jan heeft haar toen alleen maar aangekeken, hij zei of vroeg niks. Maar ze zag aan zijn gezicht dat hij wist dat ze hem controleert. Als hij stil is, bekijkt ze hem argwanend, maar ook als hij uitgelaten en vrolijk met Max stoeit, vertrouwt ze het niet. Soms wordt ze gek van zichzelf, toch kan ze er niks aan doen. Ze is bang.

Maar na een paar maanden merkt ze dat ze een beetje afstand van haar onrust kan gaan nemen. Toch vraagt ze zich af of het ooit helemaal weg zal zijn.

Jan is soms wat stil, maar meer en meer begint hij weer op zijn oude 'ik' te lijken.

17

Op een dinsdagavond in oktober zit Annemarie in de kamer. Erik is naar een kerkenraadsvergadering en Nina slaapt al lang.

Het is rustig in huis. Ze bladert de Delftse Courant door, maar nog steeds staat er geen vacature in die haar aanspreekt. Blijkbaar heeft geen enkele Delftse tandarts behoefte aan een nieuwe, parttime assistente. Ze vouwt de krant dicht en legt hem op tafel. Ze zucht. Het zou goed zijn als ze een paar uur per dag werk had. Ze heeft afleiding nodig. Als ze zoveel tijd heeft, denkt ze veel te vaak aan Jan en Emma.

Tussen Erik en haar gaat het wel beter. Maar het blijft soms moeilijk. Erik probeert meer tijd vrij te maken voor z'n gezin, maar zijn baan brengt toch veel werkuren met zich mee. En ook zijn taak als ouderling zorgt ervoor dat hij regelmatig van huis is. Maar de tijd díe hij thuis door brengt, probeert hij Annemarie alle aandacht te geven.

Hij doet zo zijn best dat ze er wel eens zenuwachtig van wordt. 'Je moet niet zo krampachtig doen, het gaat toch goed?' heeft ze wel eens gezegd.

'Echt? Gaat het echt weer goed?' Hij had haar serieus aangekeken.

'Het kómt in elk geval wel weer goed! Geef me maar wat tijd.'

De laatste weken is Erik meer ontspannen, merkt ze. Langzaam aan is alles weer normaal aan het worden. Maar binnen in haar hart is nog lang niet alles normaal. Ze worstelt nog steeds met haar schuldgevoel. Naar Erik toe heeft ze dat niet meer. Het is uitgepraat, het is goed zo. Maar wel zit ze nog met een enorm schuldgevoel naar God en naar Emma toe. Regelmatig praat ze daar met Roos over.

'Voor God hoef je je niet meer schuldig te voelen. Je hebt Hem om vergeving gevraagd, dan mag en moet je ook geloven dat het voor Hem er niet meer is. Als God iets vergeeft, dan gooit Hij het in de diepe zee. Maar jij vist het steeds weer op. Dat moet je niet doen! Je doet daar jezelf én God tekort mee.'

'Ja, je hebt gelijk, maar het is zo moeilijk! En Emma dan? Haar kan ik niet om vergeving vragen, ze wil niet eens naar me luisteren, ze zegt alleen maar dat ik lieg...'

'Dat moet je ook laten rusten, hoe moeilijk het ook is! Probeer je haar situatie in te denken, zou jij in haar geval ook niet verschrikkelijk boos en teleurgesteld zijn?'

'Ja, daarom juist! Ik was haar vriendin! Oh, Roos, ik vind dat zo erg! Ik wou dat ze van me wilde geloven dat ik echt niet op haar man uit was, maar dat het gewoon gebeurd is.'

'Ja, maar daar kun je niks meer aan doen. De enige dienst die je haar kunt bewijzen, is afstand van haar houden. Zij zullen ook tijd en rust nodig hebben om elkaar weer te vinden. Wees maar blij en dankbaar dat er niet veel méér gebeurd is tussen jullie, dat het op tijd uitgekomen is. Wie weet, hoever het anders was gegaan. En dan waren er wellicht twéé huwelijken kapot geweest, Anne.'

En Jan... Ach, ze kan vaak nog zo naar hem verlangen! Gewoon om even met hem te praten, zijn stem te horen. Ze kijkt op haar horloge, het is negen uur, dinsdagavond... zal ze...

Een kwartier zit ze in dubio, dan pakt ze de telefoon en toetst zijn nummer in.

Ademloos luistert ze, de telefoon gaat twee keer over, drie keer, dan... 'Anne, ben jij dat?'

Ze schrikt. 'Hoe weet je dat?'

'Nummermelder, slimmerdje!' Z'n stem heeft even de plagend tedere klank die ze zo goed kent. Maar dan klinkt zijn stem opeens heel anders, als hij vraagt: 'Waarom bel je?'

'Ik... ik weet het niet. Ik wou zo graag even met je praten, hoe gaat het met je?'

'Wat denk je! Je hebt je niet aan onze afspraak gehouden, Anne.'

'Welke afspraak?'

'We zouden over sommige dingen nooit praten!'

'Het spijt me, maar ik dacht dat ze het wist. Ik wou je niet in de problemen brengen. Maar gaat het nu wel weer beter? En hoe is het met Max en met Emma?' Dat laatste vraagt ze heel zacht.

'Hier gaat het prima, Annemarie, maar je moet me niet meer bellen.'

'Sorry!'

'Het geeft niet. Het beste!' Hij verbreekt de verbinding.

Ze zit nog lang met de telefoon in haar hand. Ach, ze had niet moeten bellen. Nu voelt ze zich nog ellendiger dan ervoor. Ze is teleurgesteld. Waarom deed hij zo koel? En waarom heeft hij helemaal niet gevraagd hoe het met háár gaat? Hoe langer ze daarover denkt, des te bozer ze wordt. Natuurlijk, híj is zielig! Hoe het met haar gaat, is niet belangrijk.

Ten slotte belt ze Roos en vertelt wat er gebeurd is.

'Suffie! Waarom doe je dat dan ook? En wat had je dan verwacht? Dat hij lief en begrijpend zou zijn? Dan was je nog verder van huis! Je kunt beter teleurgesteld en boos zijn, dan is het gemakkelijker om afstand van hem te nemen. En, Anne, doe dat nou niet weer! Je maakt het hem ook moeilijk. Wie weet waar Emma hem mee gedreigd heeft als ze merkt dat er nog contact is tussen jullie. Laat hem met rust! Je maakt het lastig voor jullie allebei!'

'Je hebt vast gelijk, maar het blijft maar zo moeilijk!'

Daarna weerstaat ze de aanvechting om hem te bellen. Ze zoekt bezigheden voor de dinsdagavond, want juist dan is de verleiding zo groot, omdat ze weet dat Emma er niet is.

Een paar weken later komt ze Emma weer tegen in de winkel. Zachtjes zegt ze: 'Hoi!' Emma kijkt de andere kant op.

Nu is het eind november geworden.

Annemarie is zenuwachtig, straks, als Nina in bed ligt, zal ze er over beginnen.

Eindelijk is het zover, Nina slaapt.

Ze schenkt koffie in en gaat daarna naast Erik op de bank zitten. Zal ze...? Ze kan nu nog terug. Maar ze weet dat het beter is om door te zetten. Ze raapt al haar moed bij elkaar.

'Erik?'

'Mmmm?' Erik zit achter de krant.

'Luister eens!'

Nu laat hij de krant zakken en als hij haar ernstige gezicht ziet, vouwt hij de krant dubbel en legt hem weg. 'Wat is er, Anne?'

'Heb jij al tegen Van Tuylingen gezegd dat je niet naar San Francisco gaat?'

'Jawel, dat heb ik in september al gezegd.'

'Wie gaat er nu?'

'Dat is nog niet helemaal bekend. Mark van Buuren is gevraagd, maar die houdt de boot een beetje af. Ik heb het idee dat z'n vrouw het niet ziet zitten. Voorzover ik weet, heeft hij al twee keer om meer bedenktijd gevraagd. En ik denk dat hij ervan af zal zien. Maar waarom vraag je dat? Je hoeft niet ongerust te zijn, ik heb je toch beloofd dat wij hier blijven?'

Ze haalt diep adem, dan zegt ze: 'Misschien moeten we toch maar gaan Erik.'

Het is eind april. Over twee weken zullen ze vertrekken.

Erik heeft er zin in, Nina is opgewonden, en zijzelf?

Met pijn in haar hart ziet ze de datum dichterbij komen. Ze ziet er vreselijk tegen op.

Maar het is goed zo.

Op woensdagavond fietst ze in de richting van de sporthal. Jan squasht altijd op woensdagavond tot ongeveer tien uur. Ze hoopt dat hij er vanavond ook zal zijn.

Ze heeft lang nagedacht of ze dit moet doen en tenslotte heeft ze besloten dat het mag.

Afscheid nemen.

Ze zet haar fiets een eindje van de ingang vandaan en loopt naar het fietsenrek. Ja, daar staat de fiets van Jan. Ze is blij dat het donker is. Ze wacht. Om kwart over tien ziet ze hem aankomen.

Pas als hij vlakbij is, ziet hij haar.

'Annemarie! Wat doe jij nou hier?' Zijn stem klinkt afwerend.

Ze kijkt naar hem, ze is vergeten dat hij de afgelopen maanden, als ze hem soms tegenkwam, haar koeltjes toeknikte alsof ze vreemden zijn. Haar hart stroomt alleen maar vol verlangen naar hem, bij hem te zijn, zijn stem te horen.

'Ik kom je gedag zeggen,' zegt ze zacht. 'Over twee weken gaan we naar San Francisco.'

Even blijft het stil. 'Ach, Anne,' zegt hij en nu klinkt zijn stem weer zoals ze zo graag hoort. 'Dus toch! Dat is nogal wat!'

'Het is goed, ik wilde het zelf. Het is beter zo.'

Hij steekt zijn hand naar haar uit, even denkt ze dat hij haar wil omhelzen. Maar hij raakt haar niet aan, zijn hand blijft even in de lucht zweven, daarna stopt hij hem in zijn zak. 'Ja, Anne, het is vast beter zo.' Even komt zijn gezicht wat dichter bij het hare. In het halfdonker ziet ze zijn ogen. Daarin leest ze veel meer dan zijn woorden zeggen. Of beeldt ze zich dat maar in, wíl ze dat zien?

Het lijkt of hij nog iets zeggen wil, maar er komt niks.

'Dan ga ik maar, het beste, Jan.' Ze moet niet gaan huilen, geen drama ervan maken.

'Anna,' nu raakt hij even haar gezicht aan, 'het ga je goed!'

Daarna draait hij zich om, pakt zijn fiets en rijdt weg. Hij kijkt niet meer om.

Even nog blijft ze staan, nu lopen er toch tranen over haar wangen.

'Dag Jan...' zegt ze zacht voor zich heen. Daarna loopt ze langzaam naar haar fiets toe. Ze gaat naar huis, naar Erik en Nina.

Het is goed zo.